여자소학

율재 이한걸 편 『여자소학』의 연구·역주·영인

김주원(金周源)은 문학박사로, 서울대학교 언어학과 교수로
있다. 훈민정음학회 회장을 역임했으며, 『훈민정음』 등 논저
90여 편이 있다.

허권수(許捲洙)는 문학박사로, 경상대학교 한문학과 명예교수
이다. 동방한학연구소 소장, 연민학회 회장이며, 「강희자전
의 한국전래와 수용」 등 논문 120여 편, 『퇴계전서』 등 저
역서 100여 권이 있다.

여자소학 女子小學
율재 이한걸 편 『여자소학』의 연구·역주·영인

초판 1쇄 발행 | 2020년 12월 10일

지은이 | 김주원·허권수
펴낸곳 | (주)태학사
등록 | 제406-2020-000008호
주소 | 경기도 파주시 광인사길 217
전화 | 031-955-7580
전송 | 031-955-0910
전자우편 | thspub@daum.net
홈페이지 | www.thaehaksa.com

편집 | 조윤형 최형필 김성천
디자인 | 이보아 이윤경
마케팅 | 김일신
경영지원 | 정충만
인쇄·제책 | 영신사

값 28,000원

ISBN 979-11-90727-44-0   93810

女子小學

여자소학

율재 이한걸 편 『여자소학』의 연구·역주·영인

김주원·허권수

태학사

주촌종택(周村宗宅) 경류정(慶流亭). 경북 안동시 와룡면 주하리. (본문 85쪽)

회양당(晦養堂)과 석류정(石溜亭). 경북 안동시 와룡면 주하리. (본문 85쪽)

거연대(居然臺, 경북 안동시 서후면 저전리) 앞의 이한걸(李漢杰) 옹(왼쪽). (본문 85쪽)

『율재문집(慄齋文集)』 전5책. (본문 89쪽)

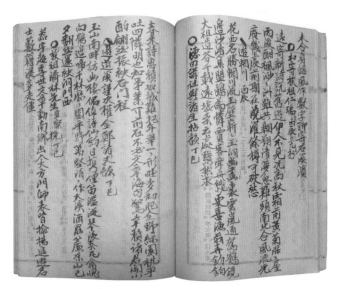

『주산초어(周山樵語)』. (본문 21쪽)

덕전강사(德田講舍). 경북 안동시 와룡면 주하리. (본문 86쪽)

석류동천(石溜洞天). 경북 안동시 서후면 저전리. (본문 88쪽)

지주석(砥柱石). 경북 안동시 서후면 저전리. (본문 88~89쪽)

이용준(李容準). (본문 89~97쪽)

이용준이 부친에게 보낸 편지. (본문 92~94쪽)

朱子水調歌
富貴有餘樂貧賤
不堪憂誰知天路
幽險倚伏互相酬
請看東門黃犬更
聽華亭清唳千古
恨難收何似鷗夷
子散髮弄扁舟鷗
夷子成霸業有餘
謀收身千乘卿相

이용준이 15세 때 쓴 글씨. (본문 90쪽)

우리나라는 세계에서 상대가 없을 정도로 교육을 특별히 중시하고 교육에 정성을 다해 온 나라다. 단군(檀君) 성조(聖祖)가 나라를 세울 때부터 교육을 중시하였고, 후대로 오면서 교육은 더욱 강화되었다.

조선조 건립부터, 서울에 성균관(成均館)을 두고 전국 360개 고을에 향교(鄕校)가 있고, 서울에는 사학(四學)을 두어 국가에서 주관하는 유교 교육이 실시되었다. 조선 후기에 이르면 교육기관이 더욱 늘어나, 약 1천여 개의 서원(書院)과 약 5만의 서당(書堂)이 있어 자발적인 교육이 실시되었다.

이 모든 학교에서 필수 교재로 쓰이던 책이 바로 『소학(小學)』이었다. 바로 '사람이 사람답게 되는 길'을 가르치는 책이었다. 『소학』은 고려 말기에 우리나라에 전래된 이래로 조선 세종 때부터 국가에서 적극적으로 보급하여 읽기를 권장한 책이었다. 옛날 우리나라 지식인으로서 『소학』을 읽지 않은 사람은 없었다. 우리 조상들의 학문 사상, 사고방식, 생활양식, 사회제도 등에 『소학』의 영향이 끼치지 않은 곳이 없었다. 그러니 우리나라의 역사, 문학, 철학을 연구하려면 『소학』을 연구하지 않아서는 절대 안 된다.

『소학』의 내용 가운데는 여성을 교육하고 여성이 꼭 알아야 될 내용이 상당량 있다. 그러나 조선시대는 몇 사람 예외가 있긴 하지만, 기본적으로 여성에게는 교육을 시키지 않았다. 여성이 알아야 할 내용이 상당량 있는데도 직접 여성에게 교육하지 않는 큰 모순이 있어 왔다. 여성들은 간접적으로 겨우 그 부형들의 말을 통해서 그 내용의 일부만 전달받아 마음가짐이나 처신의 지침으로 삼았던 것이었다.

이런 모순은 조선조 5백 년 동안 지속되었으나 누구 하나 개선할 생각을 하지 못했다.

일제강점기에 이르러서야 안동의 유학자 율재(慄齋) 이한걸(李漢杰) 공에 의해서 비로소 이 모순을 발견하고, 『소학』에 나오는 여성에 관계된 내용을 뽑아 모아 『여자소학(女子小學)』이라는 교재를 만들어, 여성에게 직접 교육할 수 있게 했다.

율재는 유학자면서도 독창적인 사고를 많이 가진 학자로 특히 훈민정음(訓民正音)에 관심이 많았다. 『여자소학』을 편집했을 뿐만 아니라, 직접 우리말로 번역까지 하였다. 그리고 이미 있는 『소학』 여러 종류의 주석 가운데서 미비하다 싶은 것은 보완하여 보주(補注)를 붙이고, 잘못되었다 싶은 것은 바로잡아 정주(訂註)를 붙였다.

조선 영조 때 확정된 『어제소학언해(御製小學諺解)』 이후 『소학』을 한글로 새롭게 번역한 것은 처음 있는 일이었고, 보주와 정주는 『소학』 주석의 역사에서 자신의 독창적인 견해가 많이 반영된 획기적인 일이었다. 완전히 한글로 번역된 한글본과 교사용(敎師用)의 한문본 두 종류로 편찬했다.

일부 여성에게 일본식, 서양식 신식 교육만 받게 할 뿐, 사람 되는 교육은 계속 포기하는 상황에서, 율재는 독창적인 생각에서 이런 교재를 편찬 간행하여 보급하고 직접 교육하였다. 이 『여자소학』은 1927년 서울에서 간행되어 몇몇 학교에서 교재로 사용되었고, 율재 자신은 자기 고장 안동 주촌(周村)의 지암서숙(芝巖書塾)에서 교재로 사용하여 직접 교육을 한 적이 있었다. 그러나 일본의 한글 사용 금지 등으로 인해서 크게 보급되지는 못한 것 같다.

일본에게 나라가 망하고 그 뒤 해방을 맞이했지만, 그 이후 서양의 저질 물질문명이 밀려들어 오는 바람에 우리나라 사람들은 정신적으로 바른길을 찾지 못했다. 우리 것은 좋은 것, 나쁜 것 할 것 없이 구시대의 유물로 취급되어 앞다투어 버리는 세상이 되어 버렸다. 이런 분위기에서 이 책의 존재도 잊혀지게 되었다.

다행히 율재의 질부로 이선(李善), 이재갑(李載甲) 형제의 자당(慈堂) 되는 분이 한 책을 간직한 것이 남아 있어, 세상에 존재하게 되었다. 경북대학교 백두현 교수는 이 책의 영인 발간을 맨 먼저 권유하였다.

2005년도에 서울대학교 김주원(金周源) 교수에 의해서 이 책의 존재를 세상에 알렸고, 다시 2019년에 「『여자소학』에 대한 기초적 연구」라는 논문을 발표하여 그 내용과 서지학적 사실을 학계에 알렸다.

그리고 김 교수는 더 나아가 『여자소학』이라는 학술서적을 저작하자고 나에게 요청해 왔다. 『여자소학』에 대한 기초 연구, 주석 연구, 저자 연구, 진성이씨(眞城李氏) 가문의 『소학』 중시 전통을 연구하여 '연구'편으로 하고, 『여자소학』의 주석 전부를 현대 우리말로 '역주'하고, 끝에 원본의 '영인'을 붙이는 체재로 하자고 제안했다.

나는 평소에 『소학』에 대단한 관심이 있던 터이라, 김 교수의 요청을 흔쾌히 수락하였다. 연구의 전반적인 기획과 수행은 대부분 김 교수가 했고, 나는 한문으로 된 서발(序跋), 보주와 정주의 표점과 역주 작업 및 「진성이씨 가문의 『소학』 중시 전통」이라는 논문 한 편만 저술하였을 따름이다.

그동안 나의 태만으로 많은 시일을 지체한 뒤 이제 겨우 책이 출판되게 되었다. 이 『여자소학』은 일제강점기 초기에 여성의 교육에 관심을 갖고 한글로 번역한 독창적인 유학자의 정성이 담긴 책이었다. 김 교수의 노력으로 오늘날 다시 현대어로 번역되어 세상에 반포되어 새 생명을 얻게 된다. 국어학적 가치는 물론이고, 옛날 제도 관습 등의 연구, 나아가 오늘날 인성 교육에도 많은 도움이 되리라 확신한다.

서문이 없을 수 없기에, 책이 다 완성되어 갈 적에 김 교수의 요청으로 서문을 써서 이 책의 내력과 가치를 정중하게 소개하니, 여러 독자들의 일독을 권하는 바이다.

2020년 칠석에, 허권수(許捲洙)가 삼가 서문을 쓰다

차례

연구

1. 『여자소학』(1927)에 대한 기초적 연구[*]

1) 들어가기

훈민정음이 반포된 이후에 한자를 배우지 못한 아이나 부녀자도 "사름마다 히여 수비 니겨" 글을 쓰거나 읽거나 할 수 있게 되었다. 백성을 계몽하고 훈육하기 위하여 중국의 책들이 번역되거나, 자체로 책을 만들어 번역하기 시작하였다. 그 가운데 가장 자주 번역된 책 중의 하나가 『소학(小學)』이었다. 1518년에 처음 번역된 『번역소학(飜譯小學)』 이래에 조선조가 끝날 때까지 계속 번역과 간행이 반복되었으며 일제강점기에도 계속해서 간행되었다. 『소학』의 번역서는 하나같이 그 독자를 아이와 부녀자로 잡고 있다. 『소학』은 아녀자 교육서의 가장 대표적인 책이었던 것이다.

그러나 『소학』의 번역서를 통해서 아녀자를 교육하는 것은 결코 쉬운 일이 아니었다. 『소학』은 다양한 주석이 필요 불가결할 정도로 어려운

---

[*] 이 글은 동일한 제목으로 『한글』 제323호(2019)에 실린 것을 수정하고 보완한 것이다.

책이었으며 그 번역 또한 쉽지 않았다. 또한 내용상 남자 아이에 관한 것과 여자 아이에 관한 것이 섞여 있어서 여자를 교육하기에는 적당하지 않았다. 여자를 위한 소학의 필요성이 지속적으로 요구되다가 드디어 조선조 말기에『여소학(女小學)』(1882)이 편집되었다. 이 책은 집안의 여성 교육을 위하여 만들어진 것이므로 비록 공개적인 간행에 이르지는 못하였으나 여성을 위한『소학』의 발췌 번역본으로서는 최초의 것이 되었다. 이것은 획기적인 것이라고 평가할 수 있는데『번역소학』을 번역 간행할 때부터의『소학』의 꿈이었던 아녀자를 위한 책이 비로소 탄생한 것으로 볼 수 있기 때문이다.

그 이후에『소학규범(小學閨範)』(1905)이 나왔다. 이 책의 간행의 의의는 더욱 크다. 여성을 위한『소학』의 발췌 번역서이면서 공간(公刊)을 한 최초의 책이라는 점이다. 즉 집안의 여자만을 독자로 하지 않고 책을 읽을 수 있는 모든 여성을 독자로 하여 공간을 한 것이다.

이러한 편집본이나 책이 나올 수 있었던 것은 조선조 말기의 상황에서 이해할 수 있다. 무엇보다도 여성 교육이 중요하다는 인식이 첫째 자리를 차지할 것은 말할 나위가 없다. 그러나 조선시대에는 주자학을 신봉하였으므로 주자와 관련된 저술은 감히 한 글자도 바꿀 수 없다는 생각이 팽배해 있었다.『소학』이 조선조 말기까지 여성 교육의 필요성에도 불구하고 원문을 손대지 않고 번역이 이루어진 데에는 이러한 이유가 작용했을 것이다. 조선조 말기에 이르러서 주자학 신봉의 정신이 다소 약해짐으로써 과감히 원전에 손을 대는 것이 가능했던 것으로 볼 수가 있다.

이러한 생각에 따라서 1927년에 한국 유학의 고향이라고 할 수 있는 경상북도 안동을 기반으로 하여『녀자소학(女子小學)』[1]이 간행되기에 이르렀다. 이 책은『소학』원전을 (1) 여성에 관련된 내용을 발췌하였으며,

(2) 여성이 읽을 수 있도록 번역을 하였고, (3) 서울(당시 경성)에서 공간함으로써 집안의 여성 수신서로 그치지 않고 전국의 여성이 읽게 함으로써 여성 교육에 크게 이바지하게 된 것이다. 이 책은 아직 학계에 알려지지 않은 책이다. 졸고(2005: 202)에서 『영남일보』(1991년 10월 23일자)를 인용하여 『여자소학』이라는 책명을 알린 바는 있으나 이 책에 대한 구체적 분석은 이루어지지 않았다. 이 글은 『여자소학』(1927)에 대한 기초적 연구로서 서지적 사항과 국어학적 사실을 위주로 다루고자 한다.

2) 『여자소학』의 서지 사항

(1) 형태 서지

이 책은 안동의 이한걸(李漢杰, 1880~1951) 선생이 여성 교육을 위하여 『소학』의 내용을 발췌하고 재편집하여 만든 책으로 1925년에 원고가 완성되었으며 1927년에 서울(당시 경성)에서 발간되었다.[2] 2권 1책으로

---

1 이하에서는 『여자소학』으로 칭한다.
2 이 책은 저자 이한걸 선생의 종손(從孫)인 이선(李善)(경기도 안양시 거주) 선생이 소장하고 있는 것으로, 글쓴이는 이한걸 선생의 손자인 이상호(李霜虎) 님과 이선 님의 계씨인 이재갑 님이 제공해 준 복사본을 일찍이 보았으며 이 논문을 쓸 즈음에 책의 실물을 보았다. 귀중한 책과 복사본을 제공해 주신 세 분께 감사드린다. 한편 2020년 봄에 논문(이 책의 연구편 제2장 논문)을 쓸 무렵에 이상호 님으로부터 또 하나의 『여자소학』을 받아 보게 되었는데 이 책은 책(아마도 결본) 두 권 분량을 적절히 엮어서 제본한 것인데 이한걸 옹이 직접 제본한 것으로 판단된다. 왜냐하면 책의 제목이 제첨으로 "周山樵語"로 되어 있고 내용은 인쇄면의 뒷면 백지면에 [나중에 『율재문집(慄齋文集)』에 수록된] 「주산초어 자서(周山樵語自序)」 외에 여러 글이 붓글씨로 빼곡히 적혀 있다. 이렇게 책의 인쇄면 뒷면 백지에 글을 쓴 것은 이 집안에서 나온 『훈민정음』 해례본(의 뒷면 붓글씨)의 글을 쓴 방식과 꼭 같다.

구성되어 있는데 표지는 얇은 황색지이며 서명이 제첨(題簽)으로 "녀자소학 女子小學 죵"으로 되어 있는 활자 인쇄본이다. 책의 외양은 조선시대의 판본의 형식과 장정으로 되어 있다. 변란은 사주쌍변이며 계선은 없다. 판심은 상흑어미이며 판심제는 제1권은 "女子小學", 제2권은 "漢文原本 女子小學"이며 아래편에 장차가 적혀 있다. 책의 크기는 22.0×14.7cm, 반엽 광곽의 크기는 18.2×11.8cm이다. 한글 부분은 13행 37자 내외, 한문 부분은 11행 38자 내외이며 주석 구결 등은 소자 쌍행으로 되어 있다. 신식 활자로 인쇄하였으며 종이는 양지(洋紙)이고 장정은 동장(東裝)으로 우철 4침본이다.[3] 특이한 것으로 책의 아래 위 모서리에 비단으로 포각을 하였다.[4] 한편 초간본의 오자를 고친 정오표가 붙어 있는 책이 있으나[5] 직접 보지는 못하였다.

---

3 일반적으로 조선시대에는 주로 5침안정법이었고, 중국과 일본은 4침안정법으로 제책했음을 근거로 하여 4침안정법으로 된 것은 중국과 일본의 영향을 받은 것으로 흔히 기술하였다. 글쓴이도 그렇게 기술한 바가 있다. 그러나 글쓴이는 최근(2019년 2월)에 간송미술관(동대문디자인플라자)에서 전시된 바 있는 1900년대 초기의 책들이 대부분 4침안정법으로 제책되어 있음을 보고 생각을 달리하게 되었다. 즉 조선시대에는 5침안정법이 주류를 이루었지만 조선 말기와 20세기에 들어서서부터는 자연스럽게 4침안정법으로 바뀐 것이다. 물론 이 과정에서 예를 들자면 비단으로 책 모서리를 둘러싼 것(이것을 포각(包角)이라고 한다) 등은 중국과 일본의 영향이 있었겠지만, 책을 만드는 사람으로서는 가장 최신의 기술과 방법으로 책을 만들고자 하므로 이러한 경향이 생겨났다고 보는 것이 타당할 것이다.
4 현재 간송미술관에 소장되어 있는 『훈민정음』도 4침안정법으로 개장되어 있으며(원래는 5침안정법으로 제책되어 있었다) 모서리에는 비단으로 포각되어 있다(졸고 2017: 181~182 참고).
5 kpbay 사진 참고 (https://www.kobay.co.kr/kobay/item/itemLifeView.do?itemseq=1602FGEF3LW, 2019-01-20)

(2) 편저자 이한걸

이 책은 이한걸(李漢杰)[6] 선생이 편집하였고, 만전(晚田) 이종준(李鍾濬)이 교정하고, 동산(東山) 유인식[7](柳寅植, 1865~1928)이 교열(校閱)하였다. 권두에 이회직(李會稷)[8]의 서가 붙어 있다. 서(序)의 연대는 "적토(赤兔) 이단(履端)"으로 되어 있음을 보아서 정묘년(丁卯年) 즉 1927년 정초이다. 그 당시의 안동 지역의 명사들의 교정과 교열을 받고 서문을 받은 것으로 보아서 총력을 기울여서 이 책의 출판에 임했다고 추측할 수 있다. 이한걸이 쓴 지문(識文)은 청우(青牛)년 양복일(陽復日)에 쓴 것이므로 을축(乙丑)년 즉 1925년 음력 11월에 쓴 것이다.

편저자인 이한걸 선생은 안동에서 태어났고 호는 젊어서는 후촌(後村 또는 后村), 만년에는 율재(慄齋)로 썼고, 평생을 벼슬을 하지 않고 학문을 닦고 제자를 키우는 데에 전념하였다. 가계는 진성이씨(眞城李氏) 두루파이며 그 자신이 퇴계학파에 속하는 학자이다. 어려서는 가정에서 글을 배웠고 성장해서는 연와(研窩) 이의찬(李宜燦)에게 배웠으며 20세에 이르러 동정(東亭) 이병호(李炳鎬)에게 위기지학(爲己之學)을 배웠다.[9] 1921년에 우리나라 최초의 사설 여성 교육기관인 덕전강사(德田講社)를 설립하여 여성 교육을 하였으며 『율재문집(慄齋文集)』에는 「대학

---

6 편저자인 이한걸 선생은 1940년에 『훈민정음』 해례본을 간송 전형필에게 양도한 분으로 잘 알려져 있다.

7 민족운동가이자 교육자이다. 1907년에 안동 최초의 근대식 중등교육기관인 협동학교(協東學校)를 세웠다. 1927년에 창립된 신간회 안동지회 회장을 역임하였으며, 1982년에 건국훈장 독립장이 추서되었다(『한국민족문화대백과사전』 참고).

8 이회직은 1928년에 경학원(經學院)의 직원(강사)으로 이름이 올라 있다.
　(한국사데이터베이스 참고, http://db.history.go.kr/item/level.do?itemId=jw&types=1928-12-15)

9 「자제갈지(自製碣識)」(『석류정개관』 15~16쪽)에서 인용함.

기문증해(大學記問增解)」, 「논어기문증해(論語記問增解)」 등의 저술이 수록되어 있다.

(3) 책의 구성

이회직의 서(1장)가 권두에 있으며, "녀자소학(女子小學)"이라는 권두제목(판심도 같음)으로 시작하는 번역 부분이 권지일(내편, 12장)과 권지이(외편, 10장)으로 나누어져 있고, 그 뒤에 "漢文原本 女子小學"이라는 권두서명(판심도 같음)으로 시작하는 구결이 달린 한문 원문이 있다[각각 권지1(內篇) 8장, 권지2(外篇) 6장]. 이 한문 원본에는 "教師用"이라고 적어 놓은 것으로 보아서 이 책이 여성용 독본에 그치는 것이 아니라, 가르칠 사람을 염두에 두고 편집하였으며 교사는 이 원문과 원문에 붙은 주석을 참고하여 더 잘 가르칠 수 있도록 배려하였다. 권말에 이한걸의 '女子小學 識(1장)'가 붙어 있다. 따라서 책의 장수는 38장이며 간기장까지 합치면 모두 39장이다.

간기는 다음과 같이 되어 있다.[10]

(1) 1927년에 발행하였으며 발행자는 이원혁(李源赫, 1890~1968) 선생이다.[11]

---

10 소장자 이선 씨의 책에는 간기 부분이 떨어져 나가고 없다. 글쓴이가 본 복사본의 간기 페이지는 다른 책에서 복사해서 붙인 것이라고 한다.

11 그는 안동시 예안면 부포리에서 출생하였고, 퇴계 선생의 후손(14대손)이다. 독립운동을 하였으며 1996년 건국훈장 애족장이 추서되었다. 항일 단체인 신간회(新幹會)에서 활약하였으며 이 같은 활동으로 체포되어 1931년 4월 24일 경성지방법원에서 대정 8년(1919) 제령 제7호(정치에 관한 범죄 처벌의 건) 위반 혐의로 징역 1년 4월형을 선고 받고 옥고를 치렀다.(디지털 안동문화대전(http://andong.grandculture.net/Contents?local=andong&dataType=01&contents_id=GC02401742, 2018-10-20)

인쇄자는 서상옥(徐相玉)인데[12] 발매소는 잘 알려진 박문서관(博文書館)이다. 발행소는 이한걸 선생의 거주지인 경북 안동군 와룡면 주하동의 지암서숙(芝巖書塾)으로 되어 있다.

책의 내용 부분 즉 본문은 다음과 같이 구성되어 있다.

권1 내편(內篇)
    효경(孝敬) 제일(第一)
    정신(貞信) 제이(第二)
    자교(慈敎) 제삼(第三)
권2 외편(外篇)
    효경(孝敬) 제일(第一)
    정신(貞信) 제이(第二)
    자교(慈敎) 제삼(第三)

크게 내편과 외편으로 구성되어 있는데 이것은 『소학』의 체제를 따른 것이며 그 내용 편목이 달라져 있음을 알 수가 있다. 『여자소학』은 저본인 『소학』의 내용을 발췌 변개한 것이므로 이 내용을 각각 원전의 어느 부분에서 가지고 왔는지를 이해할 필요가 있다. 『소학집주』[13]와 비교하면 다음 표와 같다.

---

12 서울에서 동흥(同興) 인쇄소를 운영하였으며, 동일한 인쇄소에서 여성 계몽잡지인 『활부녀(活婦女)』(1926년 8월~1927년 10월)를 발간한 바 있다(『한국민족문화대백과사전』 참고).
13 『소학집주』는 '내편(內篇)'[입교(立敎) 13장, 명륜(明倫) 108장, 경신(敬身) 46장, 계고(稽古) 47장]과 '외편(外篇)'[가언(嘉言) 91장, 선행(善行) 81장]으로 이루어져 있다.

	『여자소학』	『소학집주』
내편(內篇)	효경(孝敬)	명륜(明倫)
	정신(貞信)	명륜(明倫)
		계고(稽古)
	자교(慈敎)	입교(立敎)
		계고(稽古)
외편(外篇)	효경(孝敬)	가언(嘉言)
		선행(善行)
	정신(貞信)	가언(嘉言)
		선행(善行)
	자교(慈敎)	가언(嘉言)
		선행(善行)

『여자소학』과 『소학집주』의 분장 비교

이 표에서 볼 수 있듯이 『여자소학』은 『소학』과 마찬가지로 내외편을 구별하였으며, 각각에서 효경(孝敬), 정신(貞信), 자교(慈敎)로 나누어서 『소학』의 관련 있는 대문(大文)을 가져 왔다. 한 가지 눈에 띄는 사실은 여성 교육과 연관성이 가장 적은 경신(敬身)편에서는 가지고 오지 않았다는 점이다.

3) 여자용 『소학』의 대조

(1) 여성 교육서의 필요성과 노력

『소학』은 어린아이의 행동, 예법 등을 교육을 목표로 하여 편집된 책이다. 그리하여 남과 여에 대한 내용이 별도로 있는 경우가 많다. 그러나 조선과 같은 전통사회에서는 여성이 한문으로 교육받을 기회가 극히 드물기 때문에 여성 교육의 필요성을 느끼면서도 언어와 문자의 장벽이 있어서 교육하기가 어려웠다. 일례로 『삼강행실(三綱行實)』 출판에 즈음한 세종 임금의 교서에 다음과 같은 내용이 들어 있다.

(2) "어리석은 백성이 향하여 갈 바를 몰라 흐리멍덩하게 본받는 바가 없으므로, 이에 유신(儒臣)에게 명하여 고금의 충신·효자·열녀 중에서 뛰어나게 본받을 만한 자를 뽑아서 그 사실을 따라 기록하고, 아울러 시찬(詩贊)을 저술하려 편집하였으나, 오히려 어리석은 백성들이 아직도 쉽게 깨달아 알지 못할까 염려하여, 그림을 붙이고 이름하여 '『삼강행실(三綱行實)』'이라 하고, 인쇄하여 널리 펴서 거리에서 노는 아이들과 골목 안 여염집 부녀들까지도 모두 쉽게 알기를 바라노니, 펴 보고 읽는 가운데에 느껴 깨달음이 있게 되면, 인도하여 도와주고 열어 지도하는 방법에 있어서 도움됨이 조금이나마 없지 않을 것이다. 다만 백성들이 문자를 알지 못하여 책을 비록 나누어 주었을지라도, 남이 가르쳐 주지 아니하면 역시 어찌 그 뜻을 알아서 감동하고 착한 마음을 일으킬 수 있으리오." ─「삼강행실도(三綱行實圖) 교서(敎書)」, 『세종실록』, 세종 16년(1434) 4월 27일

즉 『삼강행실도』를 집현전에서 편찬하였으나 부녀자를 포함한 어리석은 백성이 이해할 수 없음을 고려하여 그림을 붙였다. 그러나 그림을 붙였지만 여전히 한문 원문을 읽지 못함으로써 내용을 알 수 없을 것이므로 세종 임금이 애초에 뜻했던 백성 교화의 목적을 달성할 수 없음을 한탄하고 있다.[14]

이후 훈민정음이 창제되고 반포되어 누구든 한글로 된 문장을 읽을

---

14 글쓴이는 졸저(2013: 53~58)에서 이 대목을 인용하면서 세종임금이 백성이 읽을 수 있는 글자를 만들어야겠다는 생각을 하게 된 주요한 계기 중의 하나인 것으로 보았다.

수 있고 자신의 생각을 밝힐 수 있게 됨으로써 백성의 언어생활이 크게 달라졌다. 중국의 고전 등 한문으로 된 책이 번역(언해)됨으로써 한문을 모르는 사람도 내용을 이해할 수 있게 된 것이다. 중국 문헌을 번역하는 주요한 목표 중의 하나가 부녀자가 직접 읽고 이해할 수 있게 하려는 것이다.

이러한 상황이 이루어지면서 한글이라는 배우기 쉬운 글자를 갖추고 있었으므로 이제 교화를 위해서는 언해 즉 번역이 뒤따르지 않을 수 없다. 『삼강행실도』와 더불어서 아이와 부녀자(앞으로는 "아녀자"로 씀)를 위해서는 자연스럽게 일상생활에 절실하게 적용되는 『소학』을 번역하기에 이른다.

(3) 그러나 『삼강행실』에 실려 있는 것은, 거의가 변고와 위급한 때를 당했을 때의 특수한 몇 사람의 격월(激越)한 행실이지, 일상생활 가운데에서 행하는 도리는 아닙니다. 그러므로 누구에게나 그것을 요구할 수는 없는 것이지만, 『소학』은 곧 일상생활에 절실한 것인데도 일반 서민과 글 모르는 부녀들은 독습(讀習)하기가 어렵게 되었습니다. 바라옵건대 여러 책 가운데에서 일용(日用)에 가장 절실한 것, 이를테면 『소학』이라든가 『열녀전(列女傳)』·『여계(女誡)』·『여측(女則)』과 같은 것을 한글로 번역하여 인반(印頒)하게 하소서. 그리하여 위로는 궁액(宮掖)으로부터 조정 경사(朝廷卿士)의 집에 미치고 아래로는 여염의 소민(小民)들에 이르기까지 모르는 사람 없이 다 강습하게 해서, 일국의 집들이 모두 바르게 되게 하소서.
— 『중종실록』, 중종 12년(1517) 6월 27일

이리하여 세종 때에 진주에서 일어난 친부 살인 사건을 계기로 하여 만들어진 『삼강행실도』와 함께 『소학』은 조선조에서 아녀자 계몽서로

서 중요한 책으로 여겨졌고 이후 여러 차례 번역을 거듭하였다.[15]

위에서 인용한 홍문관의 아룀 이후에 최초의 『소학』 번역본인 『번역소학(飜譯小學)』이 간행되었으며 이것을 시작으로 하여 조선시대에는 여러 차례 여러 가지 모습으로 『소학』의 번역서가 간행되게 된다. 이후의 『소학』 번역서와 특징에 대해서는 여러 논저에서 다루고 있으므로 생략하기로 한다(정호훈, 2014 참조). 다만 이 글에서 관심을 가지고 있는 "아녀자를 위한 번역"이라는 문구는 이후에도 계속해서 반복되고 있음을 아래에서 보이고자 한다.

1518년에 간행된 『번역소학』의 권말에 있는 남곤의 발문에는 다음과 같이 되어 있다.

(4) "다만 걱정되는 것은 우리나라 사람들이 문자(文字)를 이해하는 자가 적고 배우기도 매우 어렵습니다. 만일 방언으로 번역하여 널리 인쇄하여 유포하면 아동이나 부녀자도 책만 펴면 이해할 것이니 백성을 깨우치는 방법이 이보다 급한 것이 없습니다.[16](第患, 國人尠鮮文字, 習學尙艱. 如以方言, 飜而譯之, 廣印流布則, 雖兒童婦女, 開卷便曉, 籲民之方, 宜無急於此者.)" — 남곤(南袞), 『소학(小學)』, 「발(跋)」, 2b

여기에서 방언(方言)은 조선말이다. 1588년에 간행된 『소학언해(小學諺解)』(도산서원본) 발(跋)에도 비슷한 글이 있다.

---

15 조선시대의 각 왕의 업적은 실록에 수록된 왕의 행장(行狀) 또는 지문(誌文)에서 종합적으로 언급이 되어 있는데 흥미로운 사실로 『삼강행실도』와 『소학』이 동시에 언급되어 있는 실록은 중종(中宗), 선조(宣祖), 인조(仁祖), 효종(孝宗), 경종(景宗), 영조(英祖), 정조(正祖) 등인데 이들 왕이 백성의 교화에 힘썼다는 것을 보여 준다.

16 이하의 『소학』 계의 발문과 서문의 한국어 번역은 이충구(1990)를 따랐다. 이하에서도 마찬가지이다.

(5) "『소학』이란 책은 인도(人道)에 가장 절실하니, 콩이나 조 혹은 물과 불이 우리 삶에 없어서는 안 되는 것과 같다. 다만 우리나라 사람들은 문자에 밝은이가 드물어 방언(方言)으로 풀지 않는다면 궁벽한 여항에 사는 부인과 어린이들은 비록 이 책을 익히고자 하여도 어쩔 도리가 없다. 그리하여 번역을 한 것이다.(『小學』一書, 最切於人道, 如菽粟水火之不可闕. 第吾東人, 鮮曉文字, 如不以方言爲之解則, 窮閭僻巷婦人小子, 雖欲習學而末由. 此飜譯之所以作也.)" — 이산해(李山海), 『소학언해(小學諺解)』, 「발(跋)」, 1a

다음은 영조의 서문이다.

(6) "나라히 方語(諺文이라)ㅣ 이시니 婦人 굷ᄋ치ᄂᆞᆫ 道ㅣ 諺解 아니면 능히 알게 못 ᄒᆞᆯ시라.(國有方語, 敎婦人之道, 匪諺解莫能曉也.)" —『어제소학언해(御製小學諺解)』, 「서(序)」, 4a, 1744

이와 연관된 것으로 조선시대에는 여성을 독자로 상정한 출판물들이 종종 나타난다. 『내훈(內訓)』(1475), 『어제내훈언해』(1736), 『고열녀전(古列女傳)』(1543), 『여사서언해(女四書諺解)』(1736) 등이 대표적이라고 할 수 있다. 그 밖의 여성 교육서에 대해서는 백두현(2006)에 많은 저술들이 소개되어 있다.

그러나 여성이 읽게 하기 위해서 이러한 책이 편집 간행되기는 하였지만 그 효과가 성공적이지는 못하였던 것 같다. 내용상 아녀자에게 가장 적합한 것은 위 (3)에서도 보았듯이 『소학』이었던 것이다. 이러한 요구에 부응하여 조선조 말기에 이르러 비로소 여성만을 독자로 하여 『소학』의 내용을 편집하고 번역한 책들이 여럿 나온다. 『여소학(女小

學)』(1882), 『소학규범(小學閨範)』(1905), 그리고 이 글에서 다루는 『여자
소학(女子小學)』[17](1927)이 대표적이다. 이들을 여성용 소학이라고 일컫
기로 하고 아래에서 구체적으로 다루기로 한다.

(2) 여성용 『소학』의 원문과 번역문

이하에서는 이 세 문헌의 원문을 다루는 방법과 번역을 이해하기 위
하여 세 문헌의 한 대목을 뽑아서 원문과 번역문을 비교 대조해 보기로
한다. 이 책들은 대체로 『어제소학언해』(1744)나 그것의 원문에 해당하
는 『소학제가집주(小學諸家集註)』(1612년 초간)에 바탕을 둔 것으로 보
이므로 이 책을 기준으로 하여 설명하기로 한다.

(7)

(7-1) 『어제소학언해』

[대문] 內녝則측에 日왈 子주ㅣ 事ᄉ父부母모ᄒ오ᄃᆡ 鷄계初초鳴명이어든
　咸함盥관漱수ᄒ며 櫛즐縰쇄笄계總총ᄒ며 拂블髦모ᄒ며 冠관緌유纓영ᄒ며
　端단韠필紳신ᄒ며 搢진笏홀ᄒ며 左좌右우佩패用용ᄒ며 偪핍屨구著탁綦긔
　니라
　婦부ㅣ 事ᄉ舅구姑고ᄒᄋᆡ 如여事ᄉ父부母모ᄒ야 鷄계初초鳴명이어든
　咸함盥관漱수ᄒ며 櫛즐縰쇄笄계總총ᄒ며 衣의紳신ᄒ며 左좌右우佩패用용
　ᄒ며 衿금纓영綦긔屨구ㅣ 니라

[언해문] (內則에 ᄀᆞᆯ오ᄃᆡ) [생략] 며느리 舅싀아비라 姑싀어미라를 셤기되 父母 셤김

────────────────

17 이 책 외에도 『여자소학』이라는 제목을 가진 것이 더 있다. 한글 필사본 『녀ᄌ소학』(강현경
1996)이 있고, 이와는 다른 한글 필사본 『여자소학(女子小學)』(충남대학교 도서관 소장)이
있다. 후자에는 "이퇴경전이라"도 들어 있다. 이 글에서는 이들 책은 다루지 않는다.

ᄀ티ᄒ야 ᄃᆰ이 처엄 울거든 다 셰슈ᄒ고 양짓믈ᄒ며 머리 빗고 繼겸은 깁으로

머리털을 ᄡᅡ 샹토흠이라ᄒ고 빈혀 곳고 總겸을 뛰어 샹토밋틀 믜고 남은 이란 뒤혜 드리우는 거시라ᄒ

며 옷 닙고 씌씌며 원녁히며 올흔 녁히 ᄯᆯ 것 ᄎ며 향ᄂᆞᆺ 씬 믜며 신을

씬 밀ᄯᅵ니라

(7-2) 『여소학』

[대문] 內안ᄂᆡ則법즉에 曰일늘월 婦며느리부ㅣ 事셩길ᄉ舅시부구姑시모고호

대 如ᄀ틀여事셩길ᄉ父부친父母모친무ᄒ나니 鷄닭계初츰초鳴울명이어던

咸鹽셰슈홀盥漱양치홀 手櫛빗즐笄빈여계總하며 衣윗옷의紳띄신ᄒ고 左왼

자右올은우에 <u>佩찬패帨수건셰 刀칼도箴ᄇᆞ널침 管듸통관線실션繋주머니반</u>

<u>及더블급纓향낭영</u>ᄒ고(2:1a)¹⁸

[언해문] ᄂᆡ즉에 왈 며느리ᄀ 구고얼 셩기되 부모 셩기더시 ᄒᄂᆞ니 닭이 울거

던 셰슈ᄒ고 양치ᄒ고 머리 빗고 의관ᄒ고 ᄯᅴ 띄고 자우에 슈건과 칼과

ᄇᆞ널통과 실주머니와 향낭등쇽얼 ᄎ고(2:1b)

(7-3) 『소학규범』

[대문] 內ᄂᆡ則즉에 曰왈 子十 事父母호ᄃᆡ 鷄初鳴어어든

咸鹽漱ᄒ며 櫛縰笄總ᄒ며 拂髦ᄒ며 冠緌纓ᄒ며

端韠紳ᄒ며 搢笏ᄒ며 左右佩用ᄒ며 偪屨著綦ᄂᆞ니라

婦부ㅣ 事ᄉ舅구姑고호ᄃᆡ 如여事ᄉ父부母모ᄒ야 鷄계初초鳴명이어든

咸함鹽관漱수ᄒ며 櫛즐縰縱쇄笄계總총ᄒ며 衣의紳신ᄒ며

左좌右우佩패用용ᄒ며 衿금纓영綦긔屨구ㅣ 니라

---

18 밑줄 친 이 부분은 『소학』 대문에 없는 구절을 삽입해 넣은 것이다.

[언해문] 內뇌則측에 글오디 며늘이 舅시아비라 姑싀어미라를 셤기되 父母 셤김ㄱ티 ㅎ야 둙이 처엄 울거든 다 셰수ㅎ고 양짓물ㅎ며 머리 빗고 縰검은 깁으로 머리털을 빠 샹토흠이라ㅎ고 빈혀 곳고 総깁을 뼈어 샹토밋틀 미고 남은 이란 뒤혜 드리우는 거시라ㅎ며 옷 닙고 쯰 쯰며 왼녁히며 올흔 녁히 쁠 것 추며 향ㄴ뭇 쯴 미며 신을 쯴 밀띠 니라(小學閨範 中:13a-13b)

(7-4)『여자소학』

[대문] 內則에 曰 ꝑ子十 事父母ㅎ다 鷄初鳴어어든
    咸盥漱ㅎ며 櫛縱筓總ㅎ며 拂髦ㅎ며 冠緌纓ㅎ며
    端韠紳ㅎ며 搢笏ㅎ며 左右佩用ㅎ며 偪屨著綦니라]
    婦ㅣ 事舅姑호대 如事父母하야 鷄初鳴이어든
    咸盥漱하며 櫛縱筓總하며 衣紳하며 左右佩用하며 衿纓綦屨ㅣ니라

訂註 盥上聲洗面本註只謂洗手恐未周衿纓柳好古窩章句曰鄭氏說曰婦人有纓示繫束也觀曲禮許嫁纓恐當從此說非謂香囊也

[언해문] 내측에, 가로대, 며늘이가, 싀어버이를, 셤기대, 부모셤김과, 갓치하 야, 닭이, 처음, 울거든, 다, 세수하고, 양치질, 하며, 머리빗고, 머리털, 감촛 고, 비녀, 곳고, 머리털, 쫏즈며, 옷, 닙고, 쯰, 쯰며, 왼쪽이며, 오른쪽에, 쓸 것을, 차며, 영을, 매고, 신을, 쯴, 맬찌니라(1:1a)

내측은례긔책편이름이라머리털감촛기는검은비단으로하나니라쓸것은분이며수건이며바날집갓흔류ㅣ라영은게집이

싀집가기를허락함에매는쯰라

이 세 문헌의 원문과 번역문의 각각의 특징은 다음과 같이 정리할 수가 있다. 우선 세 문헌이 공통적으로 여성에 관한 것만 발췌하였으므 로 발췌 양상에 특별한 점이 없으면 언급하지 않는다. 따라서 여기에서 는 번역의 양상을 주로 언급할 것이다.

원문을 『어제소학언해』와 대조해 보면 『소학규범』은 원문의 한자에 한자음을 다는 방식이 꼭 같다. 『여소학』은 원문의 한자에 일일이 훈과 음을 달아준 점이 특이하며, 원문의 내용을 비교적 자유롭게 변용하고 있다. 위의 인용(예문 7-2)에서 밑줄 친 부분은 『소학』의 원문에 없는 부분이다. 이에 비해서 『여자소학』에서는 여성 관련 부분을 발췌하면서 일부 원문을 삭제했지만, 원문을 변개하지는 않았다. 그리고 한문으로 주를 달아 놓은 것이 눈에 띈다. 이 점에 대해서는 뒤에서 다시 논의할 것이다.

번역에 관해서 말하자면 대체적으로 『어제소학언해』가 나온 후에 새로운 유형의 번역이 나온 적이 없다고 볼 수 있다. 즉 잘 알려진 무교(武橋) 신간(1860년대로 추정) 『소학언해』와 그것을 영인하여 간행한 신구서점의 『소학언해』(1913), 『원본구해소학집주(原本具解小學集註)』[1917, 편집 겸 발행자 이종정(李鍾楨), 광동서국(光東書局) 등 발행],[19] 그리고 신식 활자본으로 간행된 『원본소학집주(原本小學集註)』 상·하(1921, 조선도서주식회사)도 『어제소학언해』의 번역을 거의 그대로 답습하고 있다.

이 책들에서는 '아래아'도 약간의 무의미한 변동을 보이지만 거의 그대로 사용되고 있다. 그리고 『소학규범』도 『어제소학언해』의 번역을 거의 그대로 답습하고 있다. 이렇게 볼 때 1920년대까지 여전히 『어제소학언해』의 영향은 거의 절대적이라고 할 수 있는데 그러한 경향의 예외를 보이는 것이 여기에서 다룬 『여소학』과 『여자소학』이다.

---

19 국립중앙도서관 소장. 권두서명은 『소학제가집주(小學諸家集註)』이다. 일반적으로 『소학제가집주』라는 서명을 가진 책은 번역문이 없는 한문본인데 이 책은 주석문과 한글 번역문이 소자 쌍행으로 들어 있는 특이한 책이다. 신정엽(2009: 436)에도 소개되어 있다.

『여소학』은 위에서 보았듯이 원문이 달라진 부분이 있고 거기에 따라서 번역도 달라져 있으며, 표기법 상으로도 당시에 "아래 아"와 "아"가 완전히 합류하였음을 보여 주는 혼란스러운 표기로 되어 있으며 편집자의 거주 지역인 충청도의 방언이 매우 선명하게 반영되어 있다. 『소학』을 완전히 새로 번역했다고 할 수 있으며 그러한 점에서 자료로서의 가치가 크다.[20]

마지막으로 『여자소학』은 기존 번역을 답습하지 않고 새롭게 번역하였다. 그리고 책이 서울에서 간행되었음에도 불구하고 경상 방언이 들어 있다. 한문 원문에 붙어 있는 주석과 한글 번역문에 붙어 있는 주석이 일치하지 않는 것도 특기할 만하다. 한문은 교사용, 한글은 여성용으로 쓴 것이므로 이러한 경우가 생긴 것이다. 그리고 또 한 가지 특이한 것은 모든 번역문에 구두점이 찍혀 있다는 점이다. 이것은 띄어쓰기와 그 기능이 같은 것이다. 다만 현실적으로는 띄어 읽기의 기능을 갖는다고 보아야 할 것이다.[21] 표기법 상으로는 '아래아'가 전혀 보이지 않는다. '아래아'가 비음운화된 지 오래이기 때문에 당연한 것이지만 당시에 볼 수 있던 『소학』 관련 책자에서는 여전히 '아래아'가 쓰였던 것을 감안하면 이 책의 표기는 현실음을 가장 잘 반영한 것으로 볼 수가 있다. 이하에서는 『여자소학』에 초점을 맞추기로 한다.

---

20 이 책에 대해서는 홍윤표(1989) 및 이상규(2014) 참고.

21 이처럼 번역문(언해문)에 구두점이 있는 것은 『보권염불문(普勸念佛文)』(예천 용문사, 1704)이 처음이며(졸고 1994 참고), 이 외에도 『아미타경언해(阿彌陀經諺解)』(해인사, 1776)에 권(圈, 즉 동그라미)으로 된 구두점이 찍혀 있고, '천수관음대다라니'[『염불보권문(念佛普勸文)』, 선운사, 1787]에는 점(點)으로 된 구두점이 찍혀 있다.

4) 『여자소학』의 특징

(1) 원문의 변용 양상

이 책의 서명이 『여자소학』이므로 남녀를 대상으로 하던 『소학』과 비교해 보면 내용상의 변개가 없을 수 없다. 일반적으로 유가의 원전은 한 글자라도 바꾸지 않는 것이[22] 상식이지만 이 경우에는 여자가 읽고, 행동을 할 수 있도록 목표를 정한 것이어서 특정 문구 특히 남자를 지칭하는 부분은 가능한 한 삭제를 하였다.

아래의 것은 다소 길기는 하지만 변개의 특징을 잘 드러내어 주고 있어서 예로 보이기로 한다. 아래에서 A는 『어제소학언해』[23]의 것을 가지고 왔으며 B는 『여자소학』의 것이다.

(8)

A. 內則에 曰[24] 子ㅣ 事父母호딕 鷄初鳴이어든

咸盥漱ᄒ며 櫛縰笄總ᄒ며 拂髦ᄒ며 冠緌纓ᄒ며

---

22 이와 관련하여 태조 이성계의 이름인 "旦"을 피하기 위하여 『소학』에서는 다음과 같은 방법을 썼다. 즉 조선의 모든 『소학언해』 판본에서는 "旦"으로 쓰고 "됴"로 독음을 달아 놓았다. (예) 旦됴소학언해(1588년, 5:72a), 어제소학언해(1744년, 5:81a)]. 그러나 『소학제가집주』에는 "旦"을 적극적으로 피휘하여 같은 뜻의 "朝"로 바꾸어 놓고 있다(小學諸家集註 小學書題 2b, 5:41a 등). 그리고 『여자소학』의 한문 원문은 "朝望"(한문원본 2:1b)으로 되어 있음을 보아서 『소학제가집주』의 것을 가지고 왔다고 할 수 있다. 왜냐하면 중국에서 간행된 『소학』류와 조선의 다른 『소학』류에는 모두 "旦望"으로 되어 있기 때문이다.

23 여러 판본들의 원문이 크게 차이날 것 같지는 않지만 그 중에서 『어제소학언해』(1744)를 인용하는 이유는 이 판본의 영향력이 절대적인데다, 『여자소학』의 번역문이 『어제소학언해』의 것을 바탕으로 했을 가능성이 크기 때문이다.

24 『어제소학언해』에는 "內ᄂᆡ則측에曰왈子즈ㅣ …"처럼 모든 한자에 한자음이 작은 글자로 달려 있으나 여기에서 인용할 때는 생략하였다.

端韠紳ᄒ며 搢笏ᄒ며 左右佩用ᄒ며 偪屨著綦니라

婦ㅣ 事舅姑호ᄃᆡ 如事父母ᄒ야 雞初鳴이어든

咸盥漱ᄒ며 櫛縰笄總ᄒ며 衣紳ᄒ며 左右佩用ᄒ며 衿纓綦屨ㅣ니라

以適父母舅姑之所ᄒ호ᄃᆡ 及所ᄒ야 下氣怡聲ᄒ야 問衣燠寒ᄒ며

疾痛苛癢애 而敬抑搔之ᄒ며 出入則或先或後ᄒ야 而敬扶持之니라

進盥ᄒ실ᄉᆡ 少者ᄂᆞᆫ 奉槃ᄒ고 長者ᄂᆞᆫ 奉水ᄒ야 請沃盥ᄒ고 盥卒授巾이니라

問所欲而敬進之호ᄃᆡ 柔色以溫之ᄒ야 父母舅姑ㅣ 必嘗之而後에 退니라

男女未冠笄者ㅣ 雞初鳴이어든

咸盥漱ᄒ며 櫛縰ᄒ며 拂髦ᄒ며 總角ᄒ며 衿纓ᄒ야 皆佩容臭ᄒ고

昧爽而朝ᄒ야 問何食飲矣오 ᄒ야 若已食則退ᄒ고 若未食則佐長者視具ㅣ니
라(2:1b~4b)

B. 內則에 曰 ~~子ㅣ 事父母호ᄃᆡ 雞初鳴이어든~~
~~咸盥漱ᄒ며 櫛縰笄總ᄒ며 拂髦ᄒ며 冠緌纓ᄒ며~~
~~端韠紳ᄒ며 搢笏ᄒ며 左右佩用ᄒ며 偪屨著綦니라~~

婦ㅣ 事舅姑호ᄃᆡ 如事父母하야 雞初鳴이어든

咸盥漱하며 櫛縰笄總하며 衣紳하며 左右佩用하며 衿纓綦屨ㅣ니라

以適 ~~父母~~ 舅姑之所ᄒ호ᄃᆡ 及所하야 下氣怡聲하야 問衣燠寒하며

疾痛苛癢애 而抑敬搔之하며 出入則或先或後ᄒ야 而敬扶持之니라(1:1a)

進盥ᄒ실새 少者는 奉槃하고 長者는 奉水하야 請沃盥ᄒ고 盥卒授巾이니라

問所欲而敬進之호ᄃᆡ 柔色以溫之ᄒ야 ~~父母~~ 舅姑ㅣ 必嘗之而後에 退니라

C. [男]女未[冠]笄者ㅣ 雞初鳴이어든

咸盥漱하며 櫛縰하며 拂髦하며 總角하며 衿纓하야 皆佩容臭하고

昧爽而朝하야 問何食飲矣오 하야 若已食則退하고 若未食則佐長者視具ㅣ니

라(1:1b)

여기에서 보듯이 원래의 『소학』은 "子"(아들, 남성)와 "婦"(며느리, 여성)를 대상으로 하여 쓴 글인데 『여자소학』에 걸맞게 "子"에 관계되는 것은 삭제함으로써 며느리나 여성에게 적합한 글로 고쳐 놓았다. 그 고친 양상은 다음과 같다.

(9) ㄱ. "子ㅣ 事父母호ᄃᆡ"부터 "偪屨著綦니라"까지 삭제

ㄴ. "父母舅姑" 중 "父母"를 삭제하여 시부모에 대한 것만 남김

ㄷ. "男女未冠笄者"는 남자와 관련된 "男"자와 "冠"자를 삭제하였다.

아래의 예는 대문의 중간 부분을 삭제한 것이다.

(10) 寒不敢襲ᄒ며 癢不敢搔ᄒ며

不有敬事ㅣ어든 不敢袒裼ᄒ며 不涉不撅ᄒ며

褻衣衾을 不見裏니라

⇒

寒不敢襲하며 癢不敢搔하며

[不有敬事ㅣ어든 不敢袒裼하며 不涉不撅하며]

褻衣衾을 不見裏니라(2a)

아래의 예는 비록 남자에 관한 것이지만 남여의 관계에 관한 내용이므로 고치지 않고 그대로 두었다. 다만 구결이 조금 달라졌다.

(11) 男子ㅣ 親迎ᄒ야 男先於女ᄂᆞᆫ 剛柔之義也ㅣ니

天先乎地ᄒ며 君先乎臣이 其義 一也ㅣ니라 〈2:53b〉

⇒

男子ㅣ 親迎ᄒ야 男先於女ᄂᆞ 剛柔之義也ㅣ니

天先乎地ᄒ며 君先乎臣이 其義ㅣ 一也ㅣ니라(4a)

이상의 논의에서 살펴볼 때 『여자소학』에 대해서는 지금까지 조선시대의 위정자가 꿈꾸었던 여성을 위한 진정한 소학 책으로 보아도 과장이 아닐 것이다. 즉 1518년에 『번역소학』이 간행된 이후에 약 400년이 지날 동안 아녀자를 계몽할 수 있는 진정한 훈육서를 필요로 하였지만 당시에는 주희(朱熹)가 지은 『소학』의 한문 원문을 벗어날 수가 없었을 뿐 아니라 여성만을 위한 책을 만들 생각을 하지 못하였다. 그런데 19세기 말에 이르러 여성만을 위한 책이 편집되기 시작하였고, 『여자소학』의 경우에 한글로만 번역서를 구성하였으며, 여성이 읽기 어려운 한문 원문은 책의 뒷부분에 두어, 교사용 교재로만 쓰도록 하였을 뿐 아니라, 교사가 가르칠 때에 참고할 수 있도록 주석을 붙여두었다. 이러한 점에서 여성을 위한 책을 만들려고 한 조선조 위정자의 꿈은 이 책에서 그 완성을 보았다고 할 수가 있을 것이다.

한편 책 저술의 목표에 맞추어 마지막에는 다음과 같은 문구가 있다.

(12) ○ 편말에 주씨의 부자히 일을 녀흠은 감계하란 쯧이오 또 왕림의 안해 우애 잇슴을 녀자들이 다 쏜보라하는 쯧이라(2:10a)

○ 편말에 특히 이 말슴을 녀흠은 녀자의 미신성을 금지하는 쯧이오 또 녀자가 자식을 이럿케 정대함으로 가라치게 하는 쯧이라(2:10a)

(2) 『여자소학』의 주석

『여자소학』에는 『어제소학언해』와 해석을 달리 한 것이 꽤 있다. 이런 경우에는 주석을 통하여 그 근거를 밝히고 있다. 한 예를 들어 보인다.

> (13) ○ 柳開仲塗 l 曰 (중략) 旦望[25]애 弟婦等이 拜堂下畢ᄒ고 … 〈어제소학 5:81a〉
>
> 〈어제소학〉 柳開仲塗 l 글오ᄃᆡ (중략) 초ᄒᆞᄅ 보롬애 <u>ᄌᆞ데와 며ᄂᆞ이들히</u> 堂 알애셔 졀홈을 ᄆᆞᆺ고 ….(5:82a)
>
> 〈여자소학〉 류개중도 l 가로대 (중략) 초하로 보름에 <u>제수들이</u> 쳥 알에 서 졀함을 맛츠고(2:2a)

한문본에는 다음과 같은 정주(訂註)가 달려 있다.

> (14) [訂註] 『鶴錄』曰, "弟婦, 弟之婦也. 言弟婦等, 則己妻, 自在其中."

여기에서 원문의 "弟婦"를 『어제소학언해』의 "ᄌᆞ데와 며ᄂᆞ이들히"로 따르지 않고 "제수들이"로 바꾼 것은 상당히 중요한 의미를 지닌다. 즉 지금까지 『소학』의 번역에 대한 연구는 그것이 직역이냐 의역이냐에 대해서, 그리고 여러 가능한 해석이 있을 때 누구의 주석을 따랐느냐 등이 중요한 논의거리였는데 이 경우에는 『학록(鶴錄)』[26] 즉 『학사강록

---

25 "旦望"에 대해서는 앞의 각주 (22) 참고.
26 흔히 "학록(鶴錄)"이라고 하면 『퇴계선생언행통록(退溪先生言行通錄)』(『퇴계전서』 하, 621~784쪽 수록)(권두경 편집, 1732)에 학봉(鶴峯) 김성일(金誠一, 1538~1593)이 퇴계 선생의 언행을 기록한 부분에 "鶴錄"이라고 필자를 밝히고 있어서 학봉의 주석으로 생각할 가능성이 있으나 이 책 『학록』은 일반적으로 알고 있는 학록(鶴錄)과는 관계가 없다.

(鶴社講錄)』을 인용하면서 전혀 다른 해석을 해 놓았기 때문이다. 즉 지금까지『소학』의 번역에서 볼 수 없었던 독창적인 번역을 시도하였다는 점이다. 이 책의 가치에 대해서는 여러 가지를 들 수가 있겠지만, 바로 이러한 점에 있어서 특별한 가치를 지닌다고 볼 수 있다.

편저자 이한걸은 한문 원본의 권두에 다음과 같이 쓰고 있다.

> (15) 만약 무릇 주석과 설명이 의심스러운 것이 있으면 내가 조선의 유학자 (東儒)의 설명이나 고주로 바루었으며 그것을 정주(訂註)라고 하였고, 또 주석과 설명이 갖추지 못했으면 내가 조선의 유학자의 설명이나 고주로 그것을 보충하였으며 그것을 보주(補註)라고 하였다.(若夫註說之可 疑處, 愚引東儒說, 或古註, 以正之, 謂之訂註. 且註說之未備處, 愚引東儒說, 或古註, 以補之, 謂之補註.) ― 『여자소학』한문원본, 1:1a

이상에서 보듯이 이 책의 주석은『어제소학언해』를 통해서『소학제가 집주』의 주석을 따르고 있지만 꽤 여러 곳에서 동유(東儒) 즉 조선의 유학자의 주석을 따르고 있다. 이 동유의 대표적인 학자가 위에서 본『학사강록』의 저자를 비롯하여 호고와(好古窩) 류휘문(柳徽文, 1773~1832)과 물암(勿巖) 김륭(金隆, 1549~1594) 등이다. 이들은 말할 것도 없이 퇴계의 학문을 이은 학자들이다.

한편 이 책에서의 번역은 직역을 지향하기보다는 의역을 한 곳이 종종 보인다. 한 예를 들면 다음과 같다.

> (16) 外內不共井ᄒ며 不共湢浴ᄒ며
>
> [訂註] 不共井. 『鶴錄』曰, "井, 則盥漱洗澣之井."(한문1:4b)

밧과 안히 우믈을 흔가지로 아니ᄒ며 湢을 흔가지로 ᄒ야 목욕ᄒ디 아
니ᄒ며(어제 2:56a)
밧과 안이 세수 우믈을 한테 아니하며 목욕간을 한테 하야 목욕하지
아니하며(1:6b)

위에서 "井"을 "우물"로 번역하지 않고 "세수 우물"로 한 것은 『학록』의
주석을 반영한 것이다. 이것은 그 영향이 직결되지는 않겠지만 『번역소
학』(1518)의 의역을 연상케 하는 부분이다.

> (17) "과거 중종 戊寅 연간에 館閣의 여러 신하들이 전교를 받들어 해석을
> 했다. … 다만 그 文字의 의미를 버리고 註의 말까지 부연시켰다.(往在中
> 廟戊寅年間, 館閣諸臣, 奉敎選解, … 獨舍其字義, 衍以註語.)" ― 이산해(李
> 山海), 『소학언해(小學諺解)』, 「발(跋)」, 1a

과거에 『소학』을 번역함에 있어서 의역의 태도에서 직역의 태도로 간
것은 배강(背講)이나 과거에서 원문을 암기하는 데 도움을 받고자 한
것이었다. 『여자소학』의 경우에는 시대도 달라졌지만 아녀자들이 원문
을 암기할 필요가 없을 뿐 아니라 자신이 쓰는 말과 가장 가까울 때에
비로소 그 계몽과 훈육의 효과를 극대화할 수 있는 것이므로 이처럼
의역의 태도를 취한 것이다.

지금까지의 논의를 정리하면 이 책은 『어제소학언해』를 그대로 따른
것이 아니라 퇴계의 학맥에 기초하여 『소학』을 부분적으로나마 독자적
으로 해석한 연구서라고 할 수 있다. 물론 이한걸 자신이 퇴계의 학맥을
이은 학자였음은 말할 나위도 없다. 이 책의 주석에 관해서는 고를 달리
하여 다룰 예정이다.

(3) 『여자소학』의 국어학적 특징

『여자소학』의 번역문은 출판 당시에 새로 썼기 때문에 20세기 초기의 언어를 잘 보여 준다. 이러한 내용을 구체적으로 살펴보면 다음과 같다.

① 표기면

1) 구두점이 사용되었다. 기본적으로 어절(어간에 문법형태소가 붙은 것) 단위로 두점(讀點)(,)이 붙어 있으나 반드시 그렇지는 않다.[27]
2) "ㆍ" 낱글자가 사용되지 않는다.
3) 된소리는 ㅅ계 합용병서로 표기된다. (예) 써어서(挾, 2:3b), 뜻(2:6a), 쌔압시다(1:2b), 짜아서(2:5b).
4) 받침 ㄷ은 ㅅ으로 표기된다. (예) 밧들어서(2:9b), 것어(1:2a), 밋업지(1:11a).

② 음성-음운면

1) ㅅ, ㅈ, ㅊ 아래의 이중모음이 단모음화되었다. (예) 세수(1:6b), 젊은이(1:1ㅠ), 청하며(1:2b).[28]
2) ㅅ, ㅈ, ㅊ, ㄹ 아래의 /ㅡ/ 모음이 /ㅣ/ 모음으로 바뀌었다. (예) 지음(際, 2:1b), 심부림(1:8a).

---

27 좃는이가(1:12b), 별실에잇서(2:1a), 비녀곳자(2:1b) 등 참고. 이 책의 구두점이 어떤 일관된 원칙에 의하여 찍힌 것은 아닌 것으로 판단된다. 예를 들어서 같은 쪽 같은 행에서도 "잇슨, 뒤에,"와 "잇슨뒤에,"가 나타나는 경우가 보인다.
28 간혹 단모음화되지 않은 "쳥하며"(1:2a) 같은 표기가 나온다. 이것은 이전의 표기를 답습한 것이라고 본다.

3) we는 ㅞ로 표기하였다. (예) 줴(罪, 1:7a, 2:9b), 웨(外 2:1a), 웨셩(外
姓, 2:9a), 좌줴되야(坐罪, 2:1b).

4) ㅂ 규칙활용형. 이것은 방언이 반영된 것이다. (예) 눕으려(1:2a),
곱은(2:1a), 춥으며(2:4b).

5) 된소리로 바뀐 것이 있다. (예) 쩐지어(2:7b), 쩌적(2:1a).

/ㆍ/ 음소의 비음운화를 반영하는 어휘나 ㄷ구개음화를 반영하는 어
휘는 열거하지 않았다. 참고로 "녀자(1:1a), 니블(1:2a), 녀겨(1:6a)" 등이
나타나는데 20세기에 이르러서까지 어두에 "니, 녀"형태로 실현되었는
지는 의심스럽다. 단순히 표기상의 문제로 보아 둔다다.

③ 어휘면

다음에서처럼 전시기의 것과 대조해 보면 전반적으로 현대 시기의
어휘가 나타난다. 마지막의 두 예는 '이시-' 어간이 '잇-'으로 바뀐 것을
보여 준다.

세숫대(〈소라, 1:1b), 자리(〈돍, 1:2a), 대자리(〈삳, 1:1a), 드릴씨니라(〈받ᄌ
올ᄯᅵ니라, 1:1b), 잇스리오(〈이시리오, 2:2a), 잇스면(〈이시면, 2:2b)

다음의 예는 "하-"어간이 되살아난 것을 보여 준다.

안즈려 하거시든(〈안즈려거시든, 1:2a), 눕으려 하거시든(〈누으려커시든, 1:2a)

④ 방언면

다음 예들은 안동 지방의 방언을 반영한다고 볼 수가 있다.

　봉송 增(2:4b), 보신(襪)(2:8b), 쟁철(鍋, 2:9a), 수파람(1:6b),

　으러지게('으스러져 내리게', 2:9a) 저겨 드듸지 아니하며(1:9a),

　가춧는(1:4a), 잇듸라도(〈잇더라도, 2:2b),

　내 집보담(2:4a), 한테 하야(1:6b)

　"수파람"은 '슈파람'에서 변화한 것으로 볼 수 있다. "저겨 드듸지"는
'발끝이나 발뒤꿈치만으로 땅을 디디다'의 뜻인데[29] 이전의 『소학』 번역
본들에는 '츼드듸다'로 되어 있던 것들이다. "가춧는"은 사동어미에 'ㅎ'
이 덧나는 현상을 반영한 것이다.

⑤ 그 외 특이한 점

　다음의 예들은 당시의 언어를 제대로 반영한 것인지 확신할 수 없다.
아마도 이전의 번역에 이끌려 다소 부정확하게 표기된 것이 아닌가 한다.

　벼줄(綱, 2:3a), 사회(壻, 2:3b), 일(早, 2:3a), 가며으며(富, 2:3b), 어지는(仁, 1:8a),

　메아라(祖, 1:12a)

　한편 오아('와', 2:9a), 오앗으니('왔으니', 2:6b), 차아서('차서', 2:1a),
사아서('사서', 1:11a), 써어서(2:3b) 등은 '-아/어서'의 '-아/어'를 굳이 드
러내어 표기한 것으로 실제 발음과는 관계없는 것으로 보인다.

---

29 안동 출신으로 같은 진성이씨 시인 이육사의 시 「절정」에 "한 발 제겨 디딜 곳조차 없다"
　라는 구절로 볼 때, 이 단어는 '저겨'와 '제겨' 두 어형이 모두 쓰였다고 보아야 할 것이다.

5) 맺음말

이 글에서는 여성 교육서인『여자소학』을 다루었다. 이 책은 아직 학
계에 소개되지 않은 책이다.『소학』은 조선시대 중종 때에 처음 번역된
이래에 수차례의 번역이 이루어졌으나, 번역의 원래의 목표의 하나인
부녀자를 가르치기 위한 책을 만드는 데 이르지는 못하였다. 그러나 시
대의 흐름이 바뀌어서 조선조 말기부터는 여성만을 위한『소학』류가
편집되기 시작하였다. 이 글에서는 이들 책을 비교하여 1927년에 출판
된『여자소학』이 가장 성공적인 책임을 밝혔다. 그리고 이 책의 서지
사항,『소학』원문의 발췌 양상, 내용의 구성, 번역의 방법, 그리고 국어
학적 사실 등에 대하여 논의하였다.

결론적으로 조선조의 위정자들이 가졌던 '『소학』을 통한 부녀자들의
계몽'이라는 꿈이『여자소학』을 통해서 이루어졌다고 봄으로써 이 책의
출판의 의의를 평가하였다.

참고문헌

율재문집간행위원회(1963), 『율재문집(慄齋文集)』(전5책).

강현경(1996), 「『녀ᄌ소학(女子小學)』에 대하여」, 『인문과학논문집』 22, 대전대학교, 119~135쪽.

김주원(1994), 「『보권염불문』(용문사판)의 구두점 연구」, 『국어국문학연구』 22, 영남대학교. 7~57쪽.

김주원(2001), 「『소학언해』 연구-17세기 후기 간본을 중심으로-」, 『국어학』 37, 국어학회, 9~31쪽.

김주원(2005), 「『훈민정음』 해례본의 뒷면에 나타난 글 내용과 그에 관련된 몇 문제」, 『국어학』 45, 국어학회, 177~212쪽.

김주원(2013), 『훈민정음. 사진과 기록으로 읽는 한글의 역사』, 서울: 민음사.

김주원(2017), 「광복 이후 5년간(1945~1950)의 훈민정음 연구」, 『한글』 316, 한글학회, 169~207쪽.

백두현(2006), 「조선시대 여성의 문자 생활 연구-한글 음식조리서와 여성 교육서를 중심으로-」, 『어문논총』 45, 한국문학언어학회, 261~321쪽.

석류동학회(1992), 『석류정 개관』, 대구: 대보사.

신정엽(2009), 「조선시대에 간행된 『소학』 언해본 연구」, 『서지학연구』 44, 한국서지학회, 409~448쪽.

이상규(2014), 『역주 『여소학언해』 권1 · 2 · 3』, 세종대왕기념사업회.

이충구(1990), 「경서언해 연구」, 성균관대학교 박사학위논문.

정영호(2004), 「『소학』의 언해본에 대한 국어학적 연구」, 영남대학교 박사학위논문.

정호훈(2014), 『조선의 『소학』 주석과 번역』, 서울: 소명출판.

홍윤표(1989), 「『여소학』 해제」, 서울: 홍문각.

2. 『여자소학』(1927)의 주석 연구[*]

1) 『소학』의 번역 역사

주희는 제자 유청지 등의 힘을 빌려서 『소학(小學)』을 1187년에 완성하였다. 이 책이 한반도에 들어온 경로는 알 수 없지만 조선시대 초기에 『직해소학(直解小學)』이 있어서 중국에까지 알려졌다. 이후에 『소학집성(小學集成)』 등이 수입되면서 이후 『소학』의 언해본이 출간되기 시작하였다. 『소학』은 조선조에서 최소한 세 차례 번역된 바 있다. 이를 간략히 도표로 보이면 다음과 같다.

(1)

번호	책명	영향을 준 주석서	주석 학파	참고 사항
1	번역소학(1518)	집설(集說)[1]		

---

* 이 글은 동일한 제목으로 『한글』 제327호(2020)에 실린 것을 수정하고 보완한 것이다.

2	소학언해(1588)	집설(集說)	퇴계	선조판(도산서원본)
3	소학언해(1668)	제가집주 (諸家集註)[2]	율곡	현종판(부전)
4	소학언해(1694)			숙종판
5	어제소학언해(1744)			영조판
6	소학언해(18세기)		퇴계, 율곡	영남대본

『소학』의 언해의 역사를 살펴보면 1518년에 『번역소학』이 간행된 이후 70년 내지 80년의 간격을 두고 새로운 언해본이 간행되었다. 그 중에서 1668년에 간행되었으나 현재 전하지 않으며, 같은 내용으로 1694년에 간행된 『소학언해』(숙종판)는 『소학』의 언해의 역사에서 획을 긋는 사건이었다. 왜냐하면 그 이전의 교서관에서 간행한 『소학언해』(1588)는 퇴계의 학문을 잇는 사람들이 번역에 참여하였으나 1694년(또는 미루어 볼 때 1668년)에 간행된 『소학언해』는 율곡에 의하여 편집된 『소학제가집주(小學諸家集註)』(1579)를 바탕으로 하여 율곡학파의 학자들에 의해 번역된 것이었기 때문이다. 졸고(2001ㄱ)에서는 『소학언해』의 1694년 간행본을 검토하여 다음과 같은 결론을 내린 바 있다.

(2) "17세기는 당쟁의 시대였다. 선조판의 언해가 퇴계학파의 학자들을 중심으로 하여 이루어졌음에 비해서 이 문헌의 언해는 율곡의 집주를 바탕으

---

1 일반적으로 동일하게 10권으로 분권된 『소학집성』의 영향을 받은 것으로 보고 있으나, 이 글에서는 정호훈(2014: 135)의 견해를 따른다.

2 『제가집주』란 율곡의 『소학제가집주(小學諸家集註)』를 일컬으며 1612년에 간행된 책(규장각 소장)을 비롯하여 후기의 간본이 많이 전한다. 『소학제가집주』는 다섯 가지의 주석을 취사선택하여 나열하고 간혹 율곡 자신의 주를 넣어서 엮은 책이다. 정호훈(2014: 201)에 의하면 이이가 직접 주를 붙인 자주(自註)는 9개라고 한다. 이 말은 사적인 견해를 거의 넣지 않고 기존의 주석을 취사선택하여 정리했다는 의미이다.

로 하여 그의 제자들이 관여한 것으로 경전 해석의 주도권이 퇴계학파에
서 기호학파로 넘어간 하나의 상징물이라고도 볼 수 있다. 그러나 이것을
당쟁의 관점에서 보기가 망설여지는 이유는 올바른 번역을 위해 기울인
그들의 학문적 진지함이 더 크게 느껴지기 때문이다."(졸고 2001ㄱ: 427)

게다가 같은 내용의 책이 1744년에 이르러『어제소학언해(御製小學諺
解)』라는 명칭으로 간행됨으로써 숙종판(또는 현종판)은 국가의 표준
번역물이라는 지위를 얻게 되었다. 이 책의 영향력이 매우 컸다는 사실
은 그 이후에 조선 시대 말기까지 계속 간행되었을 뿐 아니라 조선이
망한 이후 일제강점기에도 신식 활자판으로 바꿔 가면서 계속 간행되었
다는 점을 보면 알 수가 있다.[3] 이러한 가운데 단 하나의 예외를 보인
것이 영남대학본『소학언해』이다. 졸고(2000: 143 이하)에서 밝힌 바와
같이 이 판본은 18세기 중기에 간행된 것인데 약 160년 전에 간행된
『소학언해』(1588)의 언해를 따르고 있다. 다만 두주 등을 통하여 율곡
학파의 주석을 소개함으로써 당대의 주류 이론을 무시하지는 않고 있음
을 볼 수가 있다. 졸고에서는 이를 두고『소학』의 언해의 주도권이 율곡
학파로 완전히 넘어간 것에 대한 퇴계학파 학자들의 반발로 보았다.
　이 논문에서는 졸고(2001ㄱ)의 연장선 상에서『소학언해』의 주석에
대해서 논의하고자 한다. 그 이유는『여자소학(女子小學)』(1927)의 주석

---

3 다음과 같은 책들이 있다.
　『어제소학언해』무교신간(1860년대 전후)
　『어제소학언해』무교신간 석인본들(1900년대)
　『소학언해』(1913, 신구서림)
　『원본구해소학집주(原本具解小學集註)』(1917, 편집 겸 발행자 李鍾楨, 光東書局 등 발행)
　『원본소학집주(原本小學集註)』상·하(1921, 조선도서주식회사)

에서 편저자인 율재(慄齋) 이한걸(李漢杰)이 퇴계학파[4]의 연구를 대폭 수용한 것을 발견했기 때문이다. 이 글에서는 『여자소학』의 주석을 분석하면서 이러한 점을 확인하고자 한다. 다만 이 글에서는 두 학파 즉 퇴계학파와 율곡학파의 대립의 관점에서보다는 『소학』을 보다 정확하게 이해하고 교육하기 위한 진지한 노력이 두 학파에서 끊임 없이 이루어지고 있었다는 관점에서 보이고자 하며, 이러한 연구를 통하여 조선조와 그 이후의 『소학』에 대한 연구사의 한 부분을 정리하고자 한다.

2) 『여자소학』의 번역

이 논문에서 다루려고 하는 『여자소학』은 졸고(2019)에서 소개하였듯이 경상북도 안동에서 편집되고 번역된 책이며, 보주(補註)와 정주(訂註)라는 두 종류의 주석과 본문 내의 분주[分註: 협주(夾註)라고도 함]가 베풀어져 있다. 퇴계의 고향인 안동을 기반으로 한 『여자소학』의 주석과 번역이 어떤 태도를 취하는지에 대해서 우리의 관심이 커질 수밖에 없다.

우선 번역함에 있어서 참고로 한 저본이 무엇이었는지를 알아볼 필요가 있다. 상식적으로 당시에 주위에서 쉽게 접할 수 있는 『어제소학언해』 계통의 번역을 따를 것으로 예상되지만 구체적인 예를 살펴서 확정지어야 할 것이다.

아래의 몇 예에서 보듯이 『여자소학』은 기본적으로는 『어제소학언

---

4 이 글에서는 편의상 『소학』에 국한하여 퇴계의 영향 하에서 주석하고 번역한 것을 퇴계학파의 번역이라고 하고, 율곡의 영향 하에서 주석하고 번역한 것을 율곡 학파의 번역으로 지칭하기로 한다.

해』의 번역을 따르고 있다[아래에서 (ㄱ)은 선조판『소학언해』, (ㄴ)은
『어제소학언해』, (ㄷ)은 영남대본『소학언해』, (ㄹ)은『여자소학』이다].[5]

(3) 共伯이 蚤死ㅣ어늘 共姜이 守義러니 父母ㅣ 欲奪而嫁之어늘(小學 4:35b)
　　(ㄱ) 共공伯빅이 일 죽거늘 共공姜강이 절의를 딕킈엿더니 父부母모ㅣ
　　　　아사 남진 븓티고져 ᄒᆞ거늘(선 4:35b)
　　(ㄴ) 共공伯빅이 일 죽거늘 共공姜강이 절의를 딕킈엿더니 父부母모ㅣ
　　　　아사 嫁가코져 ᄒᆞ거늘(어 4:40b)
　　(ㄷ) 共공伯빅이 일 죽거늘 共공姜강이 절의를 딕킈엿더니 父부母모ㅣ
　　　　아사 남진 븓치고져 ᄒᆞ거늘(영 4:35b)
　　(ㄹ) 공백이 일 죽거늘 공강이 절의를 직히엿더니 부모ㅣ 쎄아서 싀집
　　　　보냇코저 하거늘(여 1:8b)

　여기에서 알 수 있는 것은 원문의 "嫁"를 번역함에 있어서『여자소
학』은 선조판이나 그것을 답습한 영남대본을 따르지 않았으며『어제소
학언해』에서 "嫁"를 그대로 쓴 데에 비해서 당대에 가장 쉽게 이해할
수 있는 [싀집 보내대로 번역하였다. 즉 기본적으로는『어제소학언해』를
따르고 있지만 가능한 한 당대의 언어로 번역하였다.

(4) 偏愛私藏ᄒᆞ야 以致背戾ᄒᆞ야 (중략) 皆汝婦人所作이니라(小學 5:73a)
　　(ㄱ) ᄉᆞ랑홈애 일편되며 셰간의 ᄉᆞᄉᆞ로이 ᄒᆞ야뻐 어긔며 거슯즘을 닐위
　　　　여 (중략) 다 너희 婦부人인의 밍그는 배니라(선 5:73a)

5 이하에서 인용 문헌은 다음의 약자로 표기한다. 선=선조판 소학언해, 어=어제소학언해,
　영=영남대학본 소학언해, 여=여자소학, 여자교사용=여자소학 교사용(즉 한문본).

(ㄴ) 스랑홈애 일편되며 셰간의 스스로이 ᄒ야뻐 패란홈을 닐위여 (중략) 다 너희 婦부人인의 지은 배니라(어 5:82b)

(ㄷ) 스랑홈애 일편되며 셰간의 스스로이 ᄒ야뻐 어긔며 거슯즘을 닐위여 (중략) 다 너희 婦부人인의 밍그는 배니라(영 5:73a)

(ㄹ) 일편되게 사랑하며 사사로이 감초아 써 패려함을 닐우어 (중략) 다 너 부인의 지은 바이니라(여 2:2a)

여기에서도 "背戾"를 선조판과 영남대본에서는 '어긔며 거슯즘'으로, 어제판에서는 '패란홈'으로 번역했는데 『여자소학』에서는 '패려함'으로 번역하여 어제판에 가깝게 번역했으며, "所作"을 선조판과 영남대본에서는 '밍그는 바'로, 어제판에서는 '지은 바'로 번역했는데 『여자소학』에서도 '지은 바'로 번역하여 어제판과 같음을 알 수 있다. 여기에서도 분명히 볼 수 있듯이 『여자소학』은 선조판 또는 이를 따른 영남대본보다 『어제소학언해』의 번역을 따르고 있다.

(5) 衣裳綻裂이어든 紉箴請補綴이니라(小學 2:7b)
    (ㄱ) 옷과 치매 ᄢ디며 믜여디거든 바늘애 실 ᄭ오아 기우며 블텨징이다 請청홀디니라(선 2:8a)

    (ㄴ) 옷과 치매 ᄣ디며 믜여디거든 바늘애 실 ᄭ웨여 기우며 블텨지이다 請청홀띠니라(어 2:8b)

    (ㄷ) 옷과 치매 ᄣ디며 믜여디거든 바늘애 실 ᄭ웨여 기우며 블텨지이다 請청홀띠니라(영 2:8a)

    (ㄹ) 옷과 치마가 타지며 씨어지거든 바늘에 실을 ᄭ위여 깁으며 부칩시다 청할씨니라(여 1:2b)

이 예문에서는 (ㄱ), (ㄴ), (ㄷ)과는 대조적으로 번역 어휘가 '타지-', '찌어지-'로 현대적으로 바뀌었으며 '깁-(기우-)'에 대해서 '깁으-'는 경상방언의 모습을 보여주며, '-지이다'에 대해서 '-ㅂ시다'로 번역하여 현대국어의 모습을 보인다.

이상의 몇 예를 통해서 알 수 있는 바는 번역을 함에 있어서 퇴계 학파의 번역[위의 (ㄱ)과 (ㄷ)]에 따랐다고는 할 수 없으며, 당시의 주류라고 할 수 있는 율곡 학파의 번역인 『어제소학언해』를 참고로 하되 번역 당시에 가장 잘 이해할 수 있는 현대적 어휘를 써서 번역하였다고 말할 수 있다.

3) 『여자소학』 주석의 형식과 출처

『여자소학』은 여러 유형의 주석이 붙어 있는데 아래에서 설명하고자 한다. 『여자소학』은 다음과 같이 구성되어 있다.

(6) 권 일(一), 이(二, 한글본)　　　한글 번역문
　　　　　　　　　　　　　　[한글 주석 (소자쌍행)]
　　　권 일(一), 이(二, 한문본)　　　한문 원문 (구결 포함)
　　　　　　　　　　　　　　[정주(訂註)] (소자쌍행)
　　　　　　　　　　　　　　[보주(補註)] (소자쌍행)

즉 전반부(권1, 2)는 한글로 되어 있고 당연히 여성들이 직접 읽고 이해하도록 되어 있으며, 후반부(권1, 2)는 권두 제목이 『한문원본여자소학(漢文原本女子小學)』인데 "교사용(敎師用)"으로 되어 있으며 정주(訂註)와 보주(補註)를 넣어서 교사가 좀 더 깊이 있게 내용을 이해하고 가르

칠 수 있도록 하였다. 따라서 이 책은 교재와 교수요목이 함께 있는 책이라고 할 수 있다. 달리 말하여 이 책은 지금까지의 『소학』과는 체제를 달리하여 한글 번역문을 먼저 내세우고, 필요에 따라서 참고할 수 있도록 한문 원문과 주석을 책의 뒷부분에 달아 놓음으로써 명실상부하게 여성이 직접 읽을 수 있게 함과 동시에, 교사용 참고서가 될 수 있게 만들어 놓았다. 물론 졸고(2019)에서 밝혔듯이 "한문 원문"은 전통적인 『소학』의 원문이 아니라 여성과 관련이 있는 부분을 발췌하여 재구성한 것이다.

한글본의 권두에는 다음과 같은 난상주가 달려 있는데 사투리를 써서 번역한다는 내용이다. 아직 표준말이 제정되지 않았을 때이므로 부득이하기도 했지만 경상도 안동에 거주하던 역주자가 표준말로 번역하기가 쉽지 않았을 것이다.

(7) 번역함에 있어서 당연히 표준말(正音)을 써야 하지만 온나라의 여자가 다만 사두리(諺謬)만 익히고 아무도 표준말을 모르므로 그 익힌 바에 따라서 번역을 할 따름이다.(譯述, 當用正音. 然擧國女子, 只習於諺謬之文, 無一人解正音者, 故姑因其所習以譯之耳.)(여 1:1a 두주)

한문본에는 다음 두 종류의 주석이 붙어 있다. 즉 정주(訂註)와 보주(補註)인데 이 둘은 다음과 같이 구별된다.

(8) 만약 무릇 주석과 설명이 의심스러운 것이 있으면 내가 조선의 유학자(東儒)의 설명이나 고주로 바루었으며 그것을 정주(訂註)라고 하였고, 또 주석과 설명이 갖추지 못했으면 내가 조선의 유학자의 설명이나 고주로 그것을 보충하였으며 그것을 보주(補註)라고 하였다.(若夫註說之可疑處, 愚

引東儒說, 或古註, 以正之, 謂之訂註. 且註說之未備處, 愚引東儒說, 或古註, 以補之, 謂之補註.)(여자교사용 1:1a)

　전체적으로 보아서 주석이 세 종류가 있음을 알 수 있는데 한글 번역문 중에 소자쌍행으로 한글 주석이 있으며 한문 본문에는 정주(訂註)와 보주(補註)가 있다. 정주와 보주는 각각 25군데에 베풀어져 있다. 정주(訂註)에서는 『학사강록(鶴社講錄)』을 인용한 곳이 16곳, 류호고와(柳好古窩)의 주석을 인용한 곳이 5곳, 김사계(金沙溪)의 『고정(攷訂)』을 인용한 곳이 2곳, 그 외에는 『이아』, 『시경』, 『주역』 등에서 인용하고 있다. 한편 보주(補註)에서는 『학록(鶴錄)』을 인용한 곳이 17곳, 김물암(金勿巖)의 주석을 인용한 곳이 1곳, 기타 자신이 주석을 단 곳이 6곳 등이다.

　이상을 종합해 보면 『여자소학』의 한문본의 주석에는 『학록』이 33곳으로 가장 많고, 다음으로 류호고와 5곳, 김장생 2곳, 김물암 1곳 등이다. 이들은 김사계를 제외하고는 퇴계의 학문을 이은 학자들이다. 이하에서는 각각의 주석에 대해서 예를 들면서 논의하기로 한다.

　논의의 진행을 위해서 주석을 논의하기 전에 원문의 한자를 고쳐서 새롭게 해석한 경우를 먼저 살펴보고 넘어 가기로 한다.

4) 원문의 한자를 고쳐서 새롭게 해석한 경우

　아래의 네 곳에서 원문의 한자가 틀린 것으로 판단하여 수정하는 주석을 붙여 놓았다. 각각의 예를 보면 다음과 같다. 이하에서는 『어제소학언해』의 한문 대문(구결 포함)을 먼저 제시한 후 『여자소학』의 수정 양상을 보이고자 한다.

(9) (ㄱ) 舅姑ㅣ 使冢婦ㅣ어시든 毋怠ᄒ며 不友無禮於介婦ㅣ니라. 友ᄂᆫ 當作敢
(어 2:20b)

(ㄴ) 舅姑ㅣ 使冢婦ㅣ어시든 毋怠ᄒ며 不(友) [友當作敢[6] 無禮於介婦ㅣ니
라(여자교사용 1:2b)

여기에서 분주 "友當作敢"은 원래 『제가집주』에서 『집해(集解)』의 주석
이라고 되어 있는 것을 『어제소학언해』에서 채택한 것이며 『여자소학』에
서는 그것을 그대로 가지고 왔다.

(10) (ㄱ) 少者ᄂᆫ 執牀與坐ᄒ며 御者ᄂᆫ 擧几ᄒ고(어 2:3b)

(ㄴ) 少者는 執牀하며 (與)坐 [與恐當作興]어시든 御者는 擧几하고(여자
교사용 1:1b)

이 문장에 대해서는 이미 해석 상의 이견이 있었음을 주목할 필요가
있다.

(10') (ㄱ) 져믄이ᄂᆫ 평상을 잡아 받ᄌᆞ와 안ᄌ시게 ᄒ며 뫼신 이ᄂᆫ 几지혀ᄂᆫ
거시라를 들고(선조판 소학 2:5b)

(ㄴ) 져믄이ᄂᆫ 평상을 잡아 뫼셔 안ᄌᆞ며 뫼신 이ᄂᆫ 几지혀ᄂᆫ 거시라를
들고(어 2:6a)

즉 선조판에서는 젊은이가 "(부모나 시부모를) 앉게 하는 것"으로 해

---

6 이하에서는 『여자소학』에 소자쌍행(小字雙行, 작은 글자로 두 줄에 나누어서 씀)으로 된
분주(分註)는 직각 괄호 ([ ])로 나타내기로 한다.

석하였으나 어제에서는 주어를 생략하고 "앉으며"로 해석하였다. 『여자소학』에서 문맥이 통하게 하기 위해서 원문의 "與"자를 유사한 글자인 "興"의 잘못으로 판단하였다.

(10) (ㄷ) [訂註] 與坐之與, 恐興字之誤, 寢興也.(여자교사용 1:1b)

　　(ㄹ) 젊은이는 와상을 잡으며 잠자시고 일어 안쩌시든 뫼신이는 의자를 들고 [와상은 눕는 평상이오 의자는 비기어 안는 의자ㅣ래](여 1:2a)

　　(ㅁ) [集解] 御者 … 襡之者, 謂寢興, 而收藏之也.(소학제가집주 2:5a)

즉 10(ㄷ)에서 보듯이 정주(訂註)에서 『학록(鶴錄)』을 인용하여 원문의 글자를 고치고 이에 따라 10(ㄹ)에서처럼 "잠자시고 일어 안쩌시든"으로 새롭게 해석을 하였다. 8(ㄷ)에서 원문의 "與坐"를 "興坐"로 고친 것은 『소학제가집주』에서 『집해』를 인용한 부분에 있는 "寢興"을 근거로 한 것으로 보인다[10(ㅁ)].

다음 예는 문맥 상의 이유로 고친 경우이다.

(11) (ㄱ) 舅姑ㅣ 若事介婦ㅣ어시든 毋敢敵耦於冢婦ㅣ니 不敢並行ㅎ며 不敢並命ㅎ며 不敢並坐ㅣ니라(어 2:21a)

　　(ㄴ) 舅姑ㅣ 若事介婦ㅣ어시든 毋敢敵耦於冢婦ㅣ니 不敢並行ㅎ며 不敢並(命) [命恐當作立]ㅎ며 不敢並坐ㅣ니라(여 1:2b)

　　(ㄷ) [訂註] 不敢並命. 『鶴錄』曰, "古文, 命·立字, 相似. 命若作立, 則文勢似益當."(여자교사용 1:2b)

"不敢並命"의 "命"자에 대해서는 『학록(鶴錄)』을 인용하여 그것이 "立"

자여야 문맥이 잘 통한다고 하였다. 이에 따라서 번역도『어제소학언
해』와 달라져 있다.

> (11) (ㄹ) 싀어버이가 만일 버금며늘이를 부리시거든 감히 맛며늘이에게 대
> 적하야 싹하려 말씨니 감히 가지런히 다니지 못하며 감히 <u>가지런히</u>
> <u>서지 못하며</u> 감히 가지런히 안씨 못할씨니라(여 1:3b)

일단 "병행(竝行)" 등의 "竝"을『어제소학언해』에서는 "궐와"로 번역하
였는데『여자소학』에서는 "가지런히"로 번역을 하였다. 그리하여 원문
의 "不敢竝命"에 대하여 "가지런히 명령(命令) 또는 지시"하는 것이 이상
하다고 판단한 것이다. 왜냐하면 이 구절 앞뒤의 "竝行"과 "竝坐"와도 어
울리지 않기 때문이다. 그리하여 정주(訂註)에서 고문(古文)에 "命"과
"立"이 서로 유사하다고 보고 "立"이라면 문세(文勢)가 잘 맞는다고 본
것이다. 그러나『학록』의 저자들이『소학제가집주』의 다음 주석을 보았
다면 "竝命"을 수정하지 않았을 것이다. 즉 원래의 문장은 "윗사람으로
부터 나란히 명을 받지 않고 아랫사람에게 나란히 명을 내리지 않는다"고
해석할 수 있기 때문이다.

> (11) (ㅁ) 不敢竝受命於尊者, 不敢竝出命於卑子.(소학제가집주 2:17a)

다음의 예는 김장생(金長生)의 견해를 반영하여 수정한 예이다.

> (12) (ㄱ) 又曹氏 無遺類ㅣ라 冀其意阻ㅎ야(어 6:63a)
> (ㄴ) 쏘 曹氏 기틴 類ㅣ 업슨디라 그 뜯이 그츰을 브라(어 6:64a)
> (ㄷ) 又曹氏 無遺類ㅣ라 冀其意(阻) [阻恐當作沮]하야(여자교사용 2:4a)

(ㄹ) [訂註] 意阻. 『考訂』曰, "阻, 他本作沮."(여자교사용 2:4b)

(ㅁ) 쏘 조씨 기친 류ㅣ 업는지라 그 쯧이 그쳐지기를 바라서(여 2:7a)

여기에서 정주(訂註)의 『고정(考訂)』은 김장생의 『소학집주고정(小學集註攷訂)』을 말하는데 이것은 『소학제가집주』의 권두에 『소학집주고정』이라는 제목으로 수록되어 있다.

(12) (ㅂ) 第二十五板 冀其意阻, 阻, 他本作沮, 當考. △今本第二十七板.(小學集註攷訂 2b)

5) 한글 번역본의 주석

위에서 본 대로 주석은 세 가지 방식으로 되어 있는데 이 장에서는 한글 번역본의 주석에 대해서 다루기로 한다. 이것은 한글 번역본에서 한글 번역이 끝난 뒤에 행을 달리하여 소자쌍행으로 주석을 달아 놓은 것을 일컫는다. 주석이 베풀어진 곳은 73군데이다. 이들 주석은 다음과 같은 다양하게 구성되어 있다.

첫째, 『어제소학언해』의 협주에 나오는 내용을 적어 놓은 것이 상당 수 있다.

(13) (ㄱ) 대와, 모와, 치와, 이를, (敦車卮匜를)(여 1:2a)

(ㄴ) [대와 모는 다 밥 담는 그릇이오 치는 술 그릇이오 이는 물 그릇이라](여 1:2a)

(ㄷ) 敦와 牟와 [敦와 牟는 밥담는 그릇이라] 卮 [술싀롯이라]와 匜 [믈담는 그릇이라]룰(어 2:6b)

(14) (ㄱ) 류개중도ㅣ, 가로대, (柳開仲塗ㅣ)(여 2:2a)

(ㄴ) [류개의 자이 중도ㅣ니 송나라ㅅ적 사람이라](여 2:2a)

(ㄷ) 仲塗는 開의 지니 宋쩍 사름이라(어 5:82a)

(15) (ㄱ) 첩과 잉이 수 업슴은 (妾媵無數는)(여 2:3a)

(ㄴ) [잉은 딸아 싀집간 첩이라](여 2:3b)

(ㄷ) 媵 [혼인홀 제 조차 온 첩이라](어 5:71b)

이 주석들은『어제소학언해』에서 난해 어휘에 대해서 협주를 달아 놓은 것인데『여자소학』에서의 주석의 형식에 따라 분주(分註) 형식으로써 놓았다.

둘째는, 한문 원문에 있는 보주(補註)를 한글 번역에서 주석으로 적어 놓은 경우이다.

(16) (ㄱ) 옷이 덥으며 차움을 물으며 (問衣燠寒)(여 1:1a)

(ㄴ) [옷이 덥으며 차움을 물는 것은 녯적에 온돌하는 법이 업는 고로 옷으로써 몸을 짜뜻케 하나니라](여 1:1a)

이것은 온돌이 있는 거주자의 관점에서 보면, 옷보다는 방바닥이 따뜻한지를 묻는 것이 당연하므로, 이 부분을 이해하지 못할 가능성이 있으므로 주석을 베푼 것으로 볼 수 있다. 이 주석의 근거는 한문본에 달려 있는 보주(補註)이다.

(16) (ㄷ) [補註]『鶴社講錄』日, "問衣燠寒, 古者, 無溫突法, 故以衣溫之."(여자교사용 1:1b)

즉 이 주석은 온돌이 있어서 따뜻한 아랫목에서 생활하는 한국인으로서는, 특히 『여자소학』에서 독자로 상정하는 여성들이 이 내용을 이해하기가 힘들 것 같아서 주석으로 달아 놓은 것이다.

다음의 예들도 보주에 의거하여 한글 번역본에 주석을 단 예이다.

(17) (ㄱ) 與恒飮食을 非餕이어든 莫之敢飮食이니라(여자교사용 1:2a)

　(ㄴ) 다못 항상 음식을 남은 것이 아니어든 감히 먹지 아니할씨니라(여 1:2a)

　(ㄷ) [항상 음식은 어룬이 항상 자시는 주육 등물이니 조석 대식을 니람이 아니라](여 1:2a)

　(ㄹ) [補註] 與恒飮食, 父母舅姑所當食飮之酒肉等物, 非謂朝夕大食也.(여자교사용 1:2a)

(18) (ㄱ) 곡례에 가로대 과부의 자식이 나타남이 잇지 아닛커든 더블어 벗삼지 아니할씨니라(曲禮예 曰 寡婦之子ㅣ 非有見焉이어든 弗與爲友ㅣ니라)(여 1:7b)

　(ㄴ) [녯적에 붕우의 어미를 청에 올라가 절하고 뵙는 례가 잇스니 만일 호덕하는 실상이 업스면써 호색하는 혐의를 면키 어렵으니라](여 1:7b)

　(ㄷ) [補註] 『鶴錄』曰, "古者, 朋友之母, 有升堂拜見之禮, 若非有好德之實, 難以避好色之嫌."(여자교사용 1:5b)

　(ㄹ) [集說] 陳氏曰, "有見才能卓異也. 若非有好德之實, 則難以避好色之嫌, 故取友者, 謹之."(소학제가집주 2:45a)

이 대목의 보주는 『소학제가집주』의 『집설(集說)』에서 가지고 온 것으로 보인다. 다만 보주에서는 『학록』의 "升堂拜見"(달리 "升堂拜母"라고도 함)이라는 글귀를 상기시키면서 행실에 조심할 것을 말하고 있다.

(19) (ㄱ) 王蠋이 曰 忠臣은 不事二君이오 烈女는 不更二夫ㅣ니라(여자교사용 1:5b)

　　 (ㄴ) [補註] 不事二君, 『鶴錄』曰, "非泛指二君, 乃謂易姓之君也."(여자교사용 1:5b)

　　 (ㄷ) 왕촉이 가로대 충신은 두 님금을 섬기지 아니하고 렬녀는 두 지아비로 고치지 아니하나니라 [왕촉은 제ㅅ나라 획읍쌍 사람이라](여 1:7b)

한글번역 부분의 주석 "왕촉은 제ㅅ나라 획읍쌍 사람이라"는 『소학제가집주』에 『집설』에 소개되어 있다. 보주에서는 "二君"은 일반적인 두 임금이 아니라 성을 바꾼(易姓) "二君"이라고 주석을 하였다.

셋째는, 위의 주석과는 달리 내용을 제대로 이해시키기 위하여 주석을 단 경우이다.

(20) (ㄱ) 곡례에 가로대 사나해와 계집이(曲禮에 曰 男女ㅣ)(여 1:4b)

　　 (ㄴ) [곡례는 례긔 책편 이름이라](여 1:4b)

(21) (ㄱ) 맹자의 어마님이(孟軻之母ㅣ)(여 1:11a)

　　 (ㄴ) [맹자의 어마님의 성은 쟝씨라(여 1:11a)

(22) (ㄱ) 만일 음식 먹이거시든 비록 즐기지 아니하나 반듯이 맛보고 기다리며 옷을 주거시든 비록 하고저 아니하나 반듯이 닙고 기다릴씨니라

(여 1:3a)

(ㄴ) [기다린단 말은 어룬께서 명을 고치심을 기다리는 것이라](여 1:3a)

(23) (ㄱ) 싀아비가 죽으시면 싀어미가 전장하나니(舅沒則姑老)(여 1:3b)

(ㄴ) [전장은 집일을 맛며늘이에게 전하야 맛긴단 말이라](여 1:3b)

이상의 몇 예에서 보듯이 이해하기 어려운 내용이나 학문적 지식이 필요한 구절에 대해서 이해를 돕기 위해서 한글 주석을 통해서 설명하고 있다.

6) 한문 원문의 주석

(1) 『학록』을 인용한 주석

『학록(鶴錄)』은 『학사강록(鶴社講錄)』의 줄인 말이다. 졸고(2019)에서는 저자 미상으로 보았으나 『학사강록』이라는 저술서 명칭이 곽종석(郭鍾錫, 1846~1919)의 문집인 『면우집(俛宇集)』에 나타나며, 그 내용으로 보아서 동정(東亭) 이병호(李炳鎬, 1851~1908)와 곽종석 등이 공동으로 편찬한 강의록으로 판단된다.[7] 이병호는 퇴계 선생의 13세 손이며 퇴계의 학문을 이은 대유학자이다. 율재는 이병호의 문하에서 직접 스승으로 모시면서 학문을 배웠다.

이 장에서는 『학사강록』에서 인용한 주석을 소개하고자 한다. 『학록』은 33곳에 인용되어 있다.

---

7 이러한 사실은, 이현희, 허권수 두 교수가 알려 주었다.

(24) (ㄱ) 무릇 안이며 밧기 닭이 처음 울거든(凡內外ㅣ 鷄初鳴이어든)(여
1:1b)

(ㄴ) [訂註] 凡內外, 『鶴錄』曰, "總言一家之內外, 若但指婢僕, 則恐偏."(여자
교사용 1:1b)

(ㄷ) [集解] 此, 言'內外婢僕'也.(소학제가집주 2:4b)

"凡內外"는 『집해(集解)』에서 "내외의 비복"이라고 한 데 대하여 『학록』을
인용하여 "일가의 내외"라고 하고 비복만 가리킨다고 보면 너무 치우친
것이라고 하였다.[8]

(25) (ㄱ) 道路애 男子는 由右ᄒ고 女子는 由左ㅣ니라(여자교사용 1:4b)

(ㄴ) [補註] 男子由右, 鄭氏說曰, "地道尊右." 『鶴錄』曰, "東南爲左, 西北爲
右, 古者, 中國, 道有左右中央, 男由右, 女由左, 車馬由中央."(여자교
사용 1:4b)

이 주석에 대해서는 약간의 설명이 필요하다. 조선에서 간행된 『소학
제가집주』에는 다음과 같이 되어 있으므로 보주의 "鄭氏說曰地道尊右" 부
분은 조선판 『소학제가집주』가 아니라 다른 책에서 인용한 것으로 보아
야 한다.

(25) (ㄷ) [集成] 劉氏曰, "道路之法, 其右以行男子, 其左以行女子, 古之道也"(소
학제가집주 2:43a)

---

8 정호훈(2014: 201, 각주 16)에 의하면 송시열 등이 內外를 굳이 婢僕으로 볼 필요는 없다
라는 견해를 제시하였다 한다.

그런데 진선(陳選)의『소학집주(小學集註)』[또는『소학구두(小學句讀)』]
를 보면 이 대문에 대한 주석은 다음과 같다.

(25) (ㄹ) 道路之法, 其右以行男子, 其左以行女子. 地道尊右, 故男右而女左.(陳選
小學集註 2:20a)

그리나 진선의『소학집주』에는 보주에 있는 "鄭氏" 부분이 없으므로
달리 찾아보아야 한다. 여러 문헌을 검색한 결과『의례주소(儀禮注疏)』에
다음과 같은 구절을 찾을 수 있다.

(25) (ㅁ) [疏]「內則」云, "道路, 男子由右, 女子由左." 鄭云, "地道尊右."(儀禮注疏
권38 旣夕禮 449쪽[9])

이렇게 볼 때『여자소학』에 나오는 "地道尊右"는 진선(陳選)의『소학집
주』에도 나오지만 원래의 출전은『의례주소(儀禮注疏)』라고 할 수 있다.

(26) (ㄱ) 밤이어든 계집소경으로 하여금 모시를 외이며(夜則令瞽로 誦詩하
며)(여 1:9a)
(ㄴ) [訂註] 瞽,『鶴錄』曰, 女瞽也.(여자교사용 1:6a)
(ㄷ) [集解] 瞽, 無目樂師也.(소학제가집주 1:3a)

[정주(訂註)]에서『학록』은 "瞽"가 "女瞽" 즉 '여자 소경'임을 말한다. 왜냐
하면『소학제가집주』에서는『집해』를 인용하여 "瞽는 無目樂師也"라고

---

9 『儀禮注疏』의 인용은『의례주소(儀禮注疏)』(1990)의 페이지를 나타낸다.

하였지만 여자임을 특정하지는 않았기 때문이다. 한글 번역본에는 이 내용을 번역에 반영하여 "瞽"를 "계집 소경"으로 번역하였다.

(27) (ㄱ) 바른 일을 말하더니라(道正事하더니라)(여 1:9a)

   (ㄴ) [訂註] 正事, 當從陳氏註說.(여자교사용 1:6a)

이에 대해서는 역시 [정주]에서 응당 진씨의 주석을 따라야 한다고 하였다. 왜냐하면 『소학제가집주』에는 관련 부분에 대하여 다음 두 가지 상반된 주석을 실어 놓았기 때문이다. 이 주석의 내용을 한글 번역에 반영하여 "바른 일"이라고 하였다.

(27) (ㄷ) [集說] 陳氏曰, "正事, 事之合禮者."(소학제가집주 1:3a)

   (ㄹ) [集解] 正事, 如二典之類.(소학제가집주 1:3a)

다음의 예는 김사계(金沙溪)의 주석을 반영한 예이다.

(28) (ㄱ) 자식이 능히 밥먹거든 가라치대 오른손으로써 하게 하며(子能食食
   ㅣ어든 敎以右手하며)(여 1:9b)

   (ㄴ) [訂註] 註, 取其便. 金沙溪『攷訂』曰, "'便', 吳氏本註, 作强'."(여자교사
   용 1:6b)

   (ㄷ) 敎以右手註, '取其便 ['便', 吳氏本註, 作强'. △今本第四板(소학제가집
   주 小學集註攷訂 1a)

정주(訂註)에서 김사계가 『고정(攷訂)』에서 지적하기를 율곡의 『소학
제가집주』에서는 "便"으로 되어 있지만 오씨(吳氏)의 본주(本註) 즉 『집

해』에는 "强"으로 되어 있다는 말이다. 즉 "오른손이 강하기 때문이다"
는 주석을 취한다는 의미이다.

(29) (ㄱ) 사혼례에 가로대 아비가 아들을 초례할 제 명하야 가로대 가아서
너 돕을이를 마주어 우리 종묘 일을 닛으대 힘쓰어 공경으로 써
거느려 선비들을 닛을이니(士昏禮에 曰 父ㅣ 醮子에 命之曰往迎爾相
하야 承我宗事호대 勗帥以敬하야 先妣之嗣ㅣ니)(여 1:5a)

(ㄴ) [사혼례는 의례 책편 이름이라 너 돕을 이는 안해는 지아비를 돕는
이니라 종묘일은 제사 올리는 일이라 선비들은 싀어머니 이상으로
보고 증조비까지 니람니라](여 1:5a)

(ㄷ) [訂註] 先妣,『鶴錄』曰, "高曾祖妣以下, 皆謂先妣. 非但謂姑也."(여자교
사용 1:3a)

(ㄹ) [集說] 陳氏曰, … "母曰, 先妣, 蓋古稱也."(소학제가집주 2:37b)

정주(訂註)에서『학록』을 인용하여 "先妣"는 고조비(高祖妣), 증조비(曾
祖妣), 조비(祖妣) 이하를 모두 일컫지 시어머니(姑)만 일컫는 것이 아니
라고 하였으며 이 내용을 한글 번역본에 주석으로 반영하였다. 이 주석
을 인용한 이유는『집설』에 "母曰先妣"라고 되어 있기 때문에 이것을 수
정하기 위함이다. 이에 따라서『어제소학언해』에 "先妣"(2:51a)라고 되
어 있음에 비해『여자소학』에서는 "선비들"(1:5a)이라고 복수로 번역하
였다.

(30) (ㄱ) 아비가 딸을 보낼 제 명하야 가로대 경계하며 조심하야 일즉이나
밤드나 시어버이며 지아비의 명을 어긔지 마라(父ㅣ 送女에 命之曰
戒之敬之하야 夙夜無違命하라)(여 1:5a)

(ㄴ) [訂註] 『鶴錄』曰, "命, 謂舅姑君子之命. 但指舅姑, 則恐偏."(여 1:3b)

(ㄷ) [集說] 陳氏曰, … "命, 謂舅姑之命."(소학제가집주 2:38a)

여기에서는 『학록』을 인용하여 "명을 어기지 말라"의 명(命)이 시부모의 명일뿐만 아니라 시부모와 군자(君子)의 명이라고 하였다. 이렇게 주석을 단 이유는 『집설』에서 "命謂舅姑之命"이라고 한 것을 치우친(偏) 주석이라고 본 것이다. 그리하여 『어제소학언해』에서는 "命을 어글읏디 말라"(2:51b)라고 번역했음에 비해서 『여자소학』에서는 원문에 없는 말을 굳이 넣어서 "시어버이며 지아비의 명을 어기지 마라"(1:5a)로 번역하였다.

(31) (ㄱ) 어미가 씌 씌이고 수건 매고 가로대 (중략) 서모ㅣ 문안에 밋처 오아 패물하는 씌를 씌이고 (중략) 씌와 씌를 보아라(母ㅣ 施衿結帨曰 (중략) 庶母ㅣ 及門內하야 施鞶하고 (중략) 視諸衿鞶하라)(여 1:5a)

(ㄴ) [씌와 씌. 웃 씌는 어미의 씌인 씌오, 알에 씌는 서모의 씌인 씌라.] (여 1:5a)

(ㄷ) [訂註] 鞶. 『鶴錄』曰, "佩物之小帶."(여자교사용 1:3b)

(ㄹ) [集解] 鞶. 小囊盛帨巾者(소학제가집주 2:38a)

"視諸衿鞶"에서 "鞶"의 해석이 달라진다. 『어제소학언해』에서는 『집해』를 따라서 "씌와 ᄂᆞᆺ출 보라"(2:52a)라고 번역하였다. 즉 "鞶"을 "주머니"로 본 것이다. 그러나 『여자소학』에서는 다른 부분("男鞶革 사나해 씌"(1:9b) 참고)에서 "鞶"을 띠로 해석하였기 때문에 여기에서도 동일한 해석을 한 것이다. 『주역(周易)』까지 인용하면서 확신을 하고 "衿"과 "鞶" 둘 다 "띄"를 의미한다고 보고[10] "씌와 씌를"이라고 번역하고 한글 번역

본에 주석을 단 것이다.[11]

(32) (ㄱ) 한번 더브러 갓치 하면(一與之齊하면)(여 1:5a)

(ㄴ) [한번 더브러 갓치 한단 것은 동뇌례를 니람이니, 동뇌례는 소 한 바리 둘 반애 난호아 한 가지 먹어 존비를 갓치하는 례라.](여 1:5b)

이것은 따로 인용하지 않았지만 『집주』에는 『집해』를 인용하여 "齊, 謂 共牢而食, 同尊卑也."(소학제가집주 2:39a)를 번역한 것이다. 단 여기에서 『집해』의 내용이라고 하였지만 그것이 『집해』를 저술한 오눌(吳訥)의 견 해라고는 볼 수 없다. 왜냐하면 원전에 해당하는 『예기(禮記)』 「교특생 (郊特牲)」 주(註)에 "鄭氏曰, '齊', 謂共牢而食. 同尊卑也."(禮記 郊特牲 5:149) 로 되어 있음을 보아 이것은 정씨의 주석이며 여기의 정씨는 정현(鄭玄) 이기 때문이다.

단 『여자소학』의 편저자 이한걸은 공뢰(共牢)라고 하지 않고 동뢰(同 牢)라고 하였는데 둘은 같은 말이며 조선의 학자들에게는 동뢰(同牢)라 는 용어가 더 익숙하였던 것 같다.[12]

---

10 그러나 여러 주해서를 참고해 보면 이 대문의 "鞶"은 "주머니"로 해석하는 것이 타당한 것 으로 보인다.

11 흥미로운 것으로 조선왕조실록에 『의례(儀禮)』 「사혼례(士昏禮)」 편의 문장이 인용되어 있다. 이중에서 "庶母及門內"와 "視諸衿鞶"에 대한 해석이 제각각인데다 제대로 해석되어 있지 않아서 지적해 둔다.
여러 어머니들과 집안 어른들도 … 옷깃과 띠를 보고 생각하라(세종 9년(1427) 4월 26일)
서모(庶母)가 문안에 이르러 … 옷매무시를 살핀다(세종 18년(1436) 6월 15일)
서모(庶母)가 문안에 와서 … 옷깃과 띠를 보살핀다(『세종실록』 133권, 五禮, 嘉禮儀式, 王 世子納嬪儀, 親迎)

12 『조선실록』을 보아도 공뢰(共牢)는 4회 사용된 데에 비해서, 동뢰(同牢) 또는 동뢰연(同牢 宴) 등은 71회 쓰였다.

(33) (ㄱ) 지를, 잡아, 써, 서로, 봄은, 공경하야, 분별을, 밝힘이니,(執摯以相見
　　　은 敬章別也ㅣ 니)(여 1:5b)

　　(ㄴ) [지를 잡는단 말은 전안을 니람이라](여 1:5b)

　『어제소학언해』에서는 "摯"의 협주로서 "친영홀 제 가져가는 기러기
라"(2:54a)로 되어 있다. 『소학제가집주』에는 『집해』를 인용하여 "執摯,
奠雁也."(2:39b)로 되어 있다. 『예기(禮記)』 「교특생(郊特牲)」에도 동일한 주
가 있다. "執摯, 奠雁也."(禮記 권5 郊特牲 149쪽) 즉 원주는 정현(鄭玄)의
주이다.

(34) (ㄱ) 사나해와 계집이 옷홰며 시렁을 한테 아니하야 감히 지아비의 옷거
　　　리와 홰에 달지 아니하며(男女ㅣ 不同椸枷ᄒ야 不敢縣於夫之楎椸ᄒ
　　　며)(여 1:6a)

　　(ㄴ) [集說] 陳氏曰, … "臨川吳氏曰, '言內外之辨, 非特男女爲然. 雖夫婦得
　　　相親者, 亦然."(소학제가집주 2:41b)

　　(ㄷ) [訂註] 男女, 不同椸枷. 『鶴錄』曰, "此男女, 承上男女而言. 即夫婦也. 臨
　　　川吳氏註, 恐未安."(여자교사용 1:4a)

　정주(訂註)에서 말하는 부분은 『집설』의 임천오씨(臨川吳氏)의 주석이
원문의 "男女"가 특정 남녀를 말하는 것이 아니며 '부부같이 친한 자일지
라도 그러하다'고 한 것을 채택하지 않고 『학록(鶴錄)』의 해석을 따라
그 윗 문장에서 언급하고 있는 "부부(夫婦)"라고 본 것이다.

(2) 호고와와 물암을 인용한 주석

호고와(好古窩)는 조선 후기의 학자 류휘문(柳徽文, 1773~1832)의 호이며 일생을 학문과 후진 양성에 바쳤다. 그는 퇴계학파에 속하는 학자이다. 류휘문은 『소학』에 관하여 『소학장구(小學章句)』와 『소학동자문(小學童子問)』을 저술하였다.[13] 호고와는 다섯 군데 인용되어 있다.

> (35) (ㄱ) 내측에 가로대 … 왼쪽이며 오른쪽에 쓸 것을 차며 영을 매고 신을
>   낀 맬찌니라(內則에 曰 … 左右佩用하며 衿纓綦屨ㅣ니라)(여 1:1a)
>
>   (ㄴ) [내측은 례긔 책편 이름이라 … 쓸 것은 분이며 수건이며 바늘집
>   갓흔 류ㅣ라 영은 계집이 싀집 가기를 허락함에 매는 씌라]
>
>   (ㄷ) [訂詁] 盥. 上聲, 洗面. 本註, 只謂'洗手'. 恐未周. 衿纓. 柳好古窩『章
>   句』曰, 鄭氏說曰, "婦人有纓, 示繫束也.' 觀『曲禮』許嫁纓, 恐當從此說,
>   非謂香囊也."(여자교사용 1:1a)

이 해석에서 두드러지는 것은 "금영기구(衿纓綦屨)"의 영(纓)의 해석이다. 영(纓)의 사전적 정의는 '갓끈, 끈'이다. 그러나 『소학제가집주』(2:2b)에서 『집설』의 "纓, 香囊也"를 인용하였고 뒤이은 문구인 "아마도 윗사람을 대할 때 몸에 더러운 기운이 있을까 우려하여 찬다(恐身有穢氣觸尊者, 故佩之)"라고 되어 있으며 『어제소학언해』에서는 "향ᄂᆞᆺ 낀 미며, 신을 낀 밀따니라"로 번역하였다. 요는 "纓"을 "향ᄂᆞᆺ"(향주머니)으로 번역하였다. 또는 "향ᄂᆞᆺ 낀 즉 향주머니 끈"으로 번역하였다. 그러나 "纓, 香囊

---

13 이 두 저술은 『전주류씨 수곡파지 문헌총간(全州柳氏水谷派之文獻叢刊)』(1983) 제9집에 수록되어 있다.

也"는 바로 앞 구절에서 나왔던 해석과 모순된다. 즉 "관유영(冠綏纓)ㅎ며"라는 구절이 있는데 거기에는 "冠 쓰고 씬흘 드리우며"(2:2a)로 번역하여서 "纓"을 원뜻대로 "끈"으로 번역하였다.[14]

『여자소학』에서는 이 부분이 모순된 것을 발견하여 번역은 "영"으로 하였으며, 주석에서 "영은 계집이 싀집 가기를 허락함에 매는 씌라"라고 하였고, 그 근거를 한문 원본의 정주(訂註)에서 "衿纓은 柳好古窩의 『章句』에서 말하기를 '부인은 띠를 매어 보인다. 曲禮를 보면 시집가기를 허하면 띠를 맨다(許嫁纓)'라고 한 것이 아마도 이에 해당하는 것이다. 이것은 향낭이 아니라는 것을 말해 준다.(衿纓. 柳好古窩『章句』曰, "鄭氏說曰, '婦人有纓, 示繫束也. 觀「曲禮」許嫁纓, 恐當從此說, 非謂香囊也.)"라고 근거를 제시하였다.

(36) (ㄱ) 사나해가 안에 들어가서 수파람 하지 아닛코 가라치지 아니하며
    (男子ㅣ 入內ㅎ야 不嘯不指ㅎ며)(여 1:6b)

   (ㄴ) [訂註] 不指. 好古窩『童子問』曰, "指, 指示也. (생략) 本註 '指, 劃, 不當."(여자교사용 1:4b)

여기에서는 호고와(好古窩) 즉 류휘문의 『소학동자문』을 인용하여 "指"가 "指示"를 뜻하는 것으로 해석하였다. 『소학동자문』에는 다음과 같이 되어 있다.

(36) (ㄷ) 曰, "不指. 增註謂, '用手指畫. 而今改指示."(小學童子問 21b)

---

14 이 부분의 주석에 대해서는 박순남(2015: 92)에서도 상세히 논의하고 있다.

한편 본주(本註)에서 "指"가 "指畫"를 의미한다고 본 것은 잘못되었다고 하였는데 여기에서 본주란 『소학제가집주』에 나와 있는 진선(陳選)의 『집주(集註)』의 주를 의미한다. 『증주(增註)』는 『소학』 권지일에 따르면 "天台 陳選 增註"[15]로 되어 있음을 보아서 역시 진선(陳選)의 주를 의미한다고 볼 수 있다. 한편 『예기집설(禮記集說)』의 주석에는 이러한 내용이 없다.

> (37) (ㄱ) 이럼으로 계집이 규문 안에서 날을 맛츠고 백리에 상사에 닷지 아니하며(是故로 女ㅣ 及日乎閨門之內ᄒ고 不百里而奔喪ᄒ며)(여 1:7a)
>
> (ㄴ) [백리에 상사에 닷지 아니한단 말은 부모의 분상 아니한단 말이 아니라 무릇 친정 긔년 대공복의 상사를 니람이라](여 1:7a)
>
> (ㄷ) [訂註] 不百里而奔喪. 『章句』曰, "如「雜記」, '非三年之喪, 則不踰封而弔'之意. 不曰, '弔', 而曰, '奔喪者', 以禮中朞功之戚, 通言'奔喪'故也."(여자교사용 1:5a)

『장구(章句)』즉 『소학장구』를 인용하고 있다. 『장구』에서는 『예기(禮記)』「잡기(雜記)」편을 인용하여 다음과 같이 주석하고 있는데[37(ㅁ)] 이러한 내용을 한글번역 주석에 반영하였다.

> (37) (ㄹ) 婦人, 非三年之喪 不踰封而弔.(禮記 권7 雜記下 237쪽)
>
> (ㅁ) 「雜記」曰, "婦人, 非三年之喪, 不踰封而弔. 如三年之喪, 則君夫人歸. 此蓋如「雜記」'非三年之喪, 不踰封而弔'之意歟?"(小學章句 권2:37a)

---

15 진선(陳選)의 지은 책명은 『소학집주(小學集註)』 또는 『소학구독(小學句讀)』이다. 『증주(增註)』라는 책명은 율곡의 『소학제가집주』에서 보이는 명칭이다.

(38) (ㄱ) 무릇 이것은 셩인이 써 사나해와 계집의 사이를 삼가며 혼인의 처

　　　　음을 즁히 하신 바이니라(凡此눈 聖人이 所以(順)男女之際ᄒ며 重婚

　　　　姻之始也ㅣ니라)(여 1:7b)

　　(ㄴ) [訂註] 順男女之際. 『章句』曰, "順如愼, 古字通用."(여자교사용 1:5a)

　　(ㄷ) [順如愼, 古字通用]¹⁶(小學章句 2:38b)

　　(ㄹ) 믈읫 이ᄂᆞᆫ 聖人이 뻐 ᄉᆞ나히와 겨집의 ᄉᆞ이를 順케 ᄒ며 婚姻의 비

　　　　로솜을 重케 ᄒ신 배니라(어 2:61b)

옛 글자에서 "順"과 "愼"은 통용되는 글자였다는 주석에 근거하여 『어
제소학언해』에서 "順男女之際"에서는 "ᄉᆞ나히와 겨집의 ᄉᆞ이를 順케 ᄒ
며"로 번역된 것[38(ㄹ)]을, 『여자소학』에서는 "사나해와 계집의 사이를
삼가며"로 해석하였다.

다음에는 김륭(金隆)의 주석을 인용한 부분을 보이기로 한다. 김륭
(1549~1594)은 경북 영주가 고향이며 호는 물암(勿巖)이다. 그는 16세에
퇴계 이황의 제자가 되어 퇴계가 세상을 떠난 1570년까지 6년여를 도산
서당에서 학문을 익혔다. 그의 저작집인 『물암집(勿巖集)』은 1774년에
간행되었다. 김륭의 주석을 인용한 부분은 다음 한 군데이다.

(39) (ㄱ) 밋 부인이 려씨에게 싀집 가야는 부인의 어머니는 신국부인의 형이

　　　　라(及夫人이 嫁呂氏하야는 夫人之母는 申國夫人姊也ㅣ라)(여 2:9a)

　　(ㄴ) [부인과 형공이 서로 이종사촌이니 녯적에 이성사촌은 혼인하더니

─────────────

16 『주역』에 곤괘(坤卦, 坤爲地 初六)에 "積善之家 … 蓋言順也" 구절의 "順"에 대하여 『주역
　본의(周易本意)』에 "古字, 順愼通用"이라는 주석이 있다. 順자에 원래 愼의 뜻이 있는데, 『康
　熙字典(강희자전)』에만 그런 뜻이 빠져 있다. 『중화대자전(中華大字典)』, 『중문대사전(中
　文大辭典)』 등에는 順자의 뜻에 愼의 뜻이 들어 있다.

대명 태조께 니를어 처음 금지하엿느니라](2:9a)

이 주석은 한문 원문에 있는 보주(補註)를 반영한 것인데 이 보주는 김물암(金勿巖)의 주를 인용한 것이다[39(ㄹ)].

(39) (ㄷ) [補註] 夫人之母, 申國夫人姊也. 金勿巖『講錄』曰, "古者, 異姓四寸, 婚嫁故也. 至大明太祖, 始禁止."(여자교사용 2:5b)

(ㄹ) 張待制, 呂獻公之同壻也. 而相爲查頓. 古者, 異姓四寸, 婚嫁故也. 至大明太祖, 始禁止.(勿巖先生文集 권4 小學講錄 12a)

(3) 이한걸 자신의 주석

여기에서는 주석의 인용처를 특별히 밝히지 않은 것들을 소개하기로 한다. 본인의 연구 결과를 주석으로 밝힌 것으로 보인다. 몇몇 경우에 조선의 선비들이 늘 옆에 두고 읽었던 『예기(집설)[禮記(集說)]』나 『의례(주소)[儀禮(注疏)]』, 『시경(대전)[詩經(大全)]』 등의 책에 있는 주석을 인용한 것을 볼 수가 있다.

(40) (ㄱ) 내측에 가로대 무릇 자식을 나음에 모든 어미와 다못 가한 이를 가리대(內則에 日 凡生子에 擇於諸母와 與可者호대)(여 1:9a)

(ㄴ) [모든 어미는 여러 첩들이라 가한 이는 첩 말고도 가히 자식의 스승 될 만한이라](여 1:9a)

(ㄷ) [訂註] 可者, 當從陳氏註說. 子師, 凡子, 十年前, 閨門內女師, 女子十年之姆, 亦此. 師非謂乳母也. 『集註』引溫公說, 恐未着當.(여자교사용 1:6b)

76

(ㄹ) [集說] 陳氏曰... "諸母, 衆妾也. 可者, 謂雖非衆妾, 而可爲子師者......"
司馬溫公曰, "乳母不良, 非惟敗亂家法, 兼令所飼子, 類之."[17](소학제가
집주 1:3b)

　한글 번역본의 주석은 정주(訂註)에서 말한 대로 진씨의 『집설』을 따
른 것이다. 이어서 『집주』에서 인용한 온공(溫公) 즉 사마광(司馬光)의
설명 즉 "유모가 어질지 못하면 가법을 어지럽힐 뿐만 아니라, 겸하여
젖을 먹인 자식으로 하여금 그를 닮게 한다"라는 설명에서 간접적으로
"師"의 범주에 유모를 포함시켰는데, 율재는 "師"의 범주에 유모가 포함
되지 않는다고 본 것이다.
　다음의 경우는 "當夕"에 관련된 주석이다.

(41) (ㄱ) 안해가 잇지 아닛커든 첩 뫼신이가 감히 당석을 못할찌니라(妻ㅣ
不在어든 妾御ㅣ 莫敢當夕이니라)(여 1:6a)
(ㄴ) [당석은 온 밤을 새운단 말이라](여 1:6a)
(ㄷ) [訂註] 當夕. 『詩』「小星章」註, "衆妾進御於君, 不敢當夕, 見星而往, 見
星而還." 本註, "不敢當妻之夕者, 恐非是."(여자교사용 1:4a)

　정주(訂註)의 『시(詩)』「소성장(少星章)」 주(註)는 『모시(毛詩)』 즉 『시
경(詩經)』의 소남(召南)「소성편(少星篇)」의 첫째 장(章) 주석을 말하는데
여기에 "當夕"이라는 단어가 있으므로 주석에서 언급을 한 것이다. 그
외에도 『소학제가집주』의 『집해』나 『예기』의 「내칙(內則)」에도 이에 관

---

17 중국에서 출간된 『소학집주』에는 "兼令所飼子類之" 구절이 "兼令所飼子 性行亦類之"(陳選
小學集註 1:2b)로 되어 있다.

한 주석이 있다.

(41) (ㄹ) [集解] 古者, 妻妾, 各有當御之夕. 當夕, 當妻之夕也.(소학제가집주
2:41b)

(ㅁ) [當夕, 當妻之夕也.](『禮記』「內則」 5:161)

그런데 "妾御莫敢當夕"에 대한 주석으로 『시경』「소남」에 "當夕"이 있음
은 이전에 김사계의 『경서변의(經書辨疑)』(1666년, 송시열 발문의 간행
연도에 의함)에 이미 언급된 바가 있음을 지적하여 둔다.

(41) (ㅂ) [『詩』「小星」註. 衆妾, 進御於君, 不敢當夕, 見星而往, 見星而還, 與此註
說, 不同.](經書辨疑 1:7a)

이 경우에 정주의 주석이 김장생의 주석에 영향을 받았을 가능성도
없지 않지만 『경서변의(經書辨疑)』를 읽지 않고 자신이 늘 보던 『시경(詩
經)』의 내용을 인용했을 가능성이 있다.

다음의 예는 『예기(禮記)』나 『의례(儀禮)』에서 인용한 것이다.

(42) (ㄱ) 열이오 쏘 다섯 해어든 비녀 곳고 스믈까지 싀집 갈찌니 연고 잇거
든 스믈세 해까지 싀집 갈찌니라〈小學 1:7b_1〉十有五年而笄ᄒ고
二十而嫁ㅣ니 有故ㅣ어든 二十三而嫁ㅣ니라)(여 1:10a)

(ㄴ) [비녀는 싀집가기 허락하면 곳는 것이라 연고는 부모의 상사를 니
람이라](여 1:10a)

(ㄷ) [補註] 鄭氏說曰, "女子, 許嫁, 而笄."(여자교사용 1:7a)

여기에서 한글번역문 주석인 "비녀는 싀집가기 허락하면 곳는 것이라"나 보주의 "鄭氏說曰, 女子, 許嫁, 而笄"은 『소학제가집주』에는 나오지 않는다. 『소학제가집주』에는 다음의 주석이 달려 있다.

(42) (ㄹ) [集說] 陳氏曰, "笄, 簪也. 婦人, 不冠, 以簪, 固髻而已. 故曰笄. 故, 謂父母之喪."(소학제가집주 1:9a)

『집설』을 인용하였지만 여기의 진씨(陳氏)는 『소학집주』를 쓴 진선(陳選)일 가능성이 크다. 『소학집주』에는 다음과 같이 되어 있음을 볼 수 있다.

(42) (ㅁ) 笄, 簪也. 婦人, 不冠, 以簪, 固髻而已. 故, 謂父母之喪.(陳選 小學集註 1:4b)

여기에서 뒷부분의 "故謂父母之喪"은 한글 번역문 주석에 반영되어 있다. 그러면 보주인 "鄭氏說曰, 女子, 許嫁, 而笄"은 어디에서 가지고 온 것인지가 궁금해진다. 보주에서는 정씨(鄭氏)의 말이라고 하였으므로 그 인용처를 달리 찾아보아야 할 것이다.

『소학』의 대문이 『예기(禮記)』 「내칙(內則)」에서 온 것이므로 그 책의 주석을 살펴보면 이것은 정현(鄭玄)의 주석에서 가지고 온 것으로 보인다. 즉 『예기』 「내칙」에 "十有五年而笄"에 대한 『예기집설(禮記集說)』의 주석이 "十五, 許嫁則笄. 未許嫁者, 二十而笄. 故, 謂父母喪."(禮記集說 권5 內則 164쪽)[18]로 되어 있으므로 "비녀는 싀집가기 허락하면 곳는 것이라"라는 주석은 이 책에서 온 것으로 볼 수 있다. 참고로 『예기』의 「곡

---

18 『예기집설』의 경우 『예기집설』(1990)의 쪽수이다.

례(曲禮)」와 『의례』「사혼례(士昏禮)」에도 거의 동일한 내용이 있다.

(42) (ㅂ) 女子, 許嫁, 笄而字.(禮記集說 권1 曲禮上 8쪽)

　(ㅅ) [集說] 許嫁, 則十五而笄, 未許嫁, 則二十而笄, 亦成人之道也. 故字之.
　　(禮記集說 권1 曲禮上 8쪽)

　(ㅇ) 女子許, 嫁 笄而醴之, 稱字.(儀禮注疏 권6 士昏禮 59쪽)

아래의 예는 보주에서 가씨(賈氏)의 설이라고 하였으므로 그 출전을 쉽게 알 수가 있다.

(43) (ㄱ) 참최엔 쩌적에 잠 자며 흙덩이를 베며(斬衰엔 寢苫하며 枕塊하며)
　　(여 2:1a)

　(ㄴ) [補註] 賈氏說曰, "寢苫, 哀親之在草, 枕塊, 哀親之在土."(여 2:1a)

보주의 가씨(賈氏)는 『의례주소(儀禮注疏)』의 가공언(賈公彦)을 지칭한다.

(43) (ㄷ) 居倚廬, 寢苫枕塊.(儀禮注疏 권41 旣夕禮 480쪽)

　(ㄹ) [疏] 釋曰, "孝子, 寢臥之時, 寢於苫, 以塊枕頭. 必寢苫者, 哀親之在草,
　　枕塊者, 哀親之在土云."(儀禮注疏 권41 旣夕禮 480쪽)

다음은 문맥상 의미를 제대로 이해시키기 위하여 보주를 붙인 경우이다.

(44) (ㄱ) 공보문백이 조회로서 물러오아 그 어미께 뵐새 그 어미가 바야으로
　　삼 삼더니 … 아해로 하여금 벼슬에 갓추고 듯지 못하였구려(公父
　　文伯이 退朝하야 朝其母할새 其母ㅣ 方績이러니 … 使僮子로 備官

而未之聞邪ㅣ온여)(여 1:11b)

(ㄴ) [補註] 未之聞, 指下文王后親織玄紞, 公侯夫人紘綖等事, 而將鋪張, 而
警責之意也.(여자교사용 1:8a)

보주의 "未之聞(듣지 못하였다)"는 읽는 이가 문맥을 파악하지 못하여
이해하지 못할 것이 염려되어, 이 대목 아래에 나오는 문 왕후 등이
직접 베를 짰던 일에 대해서 말하는 것이라고 주석한 내용이다. 여기에
서 편저자 율재(慄齋)의 세심한 배려를 엿볼 수 있다.

7) 맺음말

『소학』은 12세기에 남송(南宋)에서 간행된 이래 동아시아에서 아녀자
를 교육하는 가장 중요한 교재였다. 조선 시대에는 16세기에 최초의
번역이 나온 이래 20세기에 이르기까지 여러 차례 번역이 이루어졌는
데 이 번역을 통해서 조선 지성사의 흐름을 볼 수가 있다. 즉 1588년에
간행된 『소학언해』(도산서원본)는 퇴계의 제자들이 주도해서 번역한
것이며, 1694년에 간행된 『소학언해』(숙종판)은 율곡의 제자들이 주도
하여 번역한 것이다. 이 번역본은 1744년에 『어제소학언해』라는 제목으
로 재간행됨으로써 이후의 『소학』의 번역은 모두가 이를 답습하고 벗어나
지 않았다.

번역은 단순히 대문(大文)의 한문을 한자의 뜻대로 바꾸는 것이 아니
다. 원전에 대한 주석의 연구가 필요불가결하며 그 연구를 바탕으로 하
여 번역이 이루어진다. 『소학』의 경우 주자의 원주(原註)를 비롯하여 중
국의 여러 학자들이 주석을 달았으며 조선의 학자들은 이를 종합하여
가장 옳다고 판단한 것을 반영하여 번역한 것이다. 주석을 종합한 것

중에서 가장 대표적인 것이 율곡의 『소학제가집주』(1612)이며 이를 바탕으로 하여 번역된 것이 『소학언해』(숙종판, 1694)이다. 『소학제가집주』는 대학자 율곡의 주석이므로 이 또한 『어제소학언해』와 함께 국가적 권위를 지닌 주석이 되었다고 보아도 과언이 아닐 것이다.

조선에서의 『소학』의 주석은 『소학제가집주』가 나온 이래로 율곡의 제자들에 의해서 부분적으로 수정되고 보완되었다고 할 수가 있다. 김장생, 송시열, 이익 등의 주석이 대표적이다. 그러나 한국 성리학의 큰 산을 이룬 퇴계의 제자들이 그 이후에 아무런 연구를 하지 않은 것이 아니다. 대표적으로 김륭(金隆, 1549~1594), 류휘문(柳徽文, 1773~1832)과 이병호(李炳鎬, 1851~1908)의 『학사강록』 등을 통하여 『소학』과 『소학』의 주석에 대한 연구를 이어온 것이다.

졸고(2019)에서는 『여자소학』(1927)에 대한 기초적인 사항을 다루었으며 본고에서는 그 주석에 대하여 다루었다. 논의의 결과 『여자소학』은 지금까지 나온 여러 『소학』의 언해와는 달리 『어제소학언해』를 답습하지 않고 독자적인 번역을 하였다. 구체적으로는 퇴계의 학맥을 잇는 여러 학자의 주석을 채택하였고 그것을 바탕으로 하여 새로운 번역을 한 것이다. 더 소급해서 보면 퇴계의 제자들의 주석과 번역[즉 『소학언해』(도산서원본, 1588)]이 바탕을 이루고 있으며 이를 계승 발전시킨 율곡 제자들의 『어제소학언해』(1744)가 있으므로 『여자소학』의 주석과 번역은 결국 퇴계학파와 율곡학파 학자들의 주석이 통합되어 있다고 보는 것이 마땅할 것이다.

이 연구에서 강조하고 싶은 것은 『여자소학』의 주석과 번역이 국가의 대표적인 학자들에 의해서 이루어진 것이 아니고, 국권을 빼앗긴 상황에서, 서울이 아닌 안동지방에서 위기지학(爲己之學)을 한 한 사람의 학자에 의해서 이루어진 것이라는 점이다. 그리고 그 주석은 퇴계의 학맥을 잇고 있다는 점에 있어서 우리나라 『소학』의 번역과 연구사에 중요한 기여를 하였다는 점을 지적하고자 한다. 이러한 점을 고려하면 첫머리에서 보였던 『소학』의 주석과 번역의 역사에 다음과 같이 『여자소학』을 포함하는 것이 마땅하다.

(1)'

번호	책명	영향을 준 주석서	주석 학파	참고 사항
1	번역소학(1518)	집설(集說)		
2	소학언해(1588)	집설(集說)	퇴계	선조판
3	소학언해(1668)	제가집주 (諸家集註)	율곡	현종판(부전)
4	소학언해(1694)			숙종판
5	어제소학언해(1744)			영조판
6	소학언해(18세기)		퇴계, 율곡	영남대본
7	여자소학(1927)		율곡, 퇴계	

마지막으로 『소학』은 조선조부터 학습서로서 또는 유학 연구서로서 친근한 책이지만 그 주석에 대해서는 아직 제대로 연구되지 않은 부분이 있으며 따라서 앞으로 더 연구될 필요가 있다는 점을 언급하고 싶다.

참고문헌

원전

『小學諸家集註』, 朝鮮 正祖, 1744.

『詩傳大全』(全五卷) 19세기 간행. 영남대학교도서관 소장.

『禮記集說』(元 陳澔 撰), 臺北: 世界書局(1990).

『儀禮注疏』(鄭玄 註, 賈公彦 疏), 上海: 上海古籍出版社(1990).

『重刻小學句讀』(『小學集註』), 陳選(1473) 吳士元 序(1634, 明版).

논저

김성원 편저(1985, 1999²), 『新完譯 小學』, 서울: 명문당.

김주원(2000), 「『御製小學諺解』(1744년)를 둘러싼 몇 문제」, 『국어사자료연구』 1, 131
～149쪽.

김주원(2001ㄱ), 「『소학』의 언해 연구-17세기 후기 간본에 나타난 변개를 중심으로-」,
『한일어문학논총』(梅田博之 교수 고희 기념 논문집), 파주: 태학사, 407~427쪽.

김주원(2001ㄴ), 「『소학언해』 연구-17세기 후기 간본을 중심으로-」, 『국어학』 37,
9~31쪽.

김주원(2019), 「『여자소학』(1927년)에 대한 기초적 연구」, 『한글』 80(1), 69~97쪽.

박순남(2012), 「好古窩 柳徽文의 『小學章句』 분석」, 『동양한문학연구』 34, 부산대
학교 동양한문학회, 161~201쪽.

박순남(2015), 「『소학장구』의 주석 방식에 관한 연구」, 『동양한문학연구』 40, 부산
대학교 동양한문학회, 75~114쪽.

안병걸(2012), 「물암(勿巖) 김륭(金隆)의 처사적(處士的) 삶과 학행(學行)」, 『퇴계학』
21, 안동대학교 퇴계학연구소, 1~33쪽.

오강원 역주(2000), 『儀禮, 고대사회의 이상과 질서(1)』. 청계출판사.

정병섭 역(2014), 『譯註 禮記集說大全』, 曲禮 上·下, 雜記 下, 서울: 學古房.

정호훈(2014), 『조선의 『소학』, 주석과 번역』. 서울: 소명출판사.

3. 이한걸과 이용준

1) 이한걸

이한걸(李漢杰)은 고종 17년(1880) 3월 17일 안동의 주촌(周村)에서 이혁연(李赫淵)의 5남 중 장남으로 태어났다. 본관은 진성(眞城)이며 시조 석(碩)의 22대손이다. 자는 덕순(德純)이며 호는 후촌(後村) 또는 율재(慄齋)이다.

그가 출생한 곳은 안동시 와룡면 주촌('두루'라고 불림)의 회양당(晦養堂)이다. 회양당에서 동쪽으로 약 200미터 떨어진 곳에 진성이씨 주촌 종파의 종택인 경류정(慶流亭)이 있다. 경류정에는 이석(李碩)의 4대 손인 이정(李禎)이 평북 영변에서 가지고 와서 심었다는 뚝향나무가 보존되어 있다. 이 이정이 국어학계에서 초기에 『훈민정음』과 관련하여 이름이 운위되었던 분이다. 즉 정철(1957)에 "일찍 선조께서 여진정벌의 공이 있어 세종대왕으로부터 상으로 받아(단 한 권)늘 궤 중에 감추어 세전가보로 남겨 오다가"(정철 1957: 15)라고 하였는데 『훈민정음』을 세종으로부터 상으로 받은 것으로 추정되는 분이다. 이정은 영변판관을 지냈으며 약산산성을 쌓는 일을 마치고 고향으로 돌아 올 때 향나무 묘목을 세 그루 가지고 왔는데 그 중의 하나가 종택에 있는 뚝향나무이다. 그는 불천위(不遷位)로 모셔지는 분이며 그의 아들이 셋인데 삼남 노송정(老松亭) 이계양(李繼陽)의 손자가 퇴계 이황(李滉, 1501~1570)이다.

율재는 어려서는 가정에서 글을 배웠으며 조금 성장해서는 문내의 연와(燕窩) 이의찬(李宜燦)의 문하에서 배웠으며 나이 22세(1902)에 문조(門祖)인 동정(東亭) 이병호(李炳鎬)의 문하에서 배워 그 영향을 크게 받았다. 이병호는 퇴계의 13세손으로『小學』의 강의록에 해당하는『鶴社講錄』을 면우(俛宇) 곽종석(郭鍾錫) 등과 함께 편찬하였다. 율재는 스승으로부터 위기지학(爲己之學) 즉 과거 공부가 아닌 인간의 도리를 닦는 학문을 배웠으며 이후로는 도(道)를 구하고 주리론(主理論)의 연구에 전념하였다. 그 후 스승 동정 선생이 돌아가셨을 때는 문생으로서 3년의 심상(心喪)을 입었다. 이후로는 예서(禮書)를 읽는 여가에 여러 사람을 가르쳤고 이때 원근에서 학자들이 모여들기 시작하였다.

나이 41세(1921) 신유년에는 서울에서 돌아온 사제(舍弟) 이명걸(李明杰)로부터 일제의 식민지정책에 의하여 우리 민족 고유의 문화가 사라져가고 있다는 이야기를 듣고 이를 안타깝게 여겨 명걸과 함께 사재를 털어서 마을 안에 사립학교인 덕전강사(德田講社)[19]를 설립하고 동륭학술강습소(東隆學術講習所)를 열어 마을 사람들을 가르치며 많은 문도를 양성하였고 교육 구국운동을 펼쳤으며 특히 여성 교육에도 열심이었다.

이러한 학술 활동의 한 결실로 1927년에『여자소학(女子小學)』을 간행

---

19 건물이 현재까지 남아 있다. 지번은 경상북도 안동시 와룡면 태리금산로 275-21번지이며, 현재는 다른 사람이 살고 있다. 이 건물은 일제강점기에 탄압에 굴하지 않고 여성 교육을 행한 곳으로 그 의의가 자못 크다. 이를 기념하기 위한 방도를 세울 필요가 있다고 본다.

하였다. 이 책은 비록 서울에서 출판되었으나 책의 서문 등을 볼 때 안동 일원에서 독립 운동을 하던 사람들과의 교류를 추측할 수가 있다. 이 책은 앞의 1.2, 1.3장을 보아도 알 수 있듯이 부녀자 교육 면에서도 중요한 책이지만 조선의 소학서 가운데 퇴계의 학풍을 잇는 중요한 주석서라는 점에서 그 간행 의의가 크다.

1940년에 이 집안에 있던 『훈민정음(訓民正音)』(1446) 해례본(解例本)이 세상에 알려진 해이다. 율재의 삼남인 용준(容準, 1916~2000 전후)이 1936년에 명륜학원 연구과에 입학을 하였는데 이때 명륜학원 강사인 김태준(金台俊, 1905~1949)을 만나게 된다.

『훈민정음』의 존재를 최초로 알린 것은 조선일보 1940년 7월 30일의 방종현(方鍾鉉)의 "원본훈민정음(原本訓民正音)의 발견"이라는 기사이다. 여기에도 "수월 전 그 원본은 경북 모 고가에서 발견되어 시내 모씨의 소유로 돌아 간 것이다."라고 하여 1940년 7월 이전에 전형필 씨 손에 들어갔다고 밝히고 있다. 이 점에 대해서 언급하는 이유는 시중에 이와 관련된 내용으로 1942년이나 1943년에 간송 전형필 씨의 손에 들어갔다고 잘못 기술한 것이 있고[예를 들어 『간송 전형필』(이충렬 지음, 2010, 김영사)] 또 그것을 재생산한 것들이 많이 보이기 때문이다.

한편 훈민정음 원본을 전형필 씨에게 넘긴 것에 대해서 한걸의 삼남 용준 씨가 주도적 역할은 한 것으로 흔히 서술을 하고 있는데 용준은 김태준과의 관계에 의해서 중간에서 연결만 해 주었으며 이 책을 주도적으로 넘긴 이는 율재 이한걸이었다.

1945년에 광복을 한 조국이지만 많은 지식인들이 사상과 체제의 대립이라는 격동의 시간에 직면하게 된다. 율재로서도 편하지 않은 말년을 보낸 것으로 보인다. 그의 아들들은 전국으로 흩어지면서 광복을 맞은 조국에서 교사로서 각자의 역할을 하였다.

위로 세 아들은 모두 교사가 되었는데 장남 이용규[李容規, 1908~1949, 다른 이름 석범(錫範)] 씨는 배제학당을 졸업하고 진주로 가서 진주여고 의 교사, 진주농과대학의 국어 강사로 재직하였으나 안타깝게도 41세의 나이로 1949년에 복막염(또는 백혈병)으로 병사하였다. 그의 슬하에는 3남 1녀가 있었고 그 중에서 글쓴이가 만난 사람은 3남인 이상호(李霜 虎, 1941~) 씨였다.

차남 이용훈(李容薰) 씨는 대구의 교남학교를 졸업하고 수원농림학교 에서 교편을 잡게 되었다.

삼남 이용준[李容準, 1916~2000년 전후, 다른 이름 기범(奇範)] 씨는 명 륜전문학교(후에 성균관대학교)를 졸업하고 광복 후에 강경공립고등학 교 교사로 있었다. 1946년 겨울에 가족을 데리고 월북하였다. 아마도 김태준과의 관계로 그 영향을 받은 듯하고, 그 외에도 사상 관련 문제로 월북을 한 것으로 보인다.

사남인 이용승(李容承) 씨는 1921년 생이어서 광복 당시에 집에 있었 을 것으로 보인다.

이한걸은 1949년에 석류동계회(石溜洞契會) 안(案)을 작성하였다. 계 회의 명칭이 석류동(石溜洞)인 것은 이한걸의 세거지인 안동시 와룡면 주하리 인근에 돌과 계곡 물이 어우러진 경관이 좋은 곳이 있는데 그곳 의 명칭에서 연유한다. 그는 시간이 있으면 그곳에 가서 자연을 즐겼으 며 주민들이 그곳을 평범한 명칭인 "돌티미(石堆)"로 불러 왔던 것을, 당시(唐詩)[20]의 한 구절을 따와 '석류동(石溜洞)'이라 부르고, 시를 지으 며 완상하고 현장에 석공을 보내어 몇몇 바위에 '지주석(砥柱石)' 등의

---

20 당나라의 시인 왕유(王維)가 지은 시인 「난가뢰(欒家瀨)」의 한 구절 '淺淺石溜瀉(물소리 돌을 누비며 흘러 내리네)에서 따온 것이다.

명칭을 새기기까지 하였다. 현재는 도로 공사 때문에 경관이 크게 훼손
되었지만 아직 그 바위들은 그대로 있다.[21]

이듬해에 육이오 사변이 일어나고 그 다음 해 봄에 향년 71세로 작고
하면서 계획은 실행되지 못했다. 전쟁이 끝난 1954년부터 아우 이명걸
(李明杰)이 중심이 되어서 이한걸의 글을 모아서 1963년에 『율재문집(慄
齋文集)』 5책을 펴내었다.

원래 석류동에 있는 거연대(居然臺)라는 바위 위에 석류정(石溜亭)을
지을 계획이 있었으나 뜻대로 되지 않았다. 그래서 이한걸의 집 바로 옆
에 석류정을 짓고(1991년 완공) 석류회를 지속하였다.

2) 이용준

이용준(李容準)은 아명은 기범(奇範)이고 호는 서주(西洲)이다. 국어학
계에 잘 알려진 대로 김태준(金台俊)의 제자로 명륜전문학교(현재 성균
관대학교)에 다닐 때 그에게 자신의 고향인 안동에 『훈민정음』이 있음
을 알려서 이 책을 간송 전형필이 소장할 수 있게 한 사람이다. 이용준
은 1916년 생으로 어려서부터 서화에 소질이 있어서 인근에 크게 이름
이 나 있었다.[22] 아래는 조선민보(朝鮮民報) 1930년 6월자(날짜 미상)에

---

21 소재지는 행정 지번으로는 안동시 서후면 저전리 69번지이다.
22 국어학계에는 이용준이 글씨로 선전(鮮展)에 입선(入選)한 것으로 알려져 있다. 이용준이
   선전에 입선했다는 말은 정철(1957: 18)에 보인다.

   "이용준님(鮮展에 入選한 書藝家으로 하여금 원본 서체와 비슷하게 書寫시켰다."

   이렇게 적힌 이후에 여러 글에서 "鮮展에 入選한 이용준"으로 인용되곤 하였다. 그러나 글
   쓴이가 알아본 바로는 이용준 또는 이기범이라는 이름으로 조선서화 전람회에 입선한 사실은
   찾을 수 없다. 조선미술전람회는 선전(鮮展)이라 약칭되는데 1922년도부터 1944년까지 23회

실린 이용준에 관한 기사이다[일문(日文)으로 된 것을 번역하였다].

　"경북이 낳은 천재 서동(書童) 안동의 이용준 군

　본도(本道) 안동군 와룡면 주하동 이한걸 씨의 삼남 용준군(15)은 동지(同地)
보통학교를 졸업하고 옛 명필 안진경(顏眞卿), 유공권(柳公權)의 서풍에 익숙하
여 바야흐로 서도를 연구하고 있었으나 이번에 서울에 올라 가서 사계의 대가
김돈희(金敦熙) 씨를 방문하여 약 2개월간 지도를 받아 크게 동호자를 경탄케
하고 귀향하는 길에 대구 서석재(徐石齋)[23] 씨를 뵈려고 내구(來邱)한 16일 본사
에서 이 글을 휘호(揮毫)했는데 우리 경북이 낳은 천재 서동(書童)으로서 높이
평가된다. 또 동군은 시내 하해(河海)여관에 체재하고 있는데 희망자는 휘호를
요청할 수 있다. [사진(생략함)은 이용준 군과 그의 휘호]"

　그는 1933년에 광산 김씨 김응수의 셋째 딸 김남이(1914년생)와 혼인
하였다. 1936년에 명륜학원에 입학하였으며 1940년 봄에 김태준과 함
께 고향인 주촌(周村)으로 와서 『훈민정음』을 부친 이한걸의 주도 하에
전형필 선생께 양도한 것은 잘 알려진 사실이다.

　1940년 이후로는 그의 행적이 잘 보이지 않는데 이 글에서는 이 시기
의 이용준의 활동에 대하여 친지들의 증언과 인터넷의 자료 등을 토대

　　열렸다. 선전에 입선한 작가와 작품은 『조선미술전람회 도록』 1~19(1922~1940)(서울대학교
　　중앙도서관 소장)에 실려 있는데 여기에 이용준 또는 이기범이라는 이름은 나타나지 않는 것
　　으로 보아 선전에 입선했다는 말은 와전된 사실로 보인다.
23　서석재(徐石齋)의 이름은 병오(丙五)이고, 석재는 그의 호이다. 1922년에 시작된 조선미술
　　전람회(朝鮮美術展覽會)의 제1회 심사위원이 되는 등 대가였으며 같은 해에 후진 양성을
　　목적으로 교남시서화연구회(嶠南詩書畫研究會)를 설립하였다. 이용준은 이 연구회의 회원
　　이었으며(영남일보 2012년 1월 25일자), 1987년에 열린 근대교남서화전(近代嶠南書畫展)
　　에 이용준의 작품이 전시되기도 했다(대구매일신문 1987년 3월 29일자).

로 하여 상술하고자 한다. 참고로 이용준은 1940년대 이후로는 집에서 부르던 이름인 이기범(李奇範)을 주로 사용하였다.

첫째, 황정수의 "서울미술기행" 제3화(2019)의 기사에서 1942년에 발행된 "제2회 청전화숙전(靑田畵塾展)"이라는 제목의 팜플릿을 볼 수 있는데 출품자의 명단에 이기범(李奇範)이 들어 있음을 보아 그가 대학을 졸업한 후에 청전화숙[24]에 소속되어 있었음을 알 수 있다.

둘째, 이구열(1988)의 글에 의하면[25] 1945년 8월 18일에 조선문화건설중앙협의회를 결성하였고 그 산하 조직의 하나로 조선미술건설본부가 결성되었는데 그 회원 명단에 "이기범(李奇範)"이 들어 있다. 이 조직에는 위에서 소개한 제2회 청전화숙전에 출품한 작가들, 예를 들면 배렴, 박원수, 심은택, 정종여, 신명식, 허건, 심형필, 정용희, 이건영, 이현옥, 정진철 등의 이름도 보인다. 이 조직에는 좌익 계열의 사람도 들어 있었다[예를 들면 김용준(金瑢俊)].

셋째, 『민중조선(民衆朝鮮)』 창간호(1945년 11월) 48쪽에 이기범(李奇範) 저 『조일합방사(朝日合邦史)』의 발간 예고 광고가 나온다. "근일 발행"이라고 한 것으로 보아 거의 출판이 임박한 것으로 보인다. 이 책은 이듬해인 1946년 2월에 민중조선사에서 출판되었다. 그런데 그 책의 간기(刊記)에 저자 이기범의 소속이 강경공립고등학교(江景公立高等學校)로 되어 있다.[26] 이기범이 이용준의 아명(兒名)일뿐 아니라 강경에 가 있

---

24 청전화숙은 화가 이상범(李象範)이 1933년 무렵에 설립해 전통 회화를 가르친 화실이다.

25 이구열(1988) 해방공간(1945~50)의 우리 문화예술·미술.
   (http://www.arko.or.kr/zine/artspaper88_09/19880903.htm)

26 이기범이 교사로 근무한 적이 있는지를 확인하기 위하여 강경고등학교 행정실에 연락하여 보았으나 1946년 전후의 기록이 분실되어 확인할 수가 없다는 답변을 받았다(2020년 2월 28일).

었다는 사실은 이용준의 질녀인 이재향 님[1938년생, 용훈(容薰) 씨의 따님이며 현재 경북 영주에 거주하고 있다]의 기억에 이용준을 부르기를 "강경아재"라고 했다는 점을 고려하면 저자 "이기범"이 "이용준"임은 거의 확실하다. 한 가지 흥미로운 점은 머리말에 해당하는 편술 취지(編述趣旨)의 말미에 날짜를 다음과 같이 적어 두었다.

檀君紀元四千二百七十八年十月九日「한글날」

즉 1945년 10월 9일 한글날에 이 편술 취지를 썼다는 것인데, 한글날이 10월 9일로 바뀐 것은 말할 필요도 없이『훈민정음』해례본이 나온후 그 책의 정인지 서문에 "九月上澣"이라고 된 것을 보고 그것을 9월 10일로 상정한 후 양력으로 바꾼 날짜가 10월 9일이 된 것이다.[27] 그이전까지는 10월 28일을 한글날로 기념하고 있었다. 저자 이기범이「한글날」이라고 특별히 명기한 것은 자신의 집안에서 나온 책과 자신이쓴 첫 두 장과 관련한 특별한 심회를 나타낸 것이 아닐까 하는 생각이든다.

재향 씨의 기억에 의하면 이용준은 가족(부인과 아들 재일, 딸 철희(1939년생)를 데리고 1946년 겨울에 월북하였다 한다. 이후에도 약간의연락이 있었다. 1948년 1월 10일자로 용준이 부친 한결 옹에게 보낸편지에 신의주여자고급중학교의 편지지를 사용한 것으로 보아서 그 학교의 교사로 근무한 것으로 보인다.『훈민정음』의 앞 두 장에 직접 글씨를 쓴 이용준의 글씨를 볼 수 있는 데다가 정치적으로 분단되기 직전에

---

27 한글날을 종래의 10월 28일에서 10월 9일로 바꾸었다는 사실은『한글』제81호(1940년 11월 간행)에 나온다. 그리고 공개적으로 기념식을 한 것은 1945년 10월 9일이 최초였다.

북에서 남으로 보낸 서간이라는 점에서 의미가 있으므로 편지의 내용을
소개하고자 한다.[28]

父主前 上白是

歲換星移, 定省都闕, 下懷鬱悵, 難可容喩, 而人子之道, 幾乎毋矣. 悚罪曷極?

伏未審際玆寒沍, 兩位分氣體候, 萬康, 無或以寒氣欠和, 祖母主篤老候依昔. 僉猶
親候連旺, 膝下渾眷勻安, 大小諸節, 一一無警否? 伏慕區區, 無任下誠之至.

子, 客裏率眷經冬, 有多少寒苦, 而只今五口無它健在, 是爲私幸.

從君一率, 亦善過, 而時時相握, 好依. 以是, 或以慰也否.

但離膝在遠外, 雖世所致者, 而中宵夢寐, 徒勞心馳. 惟伏祝氣力益旺, 看書之樂,
日新耳. 未久, 以歡顏拜謁, 必有期矣. 是爲伏祝耳.

父主詩文草稿十四冊, 謹託某家藏, 擬後索取爲計, 下諒否?

月前, 兄主書喜奉, 姑臨未回之耳.

伏惟下鑑.

　　　戊子正月十日,

　　　　　子容準上白.

아버님 앞에 아뢰어 올립니다.

해가 바뀌고 별이 옮겨가는데, 곁에서 아침저녁으로 시중드는 일을 모두 빠
뜨리고 있으니, 저의 생각은 답답하고 섭섭한 점은 형용하거나 비유하기가 어
렵습니다. 그리고 사람의 자식의 도리가 거의 없으니, 송구하고 죄스러움이 어
찌 끝이 있겠습니까?

엎드려 살피지 못했습니다. 추위 얼어붙는 지금, 두 분 기력은 크게 건강하신

28 이 편지를 비롯하여 이한걸 집안에 관련된 자료를 제공하여 주신 이재엽(대구가톨릭대학
　　명예교수) 님께 감사드린다. 탈초와 번역은 이 책의 공저자인 허권수 교수가 했다.

지, 혹 찬 기운 때문에 기력에 잘못된 것은 없으신지, 조모님 아주 연만하신데, 기력이 옛날과 같은지, 여러 백숙부님 기력 계속 좋으신지? 슬하의 모든 가족 두루 편안한 등 크고 작은 모든 안부가 하나하나 탈이 없으신지요? 엎드려 간절히 그리워하여, 저의 지극한 정성은 견딜 수가 없습니다.

저는 객지에서 가족 거느리고 겨울 지내느라 얼마간 추위 때문에 고생이 있었지만, 지금 다섯 식구가 달리 아무 일 없이 건강하게 있으니, 저에게는 다행입니다.

종제 가족들도 잘 지내고 있습니다. 때때로 서로 만나 잘 의지하고 있습니다. 이렇게 함으로 해서 혹 위안이 되는 듯합니다.

다만 슬하를 떠나 멀리 바깥에 있으니, 비록 세태가 그렇게 만든 것이지만, 한밤중에 꿈에서나 깨어서 한갓 수고롭게 마음만 달려갑니다. 오직 비는 것은 기력이 더욱 왕성하시고, 책 보는 즐거움이 날로 새롭게 되기를 빌 따름입니다. 오래지 않아서 기쁜 얼굴로 절하고 뵈올 기약이 반드시 있을 것입니다. 이것을 엎드려 빌 따름입니다.

아버님 시문 초고 14책은 신중히 어떤 집에 맡겨 보관해 놓았는데, 뒤에 찾아올 계획입니다. 이해하시겠지요.

달포 전에 형님 편지를 기쁘게 받아 읽었으나, 지금까지 아직 회답을 못하고 있을 따름입니다.

엎드려 생각하노니 굽어 살피시옵소서.

무자년(1948) 정월 10일, 아들 용준은 아뢰어 올립니다.

1950년 6·25사변이 날 무렵에는 원산 의과대학 교수였는데, 재향 씨 말에 의하면, 1950년 7월에 있었던 폭격에 의하여 부인과 딸이 사망하였다고 한다.

이후에는 소식이 없었으나 짐작컨대 1982년 무렵에는 사회과학원 민족고전연구소 소속의 부교수였던 것으로 보인다. 1994년에 주간조선 등에서 북한에서의 조선왕조실록 번역과 관련된 일련의 보도에서 리기범이라는 월북 지식인이 번역에 참여하였다는 사실이 알려지게 된 것이다.

"조선왕조실록 국역을 비롯해 북한의 고전 국역을 초기에 주도한 것은 남쪽에서 월북한 지식인들이다. 실록 국역을 사실상 계획하고 주도한 홍기문(洪起文)[홍명희(洪命熹)의 아들]이나 가장 많은 역할을 한 리철화(퇴계 자손), 리기범(명륜전문) 등이 모두 남한 출신이다.(주간조선 1994.5.12. 95쪽)

여기에 나오는 리기범이 이용준임은 말할 필요도 없다. 북한에서 출판된 『리조실록』(전 400책, 사회과학출판사)의 한국 영인본(여강출판사)을 보면 마지막 권인 제400책(1993년 간행)에 "『리조실록』 번역 편찬 성원"(pp.369~392) 명단이 나오는데 리기범은 번역성원, 교열성원에 이름이 올라 있고, 직접 번역한 것으로는 선조수정실록(제207책~제209책, 1985), 정조실록(제344책~제348책, 1990), 순종실록(제400책, 1991)이며 교열한 것으로는 연산군일기(제102책, 제104책, 1982), 중종실록(제113책 외 5책, 1982), 그리고 고종실록(제384책, 제395책, 1991) 등 30여 책이다.[29]

위 기록에 따르면 리기범 이름이 처음 나오는 연산군일기(1982년 간

---

29 한편, 주제를 벗어나지만, 이 기록에는 『현종실록』 등 여러 실록을 번역한 류수라는 인물이 나온다. 류수는 또한 조선고전문학 선집 총서의 하나인 『김시습 작품선집』(조선문학예술 총동맹 출판사, 1963) 등을 번역하기도 하였다. 이 사람은 유열(류렬)의 『풀이한 훈민정음』(1948) 52쪽에 1쪽 분량의 후기("풀이한 훈민정음 뒤에")를 쓴 유수와 동일 인물이다. 유수(柳壽)는 경남 산청 출신이며 자(字)는 자수(子壽)이고 호는 방산(方山)이다. 1950년에 월북하였다고 한다. 이러한 사실을 알려 주신 허권수 교수께 감사 드린다.

행)의 번역자란에는 "부교수[30] 리기범"으로 되어 있으나 숙종실록(제274
책, 1988년 간행)의 교열자 난에는 "박사 부교수 리기범"으로 되어 있음
을 보아서 1982년과 1988년 사이에 박사학위를 취득했음을 알 수가 있
다. 이기범이 1916년생이므로 비교적 늦은 나이에 박사학위를 취득한
것이다.

이것으로 보아서 월북한 리기범은 비교적 순탄하게 교수로서 생활할
수 있었던 것 같다. 이용준 즉 리기범의 별세 사실이 알려진 것은 2002
년의 일이다. 이용준과 함께 월북한 아들 리재일(李載日, 1942년생)이
일본 동경에 있는 친척 아저씨에게 편지를 보내 왔는데(2002년 5월 10
일 작성, 5월 21일 소인) 내용 중에서 관련된 부분은 다음과 같다.[31]

"저의 부모님들은 생존시 늘 고향을 그리며 많은 이야기를 하군 하였습니다.
조국이 통일되어 고향에 갈 날을 손꼽아 기다렸건만 뜻을 이루지 못하고 세상
을 떠났습니다.

조국에서 리재일
주체91년(2002) 5월 10일"

이 편지가 안동에 있는 이상호(李霜虎) 님께 전달된 것은 2005년 6월
경이었다. 그 중에서 관련된 내용은 다음과 같다.

"북에서 살고 있는 載日君하고는 수년 전부터 잘 알고 있습니다.
최근 載日君으로부터 편지가 와서 자기 고향과의 련락을 취하고져 하고 있습

---

30 사회과학원 민족고전연구소 소속
31 이 편지는 주 내용이 안부를 묻는 것이어서 이기범 즉 이용준의 사망에 대해서는 지나가
   면서 언급한 것이다.

니다. (생략) 1985년경 저가 평양에 갔을 때 기범 형님을 상봉하였으나 그 후 기범 형님이 이 세상을 돌아가시고 載日君을 알게 되었습니다.

2005. 6. 8

日本에 살고 있는 李容極"

이 편지에 의하면 1985년 경 즉 이용준이 70세가 되었을 때 (이때 『리조실록』 선조대의 번역판이 출판되었음) 만났다는 것이며 그 후에 별세한 것으로 되어 있다. 그런데 이용준이 별세한 후에 그의 아들 載日을 알게 되었다고 하였으며 편지의 앞 부분에서 '載日君하고는 수년 전부터 잘 알고 있습니다'라고 한 것으로 보아서 2005년보다 최소한 수년 전 載日을 알기 전에 별세한 것으로 보인다. 이로써 추정해 보면 아마도 2000년 전후, 또는 그 때보다 더 일찍 별세했을 가능성이 있다.[32]

---

32 졸고(2005: 203)에서 이용준이 2004년에 사망하였다고 하였는데, 사망 연대는 이상호 씨에게 이러한 편지에 관한 이야기를 듣고는 글쓴이가 추정한 것이었다. 이 글을 통하여 사망 연대를 2004년으로 추정한 것은 잘못이며 2000년 이전으로 수정하고자 한다. (이 글을 쓰면서 글쓴이가 이상호 님의 댁을 방문한 날짜를 찾아보니 2005년 4월 2일이었다. 이때는 이상호 씨도 위에서 다룬 편지를 받아 보지 못한 상황에서 글쓴이에게 이야기를 해 주었고, 그 이야기를 바탕으로 사망 연대를 잘못 추정한 것이었다.)

4. 진성이씨 가문의 『소학』 중시 전통*

1) 서론

진성이씨(眞城李氏)는 퇴계(退溪) 이황(李滉, 1501~1570)이라는 우리나라 최고의 학자를 배출한 가문으로, 퇴계의 후손은 물론이고, 문중의 후손 가운데서 많은 학자가 배출되었다. 진성이씨 집안의 학자 문인들이 남긴 문집만도 수십 종류가 넘을 것으로 추산된다.

퇴계의 영향으로 조선 중기 이후 학문하는 집안으로서의 전통을 유지하였고, 이런 전통은 최근까지도 전해지고 있다. 그 전통 가운데 하나가 사람 되는 방법을 가르치는 『소학(小學)』을 중시하는 전통이다.

진성이씨 가문에서 최초로 문집을 남긴 송재(松齋) 이우(李堣)로부터 비롯된 전통은 현세의 학자인 연민(淵民) 이가원(李家源)에까지 이어졌다. 이 가문에서 이러한 전통이 어떻게 비롯되었으며, 어떤 연변(演變)을 거쳐 오늘날에까지 이르렀는지 고찰하고 그 의미를 찾는 것이 이

---

* 이 글은 동일한 제목으로 『연민학지』 33집(2020)에 실린 것을 수정하고 보완한 것이다.

논문의 주된 목적이다.

2) 『소학』의 개관과 가치

(1) 『소학』의 편찬 동기

『소학』은, 주지하다시피 송(宋)나라의 대학자이자 교육자인 주희 (朱熹, 1130~1200)와 그 제자인 유청지(劉淸之, 1134~1190)에 의해서 편 찬되었다. 주희는 주자(朱子)로 존칭되고, 유청지는 일반적으로 자(字) 로 통용되어 유자징(劉子澄)으로 일컬어져 왔다. 『소학』 체재의 구상이 나 편찬방침은 주자가 주로 했지만, 편찬의 실무는 주자의 지휘를 받아 서 유청지가 주로 했다. 그리고 편집이 다 된 뒤 다시 주자의 감수를 거쳐 1187년(순희 14)에 완성되었다. 흔히 주자의 저서로 알려져 있지 만, 사실은 두 사람의 공동 저작이다. 1187년에 지금의 책 형태로 확정 되어 최초로 간행되었다.[1]

그 편찬 목적은, 아동들에게 도덕윤리(道德倫理)의 개념을 심어 도덕 적 바탕을 갖춘 사람을 만드는 데 있었다.

주(周)나라 때는 각 마을마다 소학(小學)이라는 학교가 있었고, 국도 (國都)에는 대학(大學)이 있었는데, 주자는 모든 아동들이 8세가 되면 신 분에 상관없이 소학에 들어가서 교육을 받았다고 생각했다. 거기서 배 우는 교과 내용은, 쇄소(灑掃), 응대(應對), 진퇴(進退)의 예절과 예(禮), 악(樂), 사(射), 어(御), 서(書), 수(數) 등에 관한 것이었다. 그 교재가 곧 『소학』이었다.

---

1 정호훈, 『조선의 소학』, 소명출판, 2014.

소학에서 교육을 마친 사람 가운데서 다시 천자(天子)의 아들과, 공경대부(公卿大夫), 상사(上士)의 적자(嫡子)와 일반 백성들의 자제 가운데서 준수(俊秀)한 사람만이 다시 대학에 들어가서 궁리(窮理), 정심(正心), 수기(修己), 치인(治人)에 관한 학문을 공부한다고 보았다. 그 교재는 『대학(大學)』이었다.

대학에서 교과서로 쓰던 『대학』이라는 책은 오늘날 남아 있지만, 소학에서 교과서로 쓰던 교과서인 『소학』은 남아 있지 못했다. 그래서 주자가 관계된 글들을 모아 소학에서 교육했을 교과서로 복원한 것이 『소학』이란 책이다. 청(淸)나라 장백행(張伯行)은 「소학집해서(小學集解序)」에서, "성인의 경(經)과 현자의 전(傳) 및 삼대 이래의 아름다운 말씀과 착한 행실을 편집하였다.(聖經賢傳及三代以來之嘉言善行.)"라고 말하였다.

주자는 그 당시 사회에 필요한 인재를 배양해서 공급해야 한다고 생각했는데, 그런 인재를 배양하는 방법은 교육밖에 없다고 생각했다. 교육 가운데서 계몽 교육이 가장 중요하다고 생각했고, 계몽 교육이 성공하기 위해서는 좋은 교과서가 필요하다고 생각했다. 주자 이전에 계몽 교육 교재로 여본중(呂本中)의 『동몽훈(童蒙訓)』, 사마광(司馬光)의 『가범(家範)』 등이 있었으나, 주자의 안목을 만족시킬 수가 없었다. 그래서 『소학』이란 책은 주자가 자신의 교육사상을 이 책 속에 결집하여 편찬한 것이다.

(2) 『소학』의 후세에 끼친 영향

주자는 『소학』을 편찬한 뒤, 『소학』에 대해서 특별히 애정을 가졌고, 많은 사람들이 잘 활용해 주기를 간절히 희망했다. 그는 일찍이 "뒤에 태어난 초학(初學)들이 『소학』 책에 나오는 사람 되는 모양을 보아야 한다.(後生初學, 且看小學之書那個做人的樣子.)"라고 말할 정도로, 스스로 초학자들의 필독서로 규정하였다.

그리고 아동 때『소학』교육을 받지 못한 성인들이 주자에게 배움을 청하면, 주자는 소학을 읽어 "전날의 부족한 점을 보완하여, 뒷날의 뿌리를 심으라.(補塡前日欠缺, 栽種後來根柢.)"라고 했다. 주자의 제자들은 주자의 가르침에 따라 모두『소학』공부에 힘을 쏟았다.『주자어류(朱子語類)』가운데는『소학』을 두고 주자가 제자들과 벌인 토론이 매우 많이 실려 있다.

『소학』은 송나라 이후로 아동 도덕 교육의 주된 교과서가 되었으므로 그 영향은 대단히 컸다. 중국 역대의 학자들은『소학』을 육경(六經) 못지않게 중시하였다.

원(元)나라의 저명한 학자인 노재(魯齋) 허형(許衡)은『소학』을 숙독(熟讀), 완미(玩味)하여 자자구구 하나하나를 모두 분명하게 연구할 것을 강조하였다. 그리고『소학』의 도리가 가슴속에 관철되게 해야 할 뿐만 아니라 체득하여 힘써 행해야 된다고 생각하였다. 이미 과거에 합격하여 공부가 상당한 사람이 노재에게 '학문하는 방법'을 가르쳐 줄 것을 요청했을 때, 노재는 "『소학』을 읽으시오."라고 할 만큼『소학』을 매우 중시하였다. 또 그의 아들 허사가(許師可)에게 이런 가서(家書)를 보냈다.

나는『소학』과 사서(四書)를 신명(神明)처럼 존경하여 믿는다. 네가 어린애였을 때부터 곧 하여금 익히게 했는데, 여기에서 득력(得力)하는 것이 있기를 바란 것 때문이다. 다른 책은 비록 공부하지 않아도 유감이 없다. 내 평생의 뛰어난 점은 이런 몇 가지 책들을 믿는 것이다. 너도 마땅히 나의 이런 장점을 계승하여 독실하게 믿고서 좋아하기를 바란다.[2]

노재는 자신만 『소학』을 혹애(酷愛)했을 뿐만 아니라, 그 아들에게도 혹애하기를 희망하고 있었다.

명(明)나라 태조 주원장(朱元璋)의 황후인 마황후(馬皇后)가 일찍이 여사(女史)를 시켜 『소학』을 외우게 하여 듣고서는 주원장에게, "『소학』이란 책은, 그 말이 이해하기 쉽고, 일은 행하기 쉽고, 사람의 도리 가운데서 갖추지 않는 것이 없으니, 진실로 성인(聖人)께서 가르친 법도입니다."[3]라고 말하여, 『소학』을 널리 보급할 것을 건의하였다. 주원장이 마황후의 말에 따라 친왕(親王), 부마(駙馬), 태학생(太學生) 등에게 『소학』을 강독하도록 했다. 이때부터 서울에서 지방으로 퍼져 나가 집집마다 『소학』을 소장하고서 때때로 외우니, 성인의 교화(敎化)가 천하에 다시 밝게 되었다 한다.

청나라 때는 유교의 기본경전인 십삼경(十三經) 다음으로는 『소학』을 가장 중시하였다. 어린애들이 학교에 들어갈 때는 반드시 『소학』 시험을 보이도록 법률로 규정하였다.

청나라 학자 장백행은 『소학』을 사서(四書)의 하나인 『대학』과 동등하게 생각하여 "공자의 글을 읽으면 마땅히 『대학』을 종통(宗統)으로 보아야 하고, 주자의 책을 읽는다면 마땅히 『소학』을 기본으로 삼아야 한다."라고 생각했다.[4]

---

2 許衡, 『許衡集』, p.204, 「與子師可」. "『小學』, 四書, 吾敬信如神明. 自汝孩提, 便令講習, 望于此有得. 他書, 雖不治, 無憾也. …… 我, 生平, 長處, 在信此數書. …… 汝當繼我長處, 篤信而好之也."

3 劉文剛, 『小學譯註』 解題(재인용), "『小學』書, 言易曉, 事易行, 于人道, 無所不備, 眞聖人之敎法." 中國 四川大學 出版社, 1995.

4 劉文剛, 『小學譯註』 解題(재인용).

(3) 『소학』의 대표적 주석서

『소학』의 내용을 정확히 이해하기 위해서는 주석서가 필요했으므로 역대로 주석서가 많이 나왔다. 대표적인 것으로는 명나라 진선(陳選)의 『소학집주(小學集註)』, 청나라 장백행의 『소학집해(小學集解)』가 있다. 또 장백행은 역대 학자들이 『소학』에 관해서 논한 주석들을 모은 『소학집설(小學輯說)』을 편찬하였다. 이 밖에 『주자소학백화해(朱子小學白話解)』, 『주자소학절본(朱子小學節本)』 등이 있다. 중국에서 지금까지 나온 『소학』에 관한 주석서는 1백여 종이 넘는다 한다. 『논어(論語)』, 『시경(詩經)』, 『서경(書經)』을 제외하고는 가장 많은 주석이 나온 책이다. 중국에서 역대로 『소학』이 얼마나 중시를 받았는지를 알 수 있다.

『소학』은 중국 역대의 전적(典籍) 가운데서 교육사적으로나 사상사적으로 가장 큰 영향을 미쳤다 할 수 있다.

(4) 『소학』의 내용

『소학』은 모두 6권으로 되어 있는데, 내편(內篇), 외편(外篇)으로 나뉘어져 있다. 모두 385장이다. 그 내용은 크게 보면, 세 가지로 나눌 수 있는데, 첫째 다른 사람과의 관계를 어떻게 맺느냐? 둘째 자신의 생각과 인격을 어떻게 수양하느냐? 세 번째 사람으로서 어떻게 살아갈 것이냐? 하는 것이다.

내편은 4편인데, 「입교편(立敎篇)」, 「명륜편(明倫篇)」, 「경신편(敬身篇)」, 「계고편(稽古篇)」으로 되어 있다. 「입교편」은, 교육의 중요성과 그 방법을 이야기하고 있다. 「명륜편」은, 부자(父子), 군신(君臣), 부부(夫婦), 장유(長幼), 붕우(朋友) 사이의 윤리를 이야기하였다. 「경신편」은 자신을 수양하고 공경하는 도리에 대해서 이야기하였다. 「계고편」은 역대 성현(聖賢)들의 언행을 예로 들었는데, 「계고편」 안에서 다시 입교(立敎), 경신(敬身), 명륜(明倫), 통론(通論)으로 나누었다.

외편은 2편인데, 가언(嘉言)과 선행(善行)으로 나누었다. 한(漢)나라 때부터 송(宋)나라 때까지 현인(賢人)들의 가언, 선행을 고금의 각종 전적에서 인용하여 그 사례를 제시하였다.

『소학』의 주요 취지는 오륜(五倫)에서 벗어나지 않는다. 그래서 명나라 설선(薛瑄)은 "오륜은 인의예지신(仁義禮智信)의 본성에서 벗어나지 않고, 인의예지신은 『소학』이라는 한 권의 책에 다 개괄되어 있다."[5]라고 하여 소학의 성격을 잘 규명하였다.

(5) 『소학』이란 서적의 구성의 특징

첫째, 교육 목표가 뚜렷하고 고원(高遠)하다.

둘째, 내용이 현실 생활에 밀착되어 있어 실천 가능한 것이다.

셋째, 공부하는 사람의 실질적인 업무 능력을 배양하도록 되어 있다. 호원(胡瑗)이 호주(湖州)의 주학(州學)에다 경의재(經義齋)와 치사재(治事齋)를 두어 교육한 사실을 수록했는데, 치사재에서 공부하는 학생들은 치민(治民), 치병(治兵), 치수(治水), 산술(算術) 등 한 가지 이상의 실질적인 능력을 익히도록 했다.

넷째, 사례를 풍부히 들어 학습자의 흥미를 유발하도록 했다.

다섯째, 합리적인 사고에 바탕하여 미신, 귀신, 영혼 등을 인정하지 않았다.

---

5 薛瑄, 『讀書錄』, "五倫不出乎仁義禮智信之性, 仁義禮智信, 槪括盡『小學』一書."

여섯째, 이 책은 여러 고전에서 자료를 모았으므로 내용이 다양하다. 그러나 여러 고전에서 절선(節選)하거나 축약했기 때문에 곳곳에 문리(文理)가 자연스럽지 못한 곳이 있고, 심지어 원본을 대조해서 보충하지 않으면, 정확한 내용 이해에 문제가 있는 곳이 적지 않은 문제점이 있다.

(6)『소학』을 필독해야 하는 이유

『소학』은 비록 이름은 소학(小學)이지만, 실천적 유교사상을 전달 보급하는 데 대단히 큰 영향을 미쳤다. 조선시대 전반에 걸쳐서 지식인들의 사고방식, 학문방식, 생활방식, 생활예절 및 민간의 생활에까지 많은 영향을 미친 중요한 서적이다. 실제로 사서삼경(四書三經)보다도 구체적인 생활과 풍속에 더 큰 영향을 미쳤다고 할 수 있다.

우리나라의 문화사, 학술사, 사상사 등을 연구하려면, 먼저『소학』의 내용을 파악하지 않으면 안 된다. 실천적인 도덕은 물론이고, 생활 습속에까지 영향을 미쳤다.

『소학』의 내용 가운데 오늘날의 생활방식과 맞지 않는 것도 많지만, 바르게 행동하고 바르게 말하고 바르게 살아가려는 그 정신을 오늘날에 되살린다면, 진정한 의미를 다시 찾을 수 있을 것이다.

3)『소학』의 조선에서의 수용과 그 영향

『고려사(高麗史)』나,『고려사절요(高麗史節要)』등에『소학』관계 기사가 전혀 보이지 않는 것으로 봐서, 고려 말기까지는『소학』이 우리나라에 아직 들어오지 않았고, 혹 들어왔더라도 거의 유행이 안 되어 별 영향이 없었던 것 같다.

우리나라 문집 가운데는 목은(牧隱) 이색(李穡)의 『목은시고(牧隱詩藁)』에 실린 시 제목에서, "목은공(朱文公)의 『소학』이 규모와 절목(節目)이 갖추어진 것을 생각하고, 여덟 구절을 읊어서 자손들을 훈계한다."란 말[6]이 있는 것으로 볼 때, 목은이 최초로 이 책을 접하여 그 내용을 이해하고 찬탄하였다. 목은은 원나라에서 과거에 급제하여 벼슬했으므로, 우리나라에 전래되기 전에 중국에서 이 책을 보았을 가능성도 있을 수 있다.

도은(陶隱) 이숭인(李崇仁)이 아는 박남장(朴男章)이란 사람이, "『소학』 읽기를 좋아하여 손에서 책을 놓지 않았다."고 했으니, 고려 말기에는 『소학』이 상당히 읽혔음을 알 수 있다.

조선왕조는 개국 이래 유교 가운데서 주자 성리학(性理學)을 지도이념으로 삼아 통치를 했으므로 『소학』 교육의 필요성이 매우 절실하였다.

설장수(偰長壽)는 1399년에 작고했는데, 『왕조실록(王朝實錄)』 가운데 그의 졸기(卒記)에 의하면, 그에 의해서 『직해소학(直解小學)』을 이미 우리나라에 들여와 간행한 것으로 되어 있으니, 『소학』은 1399년 이전에 이미 우리나라에 도입되어 있었다는 것을 알 수 있다.

1407년(태종 7)에 이르러서는 양촌(陽村) 권근(權近)이 『소학』 공부를 강화할 것을 다음과 같이 국왕에게 건의하였다.

『소학』의 글은 인륜(人倫)과 세도(世道)에 매우 절실한 것인데, 지금 공부하는 사람들은 전혀 익히지 않으니 매우 안 될 일입니다. 지금부터 서울과 지방의 교수(敎授)가 모름지기 유생들로 하여금 먼저 이 글을 익히게 한 그런 뒤에 다른 글을 배우도록 허락하게 하고, 생원시(生員試)에 응시하여 태학(太學)에 들어

---

6 李穡, 『牧隱詩藁』 권13, 「因念文公小學規模節目之備, 吟成八句, 以戒子孫云.」

가고자 하는 자는 성균관(成均館) 정록소(正錄所)로 하여금 먼저 이 글의 통부(通否)를 상고하게 하여 응시하도록 허락하시옵소서.[7]

『소학』은 인륜(人倫)과 세도(世道)를 위해서 매우 중요한 책인데도, 서울의 성균관과 지방의 향교의 정규과목에 들어 있지 않을 정도로 소홀히 하고 있으므로, 『소학』 공부를 강화할 수 있는 각종 장치를 국가 차원에서 마련할 것을 건의하고 있다.

1407년부터 국가에서도 대대적으로 『소학』 교육을 강화했음을 알 수 있다. 1421년(세종 3)에는 집현전(集賢殿) 제학(提學) 신장(申檣)이 원자(元子)에게 시강원(侍講院)에서 『소학』을 가르쳤다. 1425년에는 국가적 차원에서 『소학』에 나오는 전고(典故)와 명물제도(名物制度) 등을 정확하게 이해하기 위해서 중국에서 『집성소학(集成小學)』 1백 권을 구입하여 『소학』의 이해를 높이려고 노력했다.

1427년 강원감사 정효문(鄭孝文)이 새로 간행한 『소학』을 바쳤다. 그 이전에 간행된 적이 있는지는 상고할 자료가 없으나, 이것은 우리나라에서 『소학』이 간행된 최초의 기록이다. 1428년에는 『집성소학』을 주자소(鑄字所)에서 활자로 간행하였다. 1434년(세종 16)에는 조정에서 한어(漢語)에 능통한 사람을 중국에 들여보내 『집해소학(集解小學)』을 동태의(董太醫)에게 정확하게 물어 뜻을 알도록 하였다. 중국에서 배워온 이변(李邊) 등에게 세종은 직접 『집해소학』의 강의를 들었다. 그리고 곧 『집해소학』 강의 듣는 것을 상례로 삼았다. 1441년에는 『집해소학』을 인쇄하여 각 향교와 문신들에게 하사하였다. 세종조에 좌의정을 지낸 경암(敬菴) 허조(許稠)는 평생 『소학』을 외웠다.[8]

---

7 春秋館, 『太宗實錄』 권13, 7년조.

이상에서 살펴보면, 세종 때 국가적 차원에서『소학』을 보급하였고, 많은 사람들이 정확하게 이해하려고 매우 노력하였다는 사실을 알 수 있다.

세종 때 박연(朴堧)은『소학』을 대단히 중시하여 자손들로 하여금 맨먼저『소학』을 읽게 하였다. 조선 성종조에 이르러서는『소학』을 과거의 필수과목으로 지정하여『경국대전(經國大典)』에 명문화하였다.[9]

점필재(佔畢齋) 김종직(金宗直)은『소학』을 매우 중시하여 교육에 적용했으므로 그 제자들은『소학』을 더욱 중시하였다.[10] 이렇게 된 계기는, 그 제자 탁영(濯纓) 김일손(金馹孫)이 명나라에 사신 가서 명나라 학자 정유(程愈)를 직접 만나 그로부터 그의 저서『소학집설(小學集說)』을 선물 받아서 돌아와, 스승 점필재에게 소개했기 때문이다.[11] 점필재의 제자 한훤당(寒暄堂) 김굉필(金宏弼)은『소학』의 중요성을 더욱 강조하였고,『소학』이 "모든 학문의 입문이며 기초고, 인간 교육의 절대적인 원리다."라고 역설하였다. 그는 일생 동안『소학』을 손에서 놓지 않아 스스로 '소학동자(小學童子)'라고 지칭하였다. 그의「독소학(讀小學)」이라는 시는 널리 알려져 있다. 일두(一蠹) 정여창(鄭汝昌) 역시『소학』을 대단히 중시하였다.

한훤당의 제자인 정암(靜庵) 조광조(趙光祖)는『소학』을 통하여 삼대(三代)의 이상정치를 회복하고자 노력했다. 동시대의 모재(慕齋) 김안국(金安國)은『소학』을 중시하였는데, 사람을 가르칠 때는 반드시『소학』을 기본으로 삼았다. 경상감사로 부임하여 경상도 칠십 고을의 향교 학생들에게『소학』의 중요성을 강조하며 열심히 공부할 것을 권유하였다.

---

8 南秀文,『敬齋遺稿』권1,「左議政文敬許公墓誌銘」.
9 정호훈,『조선의『소학』』, 소명출판, p.35.
10 金宗直,『佔畢齋集』부록「佔畢齋年譜」.
11 金馹孫,『濯纓集』續集 卷下, 附錄 李啓鎬,「請從祀聖廡疏」.

각 고을에 『소학』을 중시해야 한다는 내용의 시 70수를 지어 주었다. 『소학』 공부를 강조하면서 아주 실용적인 측면에서 쉬운 말로 시를 써서 『소학』 읽기를 권하였다.

『소학』의 가치를 알고 그 위상을 절대적으로 높인 것은, 퇴계가 「무진육조소(戊辰六條疏)」에서 선조에게 『소학』「경신편」의 가르침을 배우라고 건의하였고, 『성학십도(聖學十圖)』의 제3도를 「소학도(小學圖)」로 하여 『소학』의 구도를 병풍에 그려 선조가 아침저녁으로 보도록 한 것이다. 그리고 제자들과 주고받는 서신 속에서도 『소학』에 대한 언급이 많이 나온다.

중종 때는 『번역소학(飜譯小學)』이라는 『소학』 번역서가 나왔으나, 너무 심한 의역이라, 선조 때 다시 『소학언해(小學諺解)』라 하여 직역체의 번역이 나와 크게 보급되었다. 조선 영조 때는 다시 언해되어 간행되었다.

『소학』에 대한 주석서로는 정유(程愈)의 주석을 바탕으로 해서 여러 주석을 집성해서 편찬한 율곡(栗谷) 이이(李珥)의 『소학제가집주(小學諸家集註)』, 성호(星湖) 이익(李瀷)의 『소학질서(小學疾書)』, 박준원(朴準源)의 『소학문답(小學問答)』, 다산(茶山) 정약용(丁若鏞)의 『소학지언(小學枝言)』, 이수호(李遂浩)의 『소학집주증해(小學集註增解)』가 유명하다.

또 조선 말기에 이르러 진계(進溪) 박재형(朴在馨)은 우리 선현들의 가언선행(嘉言善行)을 모아 『소학』 체재로 편찬하여 『해동속소학(海東續小學)』이라 이름하였다.

조선시대의 경우 중국보다도 우리나라에서 『소학』을 더 중시하여 더 열심히 읽었고, 우리 선현들의 언행을 모은 『소학』을 본뜬 책도 편집 간행되었다.

4) 진성이씨 가문의 『소학』 중시 전통

우리나라에서 학문하는 가문으로 가장 먼저 인정받는 진성이씨(眞城
李氏) 가문의 학자들이 『소학』을 언제부터 중시하기 시작했고, 어느 정
도 중시했는지, 시대에 따라 고찰해 보고자 한다.

(1) 송재 이우

진성이씨 가문에서 최초로 개인 문집을 남긴 인물이 송재(松齋) 이우
(李堣, 1469~1517)이다. 송재는 곧 퇴계(退溪)의 숙부이고, 퇴계의 소시
적의 스승이다. 진성이씨 가문에서 최초로 문과 합격자인데, 관직이 형
조참판(刑曹參判)에 이르렀다.

그의 문집 『송재집(松齋集)』에는 『소학』과 관계된 시가 한 수 실려 있
다. 「차김감사국경권시안동제생운(次金監司國卿勸示安東諸生韻)」이란 시
인데, 경상감사 모재(慕齋) 김안국(金安國)이 경상도 70개 고을을 순시하
면서 각 향교에 『소학』 읽기를 권장하는 시를 지어 주었는데, 안동 향교
의 유생들에게 준 모재의 시에 송재가 차운(次韻)한 것이다.

1515년부터 1517년까지 송재가 안동부사로 재직하고 있었는데, 모재
는 1517년에 경상감사로 부임하였다. 송재가 감사 모재의 순시를 직접
맞이하여 모재가 읊은 시에, 차운한 것임을 알 수 있다.[12]

> 백 년 동안 우리 도(道)가 동쪽나라에서 성하니,
> 송(宋)나라 유학의 연원의 자취를 잇겠구나.

---

12 李堣, 『松齋集』 부록 「松齋年譜」. 金安國, 『慕齋集』 권15, 부록 「慕齋行狀」.

『소학』이란 책에서 성리(性理)를 찾을 수 있기에,

남쪽 지방을 순시하면서 유풍(儒風)을 변화시키네.

종전에 내 마음 놓아버린 것 많아 후회하는데,

오늘 공(公)의 학문에 종주(宗主)가 있다는 것 알았도다.

어린애들이 익혀야 할 학업 연마할 뿐만 아니라,

늙은이도 오히려 만년의 공부를 지어야겠네.

百年吾道盛於東. 濂洛淵源可繼蹤.

小學一編尋性理, 巡筭南土變儒風.

從前悔我心多放, 此日知公學有宗.

不但研劘蒙稚業, 老夫猶做暮年功.[13]

송재는,『소학』이라는 책을 단순히 어린애들 학습용 서적일 뿐만 아니라, 자신이 노년에 공부할 자료로 삼아야 되겠다고 말했다. 성리학의 기초도 『소학』에 들어 있다고 보았다. 퇴계가 『소학』을 『성학십도(聖學十圖)』 제3도에 넣을 정도로 극도로 중시하게 된 생각이, 송재의 『소학』에 대한 중시 태도에서 기인했다고 볼 수 있다.

사실 『소학』이라는 책이 '小'자라는 글자 때문에 '작다'는 선입견을 갖고, 많은 사람들이 읽어 보지도 않고, 경시하는 풍조가 없지 않았다. 실로 주자(朱子)가 고금의 경사자집(經史子集)에서 좋은 말과 아름다운 행실을 다 뽑아 모았기 때문에, 어떤 책보다도 내용이 풍부하고 유익하다. 이런 점을 송재가 일찍 파악했던 것이고 이런 사상이 퇴계에게 전수된 것으로 볼 수 있다.

---

13 李堣,『松齋集』拾遺.

(2) 퇴계 이황

우리나라를 대표하는 퇴계(退溪) 이황(李滉)은 타고난 언행이 이미 『소학』의 가르침과 부합하였다. 20세쯤에 영주(榮州)에 가서 공부를 했다. 그때 진사 박승건(朴承健)이 바야흐로 『소학』을 읽고 있었는데, 퇴계의 동정이 자기가 읽고 있는 『소학』에 나오는 내용과 부합되어 보였다. 그래서 퇴계에게 "『소학』을 읽었습니까?"라고 묻자, 퇴계는 "아직 읽지 않았습니다."라고 대답했다.[14]

그러나 퇴계는 그런 일이 있은 직후인 젊었을 때 『소학』을 바로 읽었다. 제자 월천(月川) 조목(趙穆)의 기록에 이런 구절이 있다.

나이 예닐곱 살 때 이미 글 읽기를 좋아했다. 비록 어른들이나 스승이 권면하고 과정을 만들어 감독하는 수고가 없이도 날마다 일과에 따라 외우기를 삼가 조금도 게을리 하지 않았다. 사람을 대하여 절하고 꿇어앉았는데, 온순하고 공손하고 삼가고 순응하니, 보는 사람들이 이미 보통 아이가 아니라는 것을 알았다. 조금 자라자 『논어』와 『소학』 등의 책을 읽어 더욱 스스로 정신을 가다듬고 조심하면서 힘썼다.[15]

제자 소고(嘯皐) 박승임(朴承任)은 퇴계가 『소학』을 일찍 배워 근본을 세우고 조행(操行)을 독실이 하게 되었음을 밝혔다. 「이산서원봉안문(伊山書院奉安文)」에 이런 기록이 있다.

---

14 李安道, 『蒙齋集』 권3, 「先生言行箚錄」.
15 柳成龍, 『退溪年譜』 趙穆 「言行總錄」. 年未髫龀, 已好讀書. 雖無父師勸勉程督之勞, 而日謹課誦, 不敢少懈. 應對拜跪, 溫恭恪順, 見者已知非常兒矣. 稍長, 讀論語小學等書, 益自警悟惕厲.

일찍 『소학』을 배워 매우 좋아하였습니다.

세상에서 막 금지하고 억제했지만 한결 같은 뜻으로 변치 않았습니다.

근본은 이미 섰고, 조행(操行)은 더욱 삼갔습니다.

다급할 때도 반드시 이를 따라, 밤에는 조심하고 아침에는 부지런히 힘썼습니다.[16]

퇴계는 56세 때 16세 된 손자 몽재(蒙齋) 이안도(李安道)에게 『소학』을 읽도록 권장하였다. 아들 이준(李寯)에게 보낸 서신에서 "안도가 부(賦) 읽기를 끝냈으니, 장차 『소학』을 읽게 하여라."라고 하였다.[17]

퇴계는 1568년 선조에게 올린 「무진봉사(戊辰封事)」에서, '『소학』의 「명륜편」의 가르침을 본받아, 자신을 다스리기를 엄숙하게 하고, 집안을 바로잡는 데 신중하게 하고, 어버이를 섬기는 데 돈독히 하고, 자식으로서의 직분을 다할 것'을 건의하였다.[18]

당시 간교한 환관들과 궁녀들이 선조와 인종의 왕비 인성대비(仁聖大妃) 사이를 이간질하여 문제가 없지 않았는데, 퇴계는 『소학』의 「명륜편」의 가르침을 따라 해결할 것을 제시하였다.

퇴계는 68세 때 선조에게 『성학십도』를 차자(箚子)와 함께 올렸다. 『성학십도』에 「소학도(小學圖)」를 제3도로 편성했다. 「소학도」는 본래 없던 것인데, 퇴계가 「소학」의 목록을 중심으로 해서 직접 제작하였다. 그리고 「소학도」 바로 아래 주자의 「소학제사(小學題辭)」를 편입하고, 그

---

16 朴承任, 『嘯皐集』 권3, 「伊山書院奉安退溪先生文」. 早受小學, 篤好斯偏. 世方禁抑, 一意不遷. 根基旣立, 操履益虔. 造次必是, 夕惕朝乾.

17 李安道, 『蒙齋集』 부록 「蒙齋年譜」 十六歲條.

18 李滉, 『退溪集』 권6, 「戊辰六條疏」. 伏願, 殿下監大易家人之義, 法小學明倫之訓, 嚴於自治, 而謹於正家, 篤於事親, 而盡於子職.

아래 주자의 『대학혹문(大學或問)』 가운데서 『소학』과 『대학』을 비교한 내용을 발췌하여 편입하였다.

『소학』과 『대학』은 서로 필요로 해서 이루어졌다. 그래서 두 책은 하나이면서 둘이고, 둘이면서 하나인 것이다. 그래서 『대학혹문』에서 서로 통해서 논한 것이다. 이 두 그림에서는 아울러 거두어 서로 완비되는 것이다.[19]

그 이유는 이러하다. 어떤 사람이 주자에게, "선생은 장차 대학(大學)의 도(道)를 이야기하려고 하면서 『소학』 책에서 고찰하려고 하시는 것은 어째서입니까?"라고 물었다. 주자가 이렇게 대답했다. "학문이 크고 작은 것은 같지 않으나, 도(道)가 되는 것은 한가지다. 그래서 어릴 때 『소학』을 익히지 않으면, 놓친 마음을 거둘 수 없고, 그 덕성(德性)을 기를 수 없다. 자라서 『대학』의 공부에 나가지 않으면, 의리를 살필 수 없고, 일에서 실현하여 『소학』의 성공을 거둘 수 없다. 『소학』을 익히는 것은 『대학』 공부의 기본이 된다. …… 이제 배우는 어린 선비로 하여금 반드시 먼저 쇄소(灑掃), 응대(應對), 진퇴(進退)하는 데와 예악사어서수(禮樂射御書數)를 익히는 데서 자기의 최선을 다하도록 해야 한다. 자라기를 기다려서 명덕(明德), 신민(新民)에 나아가서 지선(至善)에 머무르게 된다. 이런 것이 공부의 당연한 차례다. 어찌 안 될 것이 있겠는가? …… 내가 들은 것으로는, '敬'이란 한 글자는 성인(聖人)의 학문에 있어 처음부터 끝까지의 모든 체재다. 『소학』을 공부하는 사람이 이 경(敬)에 말미암지 않는다면, 본원을 함양할 수가 없고, 쇄소, 응대, 진퇴의 예절

---

19 李滉, 『退溪集』 권7, 「進聖學十圖箚」. 蓋小學, 大學, 相待而成, 所以一而二, 二而一者也. 故或問得以通論, 而於此兩圖, 可以兼收相備云.

과 예악사어서수의 가르침을 삼갈 수 없다. 대학을 공부하는 사람이 이
것에 의하지 않으면, 총명함을 개발하여 덕(德)에 나아가 학업을 닦아
명덕, 신민의 공효(功效)를 이룰 수가 없다. 불행하게 시기를 지난 뒤
배우는 사람이라도, 능히 이『소학』에 힘을 써서『대학』으로 나간다면,
『소학』 공부를 아울러 돕는 데 해가 되지 않을 것이다. 그러니 그 나아
가는 것은, 근본이 없어서 스스로 이르지 못할까를 걱정할 것이 없다."20

　　퇴계는『소학』책 가운데서 이미 미리『대학』에 관한 것을 이야기한 것이
많다고 보았다.21

　　간재(艮齋) 이덕홍(李德弘)이 공부의 선후와 공부 과정의 법도에 대해
물었을 때, 퇴계는 "먼저『소학』을 보고 그 다음에『대학』을 보라. 그
법도와 절목은 각각 그 책에 다 갖추어져 있다. 나 자신이 마음을 다하
고 힘을 다하여 구하면 될 따름이다. 만약 이 책을 심상하게 보거나
혹 번다하다고 여겨, 따로 빠른 길이나 새 방법을 구하여 종사하려고
한다면, 그것은 내가 감히 알 바가 아니다."22라고 했다.

---

20 朱熹,『大學或問』. 或問, "子, 方將語人以大學之道, 而又欲其考乎小學之書, 何也?" 朱子曰,
"學之大小, 固有不同, 然其爲道則一而已. 是以, 方其幼也, 不習之於小學, 則無以收其放心,
養其德性, 而爲大學之基本. 及其長也, 不進之於大學, 則無以察夫義理, 措諸事業, 而收小學
之成功. 今使幼學之士, 必先有以自盡乎灑掃應對進退之間, 禮樂射御書數之習, 俟其旣長, 而
後進乎明德新民, 以止於至善. 是乃次第之當然, 又何爲不可哉?" …… 曰吾, "聞敬之一字, 聖
學之所以成始而成終者也. 爲小學者, 不由乎此, 固無以涵養本源, 而謹夫灑掃應對進退之節
與夫六藝之教. 爲大學者, 不由乎此, 亦無以開發聰明, 進德修業, 而致夫明德新民之功也. 不
幸過時而後學者, 誠能用力於此, 以進乎大, 而不害兼補乎其小, 則其所以進者, 將不患其無本
而不能以自達矣.
21 李滉,『退溪集』 권33,「答許美叔」. 大抵小學中, 預言大學事者, 多.
22 李滉,『退溪集』 권35,「答李宏仲」. 所問工夫先後, 立程規模, 則須先小學, 後大學, 而規模節

퇴계는 사람들을 가르칠 때 반드시 『소학』을 먼저 했다. 그다음에 『대학』에 미쳤고, 그다음에 『심경(心經)』에 미쳤고, 그다음에 『논어』, 『맹자』에 미쳤고, 그다음에 『주자서(朱子書)』에 미쳤고, 그다음에 여러 경전에 미쳤다.[23]

퇴계는 주자의 주장을 인용하여, 『소학』과 『대학』의 근본을 '敬'으로 보았는데, 경(敬)은 성학(聖學)의 처음과 끝을 이루는 전체적인 틀로서 『소학』과 『대학』의 큰 요점만 되고 마는 것이 아니라는 점을 강조하였다.[24]

퇴계가 59세 때 이산서원(伊山書院) 원규(院規)를 지으면서, 사서오경(四書五經) 다음으로 『소학』을 중시하여, 『주자가례(朱子家禮)』와 함께 학문의 문호로 삼아, 궁행(躬行), 심득(心得), 명체적용(明體適用)의 학문에 힘쓸 것을 강조하였다.[25]

퇴계는, 충의와 도덕은 두 가지가 아니고, 도덕이 그 근본이 된다고 보았다. 『소학』의 내용대로 생활하여 그 규모를 세우고, 『대학』을 준수하여 그 법도를 세워, 성경(誠敬)을 힘써 유지하여 육경(六經)의 뜻을 나타내어 성현의 경지에 이르기를 기약해야 한다고 보았다.[26]

퇴계는, 덕성(德性)을 길러서 근본을 세우는 것은 『소학』에 있고, 법도를 넓혀서 줄기와 가지에 이르는 것은 『대학』에 있다고 보았다. 삼대(三代)의 학문은 모두 인륜을 밝히는 것인데, 인륜이 밝아지면 바른 도(道)

目, 各具於其書. 在吾, 盡心盡力以求之耳. 若視此爲尋常, 或以爲繁多, 而別欲求捷徑新法, 而從事, 則非吾所敢知也.

23 李德弘, 『溪山其先錄』.

24 李滉, 『退溪集』 권35, 「答李宏仲」. 大學或問之首, 以敬爲小學大學之本. 蓋敬固聖學之所成始成終者, 非專以是爲小大學書之大旨也.

25 李滉, 『退溪集』 권41, 「伊山書院規」. 諸生, 讀書, 以四書五經爲本原, 小學家禮爲門戶. 遵國家作養之方, 守聖賢親切之訓, 知萬善本具於我, 信古道可踐於今, 皆務爲躬行心得明體適用之學.

26 李滉, 『退溪集』 권42, 「迎鳳書院記」. 夫忠義道德, 本非二致, 而道德爲之本焉, 則服小學以培根本, 遵大學以立規模, 力持誠敬而發揮六經, 以期至於聖賢之域.

가 밝아진다고 보았다. 바른 도의 근본을 세우는 것은『소학』에 달려 있는데, 그 근본을 세운 뒤 삼서오경(三書五經)으로 그 근본을 채우고 여러 역사서와 제자백가(諸子百家)로 넓혀 나가면, 바른 학문은 여기서 벗어나지 않고, 바른 도도 바로 여기에 있게 될 것이라고 생각하였다.[27]

퇴계는 56세 때 아들 이준에게 보낸 서신에서『소학』을 계속 복습하라고 면려하고 있다.

근무에서 물러나 고향에 있을 때는 학업을 잊지 말아라.『소학』도 다시 복습하여라.[28]

퇴계 61세 때, 조카 이교(李甯)가『주자가례』,『소학』,『대학혹문』등을 읽으면서 시 세 수를 지어 보내자, 퇴계가 거기에 차운했는데,『소학』을 두고 지은 시는 이러하다.

어릴 때 기르기를 바로하지 않으면 자라서 어찌 통하겠는가?
물욕에 따라 천리(天理)를 죽인다면 금수와 같으리라.
말세에 지나치게 방어하는 건[29] 정말 자신을 버리는 것이니,
지금부터 가슴 깊이 잘 새기기를.[30]

---

27 李滉,『退溪集』권42,「開寧鄕校聖殿重修記」. 三代之學, 皆所以明人倫也. 人倫之明, 卽正
道之明也. 養德性而立根本, 在乎小學, 廣規模而達幹支, 在乎大學. 充之以三書五經, 博之以
諸史百家, 正學不外於是, 而正道其在於斯.

28 李滉,『陶山全書』遺集 269頁,「寄子寯書」. 退番無事時, 無忘學業, 小學亦復溫習.

29 말세에 지나치게 방어하는 것: 기묘사화 이후『소학』,『근사록(近思錄)』등의 책을 보면
화를 당할까 봐 미리 꺼리는 시대풍조를 말한다.

30 李滉,『退溪集』續集 권2,「喬姪近讀家禮小學大學或問以詩三首來其言若有所感者用其韻示
意云」.

養蒙非正長奚通, 逐物戕天鳥獸同.

末俗過防眞自棄, 從今銘刻在深衷.

점필재(佔畢齋) 김종직(金宗直) 이후, 『소학』을 중시하는 전통은, 그 제자 한훤당(寒暄堂) 김굉필(金宏弼), 일두(一蠹) 정여창(鄭汝昌), 탁영(濯纓) 김일손(金馹孫) 등을 거쳐 정암(靜菴) 조광조(趙光祖) 등에 이르러 대단히 성하였다. 이들은 모두 모범적인 바른 선비들이었다. 특히 정암 등은 『소학』을 사람을 가르치는 방법으로 삼고, 여씨향약(呂氏鄉約)을 시행하여 사회적으로 영향력을 행사하자, 남곤(南袞) 등이 신분의 불안을 느낀 나머지 기묘사화(己卯士禍)를 일으켜 일시에 축출했다.

이들이 폭군(暴君)과 간악한 권신(權臣)들이 일으킨 여러 차례의 사화에 살해되거나 유배되자, 선비들 사이에서는 『소학』 등을 기피하는 사회적 분위기가 형성되었다. 사화 이후에도 언제 다시 화가 미칠지 몰라 공포의 분위기가 조성되자, 선비들 사이에서는 학행에 뜻을 둔 선비를 미워하여 '기묘(己卯)의 무리'라고 지목할 정도였다. 이런 경향은 퇴계의 시대까지 이어졌다. 그런데 조카가 소신 있게 『소학』을 읽고 느낌을 담은 시를 지어 보냈으므로, 퇴계는 기분이 흐뭇하여 『소학』의 중요성을 강조하였다.

제자 물암(勿巖) 김륭(金隆)이 퇴계에게 『소학』 책의 처음부터 끝까지에 걸쳐 75개 항목의 질문을 했는데, 간단한 자구 해석에서부터 내용의 변석(辨析)에 이르기까지 다양하였다. 퇴계는 이에 대해서 친절하게 다 답변을 했다.[31]

---

31 李滉, 『陶山全書』 遺集 398~402頁. 韓國精神文化研究院, 1980.

(3) 첨정 이준

퇴계의 아들 첨정공(僉正公) 이준(李寯)은, 어려서부터 가정의 가르침을 받아 이미 『소학』에서 가르친 모습에 가까이 가 있어, 무릇 몸을 단속하고 일에 응함에 있어 힘써 신중히 하고 경건하게 하였다.[32]

(4) 송간 이정회

퇴계의 족손(族孫)이면서 제자이다. 진성이씨 시조 이석(李碩)의 8대 손이고, 주촌(周村) 종가의 종손인 송간(松澗) 이정회(李庭檜)는 횡성현감(橫城縣監)으로 부임하여 산골 고을 사람들이 어리석고 문학을 모르는 것을 보고 향약을 실시하였는데, 먼저 『소학』과 『대학』으로 마음을 세우고 자신을 행할 방법을 면려하였다. 매월 삭망에 모여 강론하는 것으로 일상적인 일로 삼아 교화를 펼쳐 나갔다.[33]

주자는 '학문은, 사람 되기를 배우는 것'이라고 정의를 내렸는데, 사람 되는 것을 배우는 것은 『소학』 속에 다 들어 있다. 특히 어릴 때 바르게 배워야 한다. 그래서 『주역』에서도 '어릴 때 바른 도리로서 가르쳐야 한다(蒙養以正)'이라고 하였다. 『소학』을 배워서 천리(天理)를 간직해야만 사람으로서의 자격을 갖추는 것이고, 금수와 구별되는 것이라고 보았다.

---

32 李野淳, 『廣瀨集』 권11, 「八代祖軍器寺僉正府君家狀」.
33 李庭檜, 『松澗集』 권3, 附錄, 李時明 所撰 「行狀」.

(5) 나은 이동표

송재 이우의 6대손인 나은(懶隱) 이동표(李東標)는, 육경(六經)과 『논어』,
『맹자』 이외에는 더욱 『소학』, 『심경(心經)』, 『근사록(近思錄)』 등의 책을
공부하는 사람이 맨 처음으로 용공(用功)하는 곳으로 삼았다.[34]

(6) 후산 이종수

후산(后山) 이종수(李宗洙)에게 족숙 이춘빈(李春彬)이 아들을 보내어
배우게 했을 때, 그 아들이 『대학』을 배우고자 했으나, 후산은 과정(課
程)을 정해서 『소학』을 읽도록 권하였다. 그렇게 한 것은 사람 되는 것
을 안 뒤에 『대학』으로 들어가도록 한 것인데, 우회하고 더딘 것 같지
만, 배우는 사람의 소견과 하는 말이 어떤지를 보고서 마음을 정성스럽
게 해서 유익함을 구하도록 하려는 것이고, 그렇게 하면 싫증을 내지
않을 것으로 보았다. 세속의 학문에 익숙해져 이름만 있고 실속이 없을
경우, 비록 충고하는 말이 있어도 다하지 않을 따름이었다.[35]
후산은, 실속이 있는 학문은 바로 『소학』 공부라고 보았다.

(7) 후계 이이순

퇴계의 10대손인 후계(後溪) 이이순(李頤淳)은, 「성학십도찬(聖學十圖

---

34 李東標, 『懶隱集』 권8, 附錄 李世澤 所撰 「懶隱行狀」. 六經語孟之外, 尤以小學心近. 爲最
初用工處.
35 李宗洙, 『后山集』 권11, 「答族叔聖希」. 渠求受讀大學, 而勸令課讀小學, 知了做人樣子, 而後
及於大學. 壹似迂緩, 而只據自己所見告語看, 如何? 誠心求益, 豈敢便生厭倦. 只恐習於世俗
之學, 有名而無實, 則雖有忠言, 正不敢盡耳.

贊)」을 지어 『성학십도』의 의미를 부여했는데, 그 서문에서 퇴계가 『성학십도』의 십도를 선정한 이유와 배치 순서의 의미를 구명했다. 『소학』은 『대학』과 함께 『성학십도』의 중추적인 역할을 한다고 주장하였다. 후계의 주장은 이러하다.

　시험 삼아 『성학십도』 그림 전체에 나아가 논해 보면 이러하다. 「태극도(太極圖)」를 맨 첫머리에 게시한 것은 도학(道學)의 두뇌(頭腦)이기 때문이다. 「소학도」와 「대학도」를 제3도, 제4도로 배치한 것은, 위로는 「태극도」와 「서명도(西銘圖)」 두 그림을 포괄하고 아래로는 「백록동규도(白鹿洞規圖)」 이후 여섯 그림을 포괄하게 한 것이다. 위의 두 그림은, 실마리를 구하여 확충해 나가 하늘을 체득하고 도(道)를 다하는 극치의 곳으로 『소학』과 『대학』의 표준 근원이 된다. 아래 여섯 그림은 착함을 밝히고 몸을 정성스럽게 하고 덕을 높이고 학업을 넓히는 힘을 쓰는 곳으로, 『소학』과 『대학』의 바탕이 되는 공력(功力)이다. 그 용력(用力)하는 방법은 모두 경(敬)을 주로 삼는다. 이것이 「경재잠(敬齋箴)」이 전 편의 관건이 되는 까닭이다.[36]

　후계는 8세 이후로 삼종조인 적성공(積城公) 이세윤(李世胤)을 따라 배웠는데, 적성공이 『소학』을 가르치면서 훈계하기를, "어려서 이것을 배우는 것은 자라서 실행하기 위해서다. 반드시 이것으로써 실행하는 법도로 삼도록 하라."라고 하였는데, 후계는 흠칫하며 분발하고 성찰하여,

---

36 李頤淳, 『後溪集』 권7, 「聖學十圖贊」. 試嘗就其全圖而論之, 揭太極于首, 爲道學頭腦, 而以小學大學, 置之第三四. 上而包太極西銘二圖, 下而包白鹿洞規以下六圖. 上二圖, 是求端擴充, 體天盡道, 極致之處, 而爲小學大學之標準本原. 下六圖, 是明善誠身, 崇德廣業, 用力之處, 而爲小學大學之田地事功, 而若其用力之方, 則皆以敬爲主. 此敬齋箴之又以爲一篇之關鍵也.

한평생 따르는 바탕으로 삼았다.[37]

(8) 광뢰 이야순

퇴계의 10대손인 광뢰(廣瀨) 이야순(李野淳)은, 「소학제사도(小學題辭
圖)」를 그려 그 내용을 10개 단락으로 구분하였다. 그 아래 도설(圖說)을
이렇게 붙였다.

내가 「숙흥야매도(夙興夜寐圖)」의 모양을 본떠서 지은 것이다. 선조 퇴계 선
생께서 『소학』 목록에 바탕해서 「소학도」를 그려서 이미 그 뜻을 다 나타내었
다. 선조의 「소학도」 아래에는 선조께서 간단한 도설을 붙여 이렇게 밝혔다.
"『소학』과 『대학』은 서로 필요로 해서 이루어졌다. 그래서 하나이면서 둘이
고, 둘이면서 하나인 것이다. 그래서 『대학혹문』에서 통해서 논할 수 있었던
것이다. 이 두 그림에서는 아울러 거두어 서로 완비되는 것이다." 이제 이 그림
이 실린 것은, 궁리(窮理), 수신(修身), 덕숭(德崇), 업광(業廣)에 관한 것인데,
실로 하나의 그림이면서 그 뜻을 아울러 갖추고 있다. 그러니 이렇게 조목조목
분리해서 나열하는 것도 주자가 가르침을 설정한 본래의 뜻과 선조가 밝힌 뜻
에 어긋나지 않을 듯하다."[38]

---

37 李頤淳, 『後溪集』 권10, 附錄 李彙炳 所撰 「先考大夫府君言行序次草略」. 八歲, 就學于三從
大父積城公. …… 及授小學, 公誡之曰, "幼而學之, 壯而行之, 必以此爲行之法." 府君, 惕然
發省, 遂爲終身服襲之地.

38 李野淳, 『廣瀨集』 권7, 「小學題辭圖」. 野淳, 謹倣夙興夜寐箴圖樣而作. 先祖之因小學目錄,
而爲圖者, 已盡之矣. 然先祖小學圖下小說曰, "小學大學, 相待而成, 所以一而二, 二而一者
也. 故或問得以通論." 而於此兩圖, 可以兼收相備. 今此圖所載, 則其曰, 窮理修身, 德崇業廣
云者, 實一圖而兼該其義, 然則如此條畫分列, 亦庶幾不戾乎朱子立教之本, 先祖發明之旨也
歟!

(9) 처사 이양섭

온계(溫溪) 이해(李瀣)의 후손인 처사(處士) 이양섭(李亮燮)은, 8세 때
『소학』을 배우고서 "입으로 이 책을 읽으면서 행실이 이 책과 같이 하지
않는다면, 사람이 아니다."라고 했다.

후생(後生)들을 가르칠 때는 반드시 『소학』과 『동몽수지(童蒙須知)』를
요결로 삼아 아침저녁으로 정성스럽게 반복하여 가르쳤는데, "사람 되
는 전범(典範)을 이 두 책에서 다 이야기했다."[39]라고 말했다.

이양섭은 어릴 때부터 반드시 『소학』에서 배운 대로 실천하고, 후생들
에게 사람 되는 도리는 『소학』과 『동몽수지』에 있다는 점을 강조하였다.

(10) 이진섭

온계 이해의 후손인 이진섭(李震燮)은, 『시경』, 『서경』, 『주역』, 『논어』,
『맹자』, 『중용』, 『대학』과 함께 『소학』을 직접 필사하여 수진본(袖珍本)
소책자로 만들어 공부하였다.[40]

이언섭(李彦燮)은, 늘 "사람 되는 전범은 『소학』 책에 대체로 갖추어져
있다. 예부터 성현들도 모두 여기로부터 발전시켜 나갔을 따름이다."[41]라고
말했다.

성현들의 경지도 모두 『소학』의 기초 위에서 발전해 나간 것으로 보

---

39 李仁行, 『新野集』 권10, 「從叔父處士公行狀」. 八歲, 受小學, 退而語兄姊曰, "口讀此書, 而
行不如此書, 便非人." …… 其訓誨後生, 亦必以小學童蒙須知爲要. 朝夕諄複曰, "做人型範,
此二書盡之.
40 李仁行, 『新野集』 권11, 「家世遺事」. 詩書易語孟中庸大小學. 皆手寫小冊子. 作爲袖珍.
41 李仁行, 『新野集』 권11, 「家世遺事」. 嘗曰, "做人型範, 小學書略備. 古來聖賢, 皆從此展拓耳.

아, 『소학』이라는 책의 가치를 대단히 높게 평가하였다.

(11) 신야 이인행

온계 이해의 후손인 신야(新野) 이인행(李仁行)은, 「소학잠(小學箴)」이라는 글을 지어 스스로 경계하는 잠(箴) 6편을 지었다. 「입교(立敎)」, 「명륜(明倫)」, 「경신(敬身)」, 「계고(稽古)」, 「가언(嘉言)」, 「선행(善行)」 등 『소학』의 6개 편목에 다 잠을 지어 자경(自警)의 뜻을 붙였으니, 마치 이천(伊川) 정이(程頤)가 「사물잠(四勿箴)」을 지은 것과 흡사하다.

전송하는 시에서 『소학』의 중요성을 부각하였다.

> 『소학』으로써 기본을 세우고,
> 『근사록』으로써 정미(精微)하고 오묘한 경지를 탐구하기를.
> 한평생 이 두 책을 사용한다면,
> 도에 있어서 깊이 나갈 수 있으리라.[42]
> 小學以立基本. 近思以探精奧.
> 一生用此兩書, 於道便可深造.

(12) 하계 이가순

퇴계의 10대손인 하계(霞溪) 이가순(李家淳)은, 사헌부 집의(執義)로 재직하면서 경연(經筵)에 참여하여 『소학』을 강의하였는데, 『소학』의 강

---

42 李仁行, 『新野集』 권2, 「書贈姜季鷹」. 小學以立基本. 近思以探精奧. 一生用此兩書, 於道便可深造.

의를 마치자, 국왕에게 『소학』의 중요성과 그 기능을 이렇게 강조했다.

'경(敬)'이란 한 글자가 『소학』의 종지(宗旨)입니다. 요(堯)임금이 겸손하고, 순(舜)임금은 공손하고, 우왕(禹王)은 부지런하고, 탕왕(湯王)은 엄숙하다는 것이, 모두 경의 뜻입니다. 성현끼리 서로 전해 오는 학통(學統)은, 바로 경이라는 한 글자입니다. 오늘 『소학』을 다 마쳤으나, 공부하는 것은 온고지신(溫故知新)에 있습니다. 새로 터득한 것이 있으면서 다시 온습(溫習)을 더하므로, 이것이 성학(聖學)의 처음과 끝을 이루는 공부입니다. 『대학』은 하나의 큰 『소학』입니다. …… 임금님께서 처음부터 끝까지 『소학』과 대학으로 공부를 삼으십시오. 그렇게 한다면 이 책은 왕 노릇 하는 사람이 다스림을 내는 근본이 되는데, 공자(孔子)와 증자(曾子)가 전수한 심법(心法)이 여기에 있습니다.[43]

(13) 경암 이한응

송재 이우의 후손인 경암(敬菴) 이한응(李漢膺)은, 『대학』의 8조목에서 치지(致知)가 맨 앞 단계인데, 치지를 할 수 있는 것은, 그 이전에 『소학』의 함양 공부가 되어 있었기 때문에 가능한 것으로 보았고, 또 공부하는 데 있어서는 경(敬)이 비교적 중요하고 긴급한 것으로 여겼다.[44]

(14) 고계 이휘령

퇴계의 10대 종손인 고계(古溪) 이휘령(李彙寧)은 당시 국왕에게 바른

---

43 李家淳, 『霞溪集』 권12, 부록 權璉夏 所撰 「行狀」.
44 李漢應, 『敬菴集』 권4, 「答朴性翁書」. 大學之先致知, 以其有小學涵養之有素耳. 此愚所謂以 工夫, 則敬爲較重較急者也.

학문을 일으키기 위해서는, 각부(各部)나 각읍(各邑)에 공문을 보내어 권유하여 『소학』, 『대학』, 『논어』, 『맹자』 등을 강론할 것을 건의하려고 했다.[45]

(15) 용산 이만인

퇴계의 11대손인 용산(龍山) 이만인(李晚寅)은 진계(進溪) 박재형(朴在馨)이 편찬한 『해동속소학(海東續小學)』에 제사(題辭)를 지어, 그 책의 가치를 인정하고 면려하였다.[46] 진계는 성재(性齋) 허전(許傳)의 제자이고, 성재는 하려(下廬) 황덕길(黃德吉)의 제자인데, 하려는 우리나라 『소학』이라 할 수 있는 『동현학칙(東賢學則)』을 지었다. 『해동속소학』을 편찬한 뒤 진계가 교정을 부탁해 왔으므로 용산이 교정을 했다.[47]

(16) 동정 이병호

동정(東亭) 이병호(李炳鎬)는 퇴계의 13대 후손으로 용산 이만인의 제자다. 그는 강학을 많이 했는데, 그의 「강사절목(講社節目)」에서 독서의 차제(次第)를 정해 놓은 것은 다음과 같다.

---

45 李彙寧『古溪集』권1,「擬疏. 伏願另飭廟堂, 關諭各部各邑, 倣朱子鄉約, 月朔會講, 自小學 大學至于語孟心近, 自事親事君至于友悌睦任, 內而四學官員, 外而列邑守宰, 對同聽講, 輯成 講說, 以報成均館觀察營, 而同成均該方伯, 或都聚討論, 或巡到諮訪. 勿視以文具, 勿責以近 效, 必使之興起作成, 知其體旣立而用可行, 然後升之司徒, 以聽朝家之進用. 爲上者, 公其好 惡, 任之不疑, 使之周旋講肆, 補緝熙之學, 委寄民事, 成循良之治. 於是乎, 正學興, 而王道 隆. 使愚夫愚婦, 擧知尊君而愛親, 好德而畏法, 則不待春秋之復作, 而亂臣賊子, 知所以懼. 不待孟氏之廓闢, 而詖辭邪說, 不得以作焉. 正學之效, 顧不大哉?
46 李晚寅,『龍山集』권6,「海東續小學題辭」.
47 李晚寅,『龍山集』권4,「答朴在馨」. 朴在馨『進溪集』권3,「與李龍山」.

독서의 차제는 이미 주자가 정해 놓은 법이 있는데, 자학(字學)에서 시작한다. 그다음은 모름지기『효경(孝經)』등의 책을 알아야 하고, 그다음으로는『소학』, 『대학』,『논어』,『맹자』,『중용』으로 들어가서 육경(六經)에까지 미쳐야 한다. 혹시라도 사학(史學)을 먼저 하거나 잡서(雜書) 등을 가까이해서는 안 된다.[48]

(17) 율재 이한걸

『소학』에서 여자에 관계된 내용을 발췌하여『여자소학(女子小學)』을 편찬하여 번역하였다. 뒤에서 다시 따로 언급하겠다.

(18) 양전 이상호

퇴계의 13대손인 양전(陽田)은, 우리나라『소학』이라는『동학(東學)』을 편찬하였다. 뒤에서 다시 따로 언급한다.

(19) 연민 이가원

연민(淵民) 이가원(李家源)은 퇴계의 14대손으로 종파(宗派)에서 태어났다. 어려서부터 당숙인 양전 이상호에게서 경사(經史)를 배우고, 또 시문(詩文)의 창작을 익혔다. 11세에 이르러서는 과정(課程)을 정해 놓고 『소학』등의 책을 배웠다.[49]

한중(韓中)의 시문선집(詩文選集)인『대학한문신선(大學漢文新選)』에『소

---

48 李炳鎬,『東亭集』권3, 34장,「同社節目」.
49 李家源,『萬花齊笑集』,「淵翁幼時讀書年月及遍數記」, p.153.

학』에 나오는 송나라 사마광(司馬光)이 아들 사마강(司馬康)에게 검박(儉朴)을 강조하는 글을 「훈검시강(訓儉示康)」이라는 제목을 붙여 수록하였다. 해제(解題)와 작자 소개를 본문 앞에 실어 일반인들이 이 글의 가치와 유래를 알 수 있게 했다.[50] 같은 내용이 연민이 편찬한 한문입문서인 『한문신강(漢文新講)』에도 원전편(原典篇) 제6과에도 그대로 수록되어 있다.

또 1968년 간행한 고등학교 한문교과서인 『표준한문』에, 『소학』에 나오는 후한(後漢) 마원(馬援)의 「계형자서(戒兄子書)」와 양진(楊震)의 사지(四知)에 관한 글을 발췌하여 수록하였다.

(20) 진성이씨 집안의 부녀들

퇴계의 8대 종손인 배천군수(白川郡守) 이구응(李龜應)의 부인 평양박씨(平陽朴氏)는 늘 『소학』과 『내칙(內則)』을 좋아하여 아침저녁으로 외워 익혔다.[51] 이구응은 곧 고계 이휘령의 조부다.

고계의 누님은 늘 조모가 손수 쓴 『소학』과 『내칙』, 『퇴계연보(退溪年譜)』, 『퇴계언행록(退溪言行錄)』 등을 책상 위에 두고, 대답하고 청소하는 여가에 날마다 직접 읽었는데, 마치 자기 말 하듯이 외웠다. 그래서 부모와 시부모를 모심에 있어 이것으로 법도를 삼아 혹 한 가지 일에도 어김이 없었다.[52]

---

50 李家源, 『大學漢文新選』, 민중서관, 1962, p.13.
51 李彙寧, 『古溪集』 권7, 「祖考通訓大夫白川郡守府君家狀」. 常好小學內則書. 朝夕誦習.
52 李彙寧, 『古溪集』 권5, 「祭姊氏柳恭人文」. 及長, 常以祖妣所手書小學, 內則, 文純公年譜, 言行錄, 置諸几案, 唯諾灑掃之暇, 日親繙閱, 如誦己言. 故事父母舅姑, 用是, 爲律度, 罔一事或違.

고계의 집안 손자 이중건(李中鍵)의 부인 열부(烈婦) 의성김씨(義城金氏)도 늘『소학』과『내칙』을 읽었다.[53]

5) 진성이씨 가문의 소학류 서적의 저작

(1)『여자소학』

『여자소학(女子小學)』은 진성이씨 주촌 종파 가문의 학자 율재(慄齋) 이한걸(李漢杰)이 편찬하여 우리말로 번역해서 1927년 서울 박문서관(博文書館)에서 간행한 책이다. 그 이후 여러 학교에서 교재로 썼다.

① 저자 이한걸의 생애와 학문

이한걸(1880~1951)은, 경북 안동군 와룡면(臥龍面) 주촌(周村)의 진성이씨 종파 가문에서 시조의 22대손으로 태어났다. 자는 덕순(德純), 호는 후촌(后村)인데, 만년에 율재로 바꾸었다.

진성이씨 시조 밀직사(密直司) 이석(李碩)의 현손대(玄孫代)에 이르러서 퇴계 집안과 갈라졌다. 장자 이우양(李遇陽)은 인동현감(仁同縣監)을 지냈는데, 주촌의 종가를 그대로 지켰다. 차자인 진사(進士) 노송정(老松亭) 이계양(李繼陽)은 온혜(溫惠)로 옮겨 가 새로운 가문을 열었다. 노송정은 곧 퇴계의 조부이다. 율재는 이우양의 후손이다. 이우양의 5대손 송간(松澗) 이정회(李庭檜)는 삼종증조인 퇴계의 문하에서 학문을 전수받았다. 주촌의 진성이씨는 종가를 비롯한 일문(一門)이 문헌세가(文獻世家)로 유림(儒林)에서 대대로 이름이 높았다.

---

53 李彙寧,『古溪集』권4,「烈婦金氏旌閭記」. 稍長, 常讀小學內則書.

율재는 나면서부터 특이한 자질이 있었고, 용모가 단정하고, 총명이 보통 사람들보다 뛰어났다. 취학할 나이가 되었을 때 집안의 조부 항렬인 연와(研窩) 이의찬(李宜燦)의 문하에서 배웠는데, 문사(文辭)가 날로 발전하고, 조행(操行)이 정돈되어 있었다.

22세 때부터는 퇴계의 13대손인 동정(東亭) 이병호(李炳鎬)의 문하에 나아가 배웠는데, 위기지학(爲己之學)에 대해 들어 학문의 바른길을 얻어, 확실하게 자신의 방향을 정했다. 일상생활이 거경(居敬), 명리(明理), 돈륜(敦倫), 호의(好義)의 일에서 벗어나지 않았다.

동정의 문하로부터 돌아와서 『대학』만 3년 동안 읽어 내용을 종합적으로 이해하여 관통했다. 이때부터 과거 시험에 쓰이는 문장에 뜻을 두지 않고, 진정한 도(道)를 구하는 학문에 뜻을 두었다. 그리고 주리설(主理說)로써 학문의 종지(宗旨)로 삼았고, 『사서기문증해(四書記聞增解)』라는 책을 저술하여, 사서(四書)에 대한 자신의 지론을 담은 새로운 해석을 하였다.

율재는 지절(志節)이 대단했는데, 왜인(倭人) 경찰이 율재가 수구(守舊)의 선봉이라는 사실을 듣고 찾아와 강제로 머리를 깎으려고 하자, 율재는 분노하며 꾸짖기를, "조국의 부끄러움은 어쩔 수 없지만, 머리카락을 어찌 보전 못 한단 말이냐?" 하였다. 말의 기운이 준엄하자, 왜인 경찰은 놀라 어리둥절하여 사라져 버렸다.[54]

교육하는 것을 즐겨 자신의 임무로 삼아, 늘 사람 가르치기를 게을리 하지 않았다. 1910년 경술국치(庚戌國恥) 이후로 여러 유생(儒生)들을 지도했는데, 원근에서 배우러 오는 사람들이 모여들었다.

특히 인성 교육의 중요성을 늘 인식하고 있었다. 율재가 어린이들에

---

54 李漢杰, 『慄齋文集』 권5, 附錄, 李明杰 所撰 「遺事」.

게 역사 교육이나 예술 교육에 앞서 인성 교육을 먼저 해야 한다는 주장을 한 데는, 그의 스승 오산(梧山) 김제면(金濟冕)[55]의 이런 생각이 영향을 준 것 같다.

　　근세에 어린 자제들에게 자학(字學)을 가르친 뒤에는 곧바로 통사(通史)를 가르쳐 그들로 하여금 단지 이치에 거스르는 전쟁하는 일만 알게 하고, 거기다가 수식하는 예술을 가르친다. 아아! 자제들의 마음을 미혹하게 하고 본성을 미혹하는 것이 극도에 이르렀다. 뒤에 비록 성현의 경전(經傳)을 읽을지라도, 먼저 머리에 들어간 것이 이미 고착이 되어 있다. 어떻게 옛날 사람들의 심학(心學)을 찾을 수 있겠는가? 자학을 가르친 뒤에는 『동몽수지(童蒙須知)』, 『효경(孝經)』 같은 책 및 『소학』을 가르쳐야 한다.[56]

　　그리고 오산은 유학을 배우러 오는 사람이 있으면, 나이가 어른이고 아이고 헤아리지 않고, 반드시 먼저 『소학』을 가르쳐서 그 기본을 두터이 쌓도록 했는데,[57] 이런 교육 방식도 율재가 『소학』을 중시하는 사상을 갖는 데 영향을 주었다고 볼 수 있다.

　　1921년 아우 이명걸(李明杰)이 서울에서 돌아와 세상의 풍조를 이야기하자, 율재는 시의(時宜)를 참작하여 마을에다 사립학교를 세워 세상에 필요한 인재를 길러냈다. 수기치인(修己治人)의 방법에 있어서는 율재가 직접 학교에 가서 통할하고 감독하여, 신구 학문을 병행하여 서로 어긋나지 않도록 했다. 근본을 잃지 않으면서 세상을 구제하려는 높은

55　金濟冕: 근세의 학자. 光山金氏 烏川派 雪月堂 金富倫의 10대손이다. 梧山이 김재면이라는 것은, 金彦鍾 교수의 주장이다.
56　李漢杰, 『慄齋文集』 권3, 93장, 「梧山見聞錄」
57　李漢杰, 『慄齋文集』 권3, 94장, 「梧山見聞錄」.

정신은, 유학과 현대를 연결하는 데 큰 공이 있었다.

율재는 늘 용모를 가지런히 하여 단정히 앉아 손에서 책을 놓은 적이 없었는데, 잠자는 것과 먹는 것을 잊을 정도였다. 만년에는 『주역』을 특별히 좋아하여 길흉소장(吉凶消長)의 이치를 추구하였다. 1949년에 이르러 오정(鼇亭) 김방한(金邦翰)의 『주역집해(周易集解)』와 괴천(槐泉) 박창우(朴昌宇)의 『주역전의집해(周易傳義集解)』를 참고하고, 선유(先儒) 들의 제설(諸說)로 보완하여 『주역집해참정(周易集解參訂)』을 지었다.[58] 1950년에 이르러 오정 김방한의 『주역집해』를 정본(定本)으로 삼아 『주역』을 번역하여 『주역국해(周易國解)』 3권을 완성하였다.[59]

예학(禮學)에 조예가 깊어 당시 널리 알려진 대산(大山) 이상정(李象靖)과 그 손자 소암(所庵) 이병원(李秉遠)이 보완한 예서(禮書)인 『결송장보(決訟場補)』에 대해서 「『결송장보』변의(『決訟場補』辨疑)」를 지어 많은 문제점을 지적하여 분변하였고, 또 성재 허전의 『사의(士儀)』에 대해서 문제점을 제기하여 「『사의절요』변의(『士儀節要』辨疑)」를 지었다.

『효경』에는 주자가 미처 주석을 달지 못했는데, 그 뒤에 나온 주석들이 미비하고 오류가 적지 않았다. 원나라 심산(深山) 동정(董鼎)의 『효경대의(孝經大義)』가 있었으나, 너무 번잡하고 본문의 바른 뜻을 그르친 것이 있었다. 그래서 율재가 그 번잡한 것은 줄이고 잘못된 것을 바로잡아 『효경동주간정(孝經董註刊正)』이라는 『효경』 주석서를 저술하였다.[60] 『효경』의 원래 내용을 바르게 이해하는 데 크게 도움이 될 책이다.

조선 중종 때 소요당(逍遙堂) 박세무(朴世茂)가 지은 『동몽선습(童蒙先

---

58 李漢杰, 『慄齋文集』 권2, 53~54장, 「周易集解參訂」.

59 李漢杰, 『慄齋文集』 권2, 54장, 「周易國解序」.

60 李漢杰, 『慄齋文集』 권2, 52장, 「孝經董註刊正序」.

習)』이 우리나라의 대표적인 훈몽교재(訓蒙敎材)로 널리 보급되어 읽혔다. 전반부는 경전(經傳)에서 뽑은 것이고, 뒷부분은 중국과 우리나라의 간략한 역사이다. 더구나 『동몽선습』 가운데서 우리나라 역사 부분은 일제강점기 때 엄격하게 금지하였으므로 일제강점기 때 간행된 『동몽선습』은 이 부분을 할거(割去)하고 간행하였다. 그래서 율재는 이 책의 내용상의 오류를 바로잡고, 장절(章節)을 나누어 현토(懸吐)하고 상세한 주석을 달고, 우리말로 번역하였다. 이름하여 『신정동몽선습(新訂童蒙先習)』이라고 했다. 『효경』과 『소학』을 공부하는 데 계제(階梯)가 되게 하기 위해서였다.[61]

집안에서 지켜야 할 예의를 정리하여 「가문의(家門儀)」 2편을 지었는데, 『소학』에서 인용한 것이 적지 않았다. 또 자신이 상세한 주석을 달았다.

율재는 한문(漢文)은 당연히 배워야 하지만, 국문(國文)도 꼭 배워 일상생활에 사용해야 한다는 점을 강조하였다.[62]

우리나라 훈민정음(訓民正音)에 깊이 맛을 느껴 「국문학(國文學)」이라는 한 편의 글을 창작하여, 그 뜻을 밝혔다.[63] 그러나 「국문학」이라는 글은 『율재문집(慄齋文集)』에는 실려 있지 않다.

율재는 유학자로서 특별하게 국문에 관심을 갖고 6, 7년 동안 연구하여 그 원리 발음 법칙을 이해한 적이 있다.

나도 일찍이 국문(國文)을 6, 7년 연구하여 그 원리 및 발음 법칙을 조금 이해

---

61 李漢杰, 『慄齋文集』 권2, 5장, 「新訂童蒙先習序」.
62 李漢杰, 『慄齋文集』 권4, 85장, 「思至錄」.
63 李漢杰, 『慄齋文集』 권5, 96장, 부록 李明杰所撰 『慄齋遺事』.

하였다. 그러나 여전히 한문(漢文)을 위주로 하고, 국문은 활용하는 정도이다. 그러니 유익한 것만 볼 수 있고, 손해 가는 것이 있다는 것을 볼 수 없다.[64]

국문을 6, 7년 동안 연구하였다는 것은, 그 수준이 전문가에 이르렀을 것으로 짐작된다. 율재가 이렇게 국문에 관심을 갖고 오랫동안 연구한 것은, 가정적인 배경과도 연관이 있다. 율재는 곧 가장(家藏)의 『훈민정음』 원본을 간송(澗松) 전형필(全鎣弼)에게 제공했던 이용준(李容準)의 부친이다. 『훈민정음』 원본과 가정적인 인연이 있었으므로, 자연히 국문에 남다른 관심이 있었던 것 같다.

율재는 직접 「청년가(靑年歌)」, 「국맥가(國脈歌)」 등의 한글 시조를 창작하였다. 그 가운데서 한문 공부의 필요성과 인의(仁義)와 도덕(道德)이 국맥이라는 점을 강조하였다.[65]

『소학』 가운데서 여자가 마땅히 행해야 할 것을 뽑아내어 『여자소학』 한 편을 만들고, 국문으로 주해(註解)를 붙여 세상에 공포하였다. 선유(先儒)들의 학설을 널리 채집하여 수정을 가하여 본문의 뜻을 밝혔다.[66]

1921년 우리나라 최초의 사설 여성 교육기관인 덕전강사(德田講社)를 설립하여 여성을 교육하였다.[67]

율재는 1950년에 이르러 평생 지은 시문 가운데서 10분의 2, 3을 가려 뽑아 정리하여 『주산초어(周山樵語)』라고 명명해 두었다. 율재가 작고한 뒤 이를 바탕으로 채산(蔡山) 권상규(權相圭)의 교정을 거쳐 1963년 『율

---

64 李漢杰, 『慄齋文集』 권4, 87장, 「思至錄」. "余亦嘗研究國文六七年, 而稍解其原理及音法矣. 然依舊主以漢文, 以國文爲其用, 故只見有益, 不見有害."
65 李漢杰, 『慄齋文集』 권1, 68장.
66 李漢杰, 『慄齋文集』 권5, 96장, 부록 李明杰所撰『慄齋遺事』.
67 김주원, 「『여자소학』에 대한 기초적 연구」, 『한글』 323, 한글학회, 2019.

재문집』 5권 5책이 석판본(石版本)으로 간행되어 후세에 전해지게 되었다. 이는 단순한 문학가의 시문집이 아니고, 경학적(經學的) 조예를 알 수 있는 중요한 글이 많아, 철학, 사상, 교육 방면의 연구 자료가 풍부하다. 특히 유학자이면서도 국문인 훈민정음을 중시하여 국문 연구에도 중요한 자료가 될 것이다.

율재의 아우 이명걸(李明杰)은 율재의 일생을 요약하여, "70년 초야에서 한 사업은 자신을 수양하여 후진들을 이끌어 나가는 데 있었다."[68]라고 했다. 율재는 자신을 수양하여 다른 사람을 다스리고, 많은 인재를 키우고 깊이 있는 저작을 하는 등 현세에 적응하기를 추구한 유학자였다.

② 『여자소학』의 저작 동기와 과정

조선시대 우리나라에서는 거의 대부분 여자들에게 교육을 시키지 않고 겨우 한글 정도 가르쳐서 뜻을 통할 정도에서 그쳤다. 그래서 어려서부터 여자들이 배울 책이 없었다. 사람 되는 것과 교화를 이루는 데 있어 한쪽으로 치우치고 소략했다.

대부분의 사대부들의 집안에는 모두 옛날부터 계승해온 아름다운 전통이 있었기에, 여자들이 어려서는 온순하게 어른들 말을 듣고 따르고, 자라서는 시가집에 알맞게 함으로써 예의의 나라를 지켜왔다. 어려서는 부모를 섬기고, 시집가서는 시부모를 섬기고, 남편을 받들고, 자녀를 키우고, 동서들과 함께 어울려 지냈는데, 그 도리는 효도(孝道)와 공경(恭敬), 정절(貞節)과 신의(信義)이다. 이것이 여자로서 지켜야 할 『소학』의 도리이다.

그러나 주자의 『소학』은 근본적으로 남자 위주로 되어 있다. 여자에

---

68 李漢杰, 『慄齋文集』 册尾 李洙學 所撰 「跋」.

관한 내용도 상당히 들어 있지만, 자신의 한문 문리(文理)로 『소학』을 읽고 해석할 수 있는 여자는 극히 드물었다. 대부분의 여자들은, 『소학』을 읽고 그 내용을 알고 있는 부조(父祖)의 말을 통한 가정교육에 의해서 『소학』의 내용을 이해했던 실정이었다.

세종 때 한글이 창제된 이후 각종 경서(經書)에 대한 언해(諺解)가 나왔지만, 현실적으로 그 책이 서울에서 멀리 떨어진 전국 각지의 시골 마을까지 보급되어 읽히기는 어려웠다.

또 조선시대 사대부들 가운데는 '여자가 글을 알면, 남의 말썽을 듣는다.',[69] '여자가 글을 알면 팔자가 안 좋다'는 생각을 가진 사람이 많았으므로,[70] 일반적으로 여자에게 글공부를 시키는 가정은 거의 없었다. 그래서 이름 있는 유가(儒家)에서 태어난 여인이라도 자기 부조(父祖)의 이름자도 모르는 사람이 대부분이었다.

1910년 나라가 망하고, 일본 및 서양의 문물, 과학 등이 홍수처럼 밀려들어 오자, 부녀자들의 전통 예의는 무너져 해체되어 혼란해져 가는데, 누구 하나 바로잡을 대책을 내 놓는 사람이 없었다.

조선 말기부터 여자학교가 곳곳에 생겼지만, 사람 되는 도리를 가르치는 교육은 없고 '말만 잘하는 금수를 만들어 낼 따름'이었다. 이전 부녀자들의 의절(儀節)은 전혀 남아 있는 것이 없었으니, 장차 홍수의 재해보다 더 심할 것 같았다. 정말 식견 있는 사람들이 통곡하고 눈물을

---

69 黃胤錫, 『頤齋續稿』, "俗人謂, '婦女識字, 非徒招人言, 亦鮮完福.'

70 『시경(詩經)』 「사간편(斯干篇)」에서 "無非無儀, 唯酒食是議, 無父母詒罹." 등의 영향으로 여인들이 글을 읽어 식견을 높이는 것에 대해서 부정적이었다. 조선 후기 학자 윤형로(尹衡老)의 『계구암집(戒懼菴集)』 권14에 실린, 「가훈(家訓)」에, "婦雖有智, 無所敢自逞, 令不出閨門, 惟酒食是議. 只當輔君子而已. 若或牝鷄司晨, 適足爲厲階而已矣."라는 구절이 그런 시각을 대표하는 글이다.

흘려야 할 일이었다. 그래서 율재가 나서서 여자들이 시집가기 전에 익혀서 국가가 예의로 다스리는 데 도움이 될 간명하면서도 요약된 책을 만들 생각을 했던 것이다.[71]

당시 율재 이한걸은, 우리나라 여자의 교육을 책임져야 할 자리에 있는 것은 아니었지만, 혼란한 시대에 여자가 처신해야 할 방안을 크게 걱정하였다. 그래서 주자가 편찬한『소학』가운데서 여자에게 관계되는 가언(嘉言), 선행(善行) 등을 뽑아, 4개의 제목으로 분류 편집하였다.『소학』의 내편(內篇)에서 뽑은 것은 그대로 내편이라 하고, 외편(外篇)에서 뽑은 것은 외편이라고 하였다. 한자어는 하나도 안 쓰고 순전히 우리말로 번역하고, 주석도 우리말로 붙였다.

뒤에 한문 원본을 붙였는데, 한문 원본은 '교사용(敎師用)'이라는 주석이 있다.『소학』원문에는 토를 붙였다.

주석에는 정주(訂註)가 있고, 보주(補註)가 있다. 교사가 더 연구할 필요가 있을 때는『소학』원본에서 고찰하기를 바랐다. 정주라고 한 것은, 옛날 주석에서 의심나는 것에 대해서는, 우리나라 선현들의 주석이나 옛날 주석을 끌어와 바로잡은 것이다. 보주라고 한 것은,『소학』의 원래 주석이 미비한 것을, 우리나라 선현들의 주석이나 옛 주석을 끌어와 보완한 것이다. 간간히 율재 본인의 견해도 붙였는데, 우리나라 선배 학자들의『소학』에 대한 주석을 많이 참고했다.[72]

비록 일부분이지만, 조선시대 나온 언해(諺解) 이후에 최초로『소학』에 대해서 새로 한 한글 번역이다. 주석도 기존의『소학집주(小學集註)』에 없던 독창적인 새로운 주석이 달린 곳이 적지 않다. 이 정주와

---

71 李漢杰,『慄齋文集』권4, 94~95,「思至錄」.

72 김주원,「『여자소학』에 대한 기초적 연구」,『한글』323, 한글학회 2019.

보주는, 『소학』 본문 자체에 대한 새로운 주석으로서도 대단한 가치가 있는 것이다. 『소학』 본문의 구두(句讀) 나누기나 해석 등을 기존의 방식과 완전히 달리한 곳도 있다. 한글본의 주석과 한문본의 주석은 완전히 다르다. 앞으로 이에 대한 치밀한 연구가 필요하다.

예를 들면 「효경(孝敬)」 제1편의 주석에서 '盥'자에 대해서 "『소학집주』에서 '洗面(얼굴을 씻는다)'이다. 본주(本註)에서 '洗手(손을 씻는다)'라고 했는데, '두루 포괄하지 못한 것 같다.[恐未周]'"라고 했다. '衿纓'을 두고 유호고와(柳好古窩)[유휘문(柳徽文)]는 『소학장구(小學章句)』에서 말하기를, "정현(鄭玄)의 설에는, '부인에게 띠가 있는 것은 묶이어 소속되었음을 보여 주는 것이다.'라고 했다. 『예기(禮記)』 「곡례편(曲禮篇)」을 보면, '시집가기를 허락하면 띠를 띤다.'라고 되어 있는데, 여기서는 정현의 설을 따라야지, '향을 넣는 주머니'라고 한 것은 아닌 것 같다."라고 했다.

책을 간행하면서 서문 앞에 이한걸(李漢杰) 편집(編輯), 만전(晚田) 이종준(李鍾濬) 교정(校正), 동산(東山) 유인식(柳寅植) 교열(校閱)이라고 밝혀 놓았다.

만전 이종준의 생애는 알 수 없으나, 『율재문집』에 「만남주이장종준(晚南洲李丈鍾濬)」이라는 만시(挽詩) 3수가 실려 있다. 만전 이외에 남주(南洲)라는 호를 쓴 것을 알 수 있다. 벼슬하지 않고 초야에 묻혀서 저술을 하였고, 교육에 힘쓰고 시문(詩文)이 조리에 맞았다는 사실을 알 수 있다. 그로부터 율재 자신이 가르침을 많이 받은 것을 밝혀 놓았다.[73]

동산 유인식은, 안동 수곡(水谷) 전주유씨(全州柳氏) 가문에서 유명한 학자 서파(西坡) 유필영(柳必永)의 아들로 출생하였다. 1904년 단재(丹

---

73 李漢杰, 『慄齋文集』 권1.

齋) 신채호(申采浩)를 만나 개화운동에 참여하였고, 1907년 일송(一松) 김동삼(金東三) 등과 협동학교를 창설하여 교장으로 취임하여 신식 교육을 실시하였다. 또 교남교육회(嶠南敎育會)를 창설하여 구국 교육을 펼치는 등 교육에 관심이 많았다. 문집『동산문고(東山文稿)』이외에도 『대동사(大東史)』,『대동시사(大東詩史)』등의 저서가 있다.『여자소학』이 간행된 그 이듬해인 1928년 세상을 떠났다.

책머리에 연당(硏堂) 이회직(李會稷, 1871~1929)이 쓴 서문이 있다. 이회직은 본관이 예안(禮安)으로, 시은당(市隱堂) 이진(李珍)의 주손(胄孫)이다.[74] 안동군 풍산면(豐山面) 상리동에 거주하였고, 1926년 '제령 제8호 위반 사건'으로 대구지검에서 조사를 받았으나, 증거불충분으로 불기소처분을 받은 적이 있었다.[75] 그 뒤『경학원잡지(經學院雜誌)』등에 시를 게재하기도 했다. 율재가 그의 별세를 애도하여 지은「만이연당(輓李硏堂)」이라는 만시(輓詩)가 있어, 강명(剛明)한 마음가짐과 온공(溫恭)한 자세와 시문을 잘했다는 것을 알 수 있다.[76]

책이 완성될 무렵에 이한걸의 요청으로 서문을 쓴다고 밝혔고, 이한걸을 두고 '박통(博通)하고 글 잘하고 고상한 선비'라고 칭송하였다. '윤리가 무너져 내리는 것을 개탄하고, 여인의 범절이 폐이(廢弛)해 가는 것을 마음 아파하여『소학』의 내, 외편에서 뽑아서 지었으니, 이전 사람들이 못했던 일을 한 것'으로 인정하였다. 이런 책이 공간(公刊)되어 전해진다면, 국가가 다시 밝아지는 계기가 될 것으로 보았다.

한문 원본의 맨 뒤에 붙어 있는 율재의「여자소학지(女子小學識)」는

74 한국학중앙연구원, 한국학자료센터 영남권역자료 DB.
75 국립기록원, 독립운동관계 판결문 DB.
76 李漢杰,『慄齋文集』권1, 44장.

『율재문집』에 실려 있는 「여자소학서(女子小學序)」를 약간 수개(修改)한 글이다. '여자들이 다 아는 국문으로 번역하여 여학계(女學界)의 종요(宗要)의 책이 되게끔 하겠다.'는 목적을 밝혔다.[77]

나라가 망한 17년 후인 1927년에 이르러 전통 유학자의 손에 의해서 여자의 인성 교육을 위해 『여자소학』이 지어진 것은 대단히 의미 있는 일이다.

(2)『동학』

① 저자 양전 이상호

양전(陽田) 이상호(李祥鎬)는 1883년 퇴계의 13대 후손으로 종파(宗派)에서 태어났다. 조부 지하(芝下) 이만희(李晚憙)는 퇴계의 종손이고, 부친 중학(中學)은 종손의 넷째 아들이다.

유년기에는 외가인 영양군(英陽郡) 주실에 살면서 외조부 남주(南洲) 조승기(趙承基)에게서 교육을 받았다. 19세 때부터는 족조(族祖) 용산(龍山) 이만인(李晚寅)의 문하에서 가르침을 받았고, 20세 때는 족형 동정(東亭) 이병호(李炳鎬)가 퇴계학(退溪學)을 전수한다는 소식을 듣고, 그 문하에 들어가 가르침을 받았다.

숙부 노산(老山) 이중인(李中寅)과 종손인 종형 하정(霞汀) 이충호(李忠鎬)가 문호(門戶)를 맡길 만하다고 생각하여 추월한수정(秋月寒水亭)에 소장된 고금의 전적을 마음껏 열람케 하였다. 때로는 양식을 싸가지고 청량산(淸凉山) 오산당(吾山堂)에 들어가 공부하기도 했다.[78]

---

77 『여자소학』의 내용상 언어학상의 특징에 대해서는 김주원의 「『여자소학』에 대한 기초적 연구」(『한글』 323, 한글학회, 2019)라는 논문이 나와 있다.

30여 세 이후 도산서원(陶山書院)의 편찬사업 즉『도산급문제현록(陶山及門諸賢錄)』의 편간(編刊) 사업 등과『주자서절요(朱子書節要)』,『계몽전의(啓蒙傳疑)』,『교남빈흥록(嶠南賓興錄)』등의 중간(重刊) 사업에 참여하였다. 숙부인 노산 이중인과 퇴계 종손인 종형 하정 이충호를 도와 판본을 직접 정사(淨寫)하는 일을 맡아 했다.

그 이후 40여 년 동안 퇴계종택(退溪宗宅)의 각종 문자응수(文字應酬)를 맡아 지었다. 아울러 도산서원의 임원을 맡아 일을 처리하였는데, 부로(父老)들이 양전의 헌의(獻議)를 많이 채택하였다.[79]

1945년 광복 이후로는 문경 옥녀봉(玉女峯) 아래로 옮겨 살았는데, 제자들이 많이 모여들었고, 각종 청문(請文)도 많았다. 만년에는 유림들에 의하여 도산서원 원장에 추대되었다. 1963년에 이르러 81세로 작고했다.

남긴 시문 원고를 장자 이원영(李源榮)의 주관으로 정리하여 1968년에『양전문집(陽田文集)』10권 5책을 간행하였고, 1973년에 이르러서는『양전속집(陽田續集)』2권 1책을 추가로 간행하였다. 아직도 간행되지 않은 시문 원고가 많이 남아 있다고 한다.[80] 문집 외에『동학(東學)』, 초학자 입문서인『초몽설경(初蒙舌耕)』이라는 책이 있다.

양전은 재종손녀인 이원하(李源河)의 딸에게『소학』과 반소(班昭)의『여계(女戒)』를 가르친 적이 있었으니,『소학』을 중시했음을 알 수 있다.

② 『동학』의 체재와 내용

『동학(東學)』은, 양전 이상호가 편찬했다. 여기서 말한『동학』은『동

---

78 李奎鎬,『友松文稿』권4, 47장,「陽田處士李公行狀」.
79 李奎鎬,『友松文稿』권4, 48장,「陽田處士李公行狀」.
80 申龜鉉,「『東學』해제」2011년, 에디터.

현학칙(東賢學則)』의 줄인 말이다. 혹은『동국소학(東國小學)』의 줄인 말로 우리나라『소학』에 해당된다는 뜻이다. 간행되지 않은 채 친필 초고본(草稿本) 형태로 남아 있는데, 매혈(每頁) 상단에 저자가 정한 구결(口訣)이 첨가되어 있다.

원본은 양전의 맏손자 이기동(李基東)의 집에 보관되어 왔는데, 그 동안 양전의 계자(季子) 이육원(李毓源)에 의해서 복사본이 제작되어 지인들에게 배포되었다. 2011년에 와서 영남대학교 명예교수 신귀현(申龜鉉) 박사에 의하여 우리말로 번역되어 출판되어 보급되었다. 신귀현 교수는 양전의 제자다.

『동학』은 서문이나 발문, 범례 등이 아예 없고, 또『양전집(陽田集)』에도『동학』에 관한 기록이 전혀 없어, 정확한 저작 경위나 연대 등을 알 수 없다.

『동학』은 6권 1책의 체재로 되어 있는데,『소학』체재를 따랐지만, 크게 가언(嘉言)과 선행(善行)으로 나누고, 각각을 다시 「입교(立敎)」「명륜(明倫)」「경신(敬身)」으로 나누어 6권으로 만들었다.『소학』이 「입교」「명륜」「경신」 다음에 「계고(稽古)」, 「가언」, 「선행」으로 해서 6권으로 된 것과는 다르다.

『동학』의 체재는, 하려(下廬) 황덕길(黃德吉)의『동현학칙(東賢學則)』의 내용을『소학』의 체재를 따라 다시 편찬한 것인데, 자료는 거의 모두『동현학칙』의 것을 그대로 쓰고, 내용 분량을 절반 정도로 줄였다. 산삭(刪削)한 항목이 많고, 개중에는 항목 내에서 문장을 절산(節刪)한 것도 있다. 그 줄이는 정확한 기준은 밝힌 것이 없어 알기 어려우나, 양전의 시각에서는『동현학칙』의 분량이 너무 많고, 또 학문이나 수신(修身)에 그렇게 절실하지 않은 것을 산략(刪略)한 것으로 보인다.

『동현학칙』과 달리『동학』에서는, 책 첫머리에 퇴계의 「유사학제생문

(諭四學諸生文)」과 「이산서원학규(伊山書院學規)」를 두어 학문이나 수양을 하는 데 있어 퇴계학의 중요성을 강조하였다.

우리나라 선현들의 명언과 아름다운 행실 등을 실어 아동뿐만 아니라, 일반인들의 인성 교육에도 도움이 될 내용이 많이 들어 있다.

6) 결론

주자(朱子)와 그 제자 유청지(劉淸之)가 지은 『소학』은 고려 말기에 우리나라에 전해졌다. 유교를 통치이념으로 삼은 조선시대에 와서 『소학』은 유교사상의 보급에 아주 유용하게 쓰일 수 있는 중요한 책이기 때문에, 조선에서 적극적으로 수용하였다. 특히 국왕을 중심으로 조정에서 대단히 중시하여 널리 보급하려고 하여, 중국에서 『소학』의 여러 가지 주석서를 적극적으로 수입하여 우리 실정에 맞는 주석인 『소학집주(小學集註)』가 지어졌다.

진성이씨(眞城李氏) 가문에서 『소학』을 맨 먼저 접한 분은 송재(松齋) 이우(李堣)이다. 『소학』이란 책은, 어린애들이 읽어야 할 뿐만 아니라, 노인들도 읽어야 할 책이라고 그 가치를 크게 인정하였다.

사실 『소학』이라는 책이 '小'라는 글자 때문에 많은 사람들이 읽어 보지도 않고, 경시하는 풍조가 있는데, 실로 주자가 고금의 경전자사(經傳子史)에서 좋은 말과 아름다운 행실을 다 뽑아 모았기 때문에, 어떤 책보다도 내용이 풍부하고 유익하다. 이런 점을 송재가 일찍 파악했던 것이고 이런 사상이 퇴계에게 전수된 것 같다.

퇴계가 『성학십도(聖學十圖)』에 『소학』을 제3도로 넣음으로 해서 『소학』의 위상을 최고도로 높였고, 선조 임금에게도 자주 읽을 것을 강조하였다.

퇴계가 이렇게 『소학』의 가치를 높이자, 퇴계 후손들을 포함한 진성이씨 가문의 학자들은, 『소학』을 특별히 중시하면서 읽는 것이 하나의 가풍(家風)이 되었다. 진성이씨 가문에서는 『소학』을 중시하여 읽을 뿐만 아니라, 『소학』 같은 역할을 할 수 있는 책을 짓기에까지 이르렀다. 이는 수용에서 더 나아가서 적극적인 활용이자 창작이었다.

일제강점기에 이르러서 율재(慄齋) 이한걸(李漢杰)은, 혼란한 시대에 여자 인성 교육을 위해서 『소학』에서 여자에 관계된 내용을 발췌하고, 그것을 완전히 번역하여 『여자소학(女子小學)』을 만들었다. 조선조 5백년 동안 관심을 기울이지 않았던 여자들의 교육에 관심을 갖고서 여자들을 위한 교과서를 직접 만들었다. 그리고 부분적이지만, 조선시대 『소학언해(小學諺解)』 이후 『소학』의 최초의 새로운 한글번역이고, 주석도 기존에 없던 독창적인 주석이 달린 곳이 있다.

『동학(東學)』은 양전(陽田) 이상호(李祥鎬)에 의하여 편찬되었는데, 하려(下廬) 황덕길(黃德吉)의 『동현학칙(東賢學則)』의 자료를 산절(刪節)한 것으로, 순수한 창작이라고 보기는 어렵다. 주로 우리 선현들의 명언이나 훌륭한 행실 등을 모은 것으로, 젊은 선비들의 수행에 도움이 많이 될 것이다.

진성이씨 가문의 『소학』 중시 경향은, 현세의 연민(淵民) 이가원(李家源) 교수에까지 이어져 대학의 한문교과서에 『소학』에서 인용한 글을 수록했다. 이런 전통은 진성이씨 가문의 하나의 우수한 학문적 전통의 하나라고 말할 수 있다.

1910년 일본에 나라가 망한 이후 우리는 영토와 주권을 빼앗긴 것을 크게 원통하게 생각하지만, 그에 못지않게 큰 손실은 우리의 문화와 학문의 전통이 파괴되고 왜곡된 것이다. 해방이후 『소학』은 완전히 버려진 책이 되어 읽는 사람이 거의 없다. 사람되는 도리를 가장 많이 담은

『소학』 책의 내용 가운데서 오늘날 되살릴 수 있는 것을 각급 학교나 사회단체에서 가르쳐, 인성 교육의 복원이나 전통문화 전승에 활용해야 할 것이다.

참고문헌

원전

朱熹劉淸之, 『小學』, 文淵閣四庫全書本.

李珥, 『小學諸家集註』, 學民文化社, 1992.

許衡, 『許衡集』, 中州古籍出版社, 2009.

劉文剛, 『小學譯註』, 四川大學 出版社 1995.

薛瑄, 『薛文淸集』, 「讀書錄」.

李穡, 『牧隱詩藁』, 韓國文集叢刊本, 1989.

南秀文, 『敬齋遺稿』, 藏書閣 所藏本.

金宗直, 『佔畢齋集』, 韓國文集叢刊本.

春秋館, 『太宗實錄』, 國史編纂委員會.

李堣, 『松齋集』, 韓國文集叢刊本.

李安道, 『蒙齋集』, 安東大學校 退溪學硏究所.

柳成龍, 『退溪年譜』, 韓國文集叢刊本.

朴承任, 『嘯皐集』, 韓國文集叢刊本.

朱熹, 『大學或問』, 『朱子全書』 所收, 上海古籍出版社.

李滉, 『退溪集』, 韓國文集叢刊本.

李德弘, 『溪山其先錄』, 退溪學文獻全集 所收, 1991.

李滉, 『陶山全書』, 韓國精神文化硏究院, 1980.

李野淳, 『廣瀨集』, 安東大學校 退溪學硏究所.

李庭檜, 『松澗集』, 安東大學校 退溪學硏究所.

李東標, 『懶隱集』, 安東大學校 退溪學硏究所.

李宗洙, 『后山集』, 安東大學校 退溪學硏究所.

李頥淳, 『後溪集』, 韓國文集叢刊本.

李仁行, 『新野集』, 韓國文集叢刊本.

李家淳, 『霞溪集』, 重齋家 藏書.

李彙寧, 『古溪集』, 韓國文集叢刊本.

李晩寅, 『龍山集』, 安東大學校 退溪學硏究所.

李炳鎬, 『東亭集』, 筆者所藏本.

李家源, 『萬花齊笑集』, 檀國大學校 出版部, 1997.

李家源, 『大學漢文新選』, 민중서관, 1962.

李漢杰, 『慄齋文集』, 李載甲 所藏本.

黃胤錫, 『頤齋續稿』, 韓國學中央硏究院.

李祥鎬, 『陽田文集』, 韓國歷代文集叢書, 景仁文化社.

李奎鎬, 『友松文稿』, 筆者 所藏本.

논저

정호훈(2014), 『조선의 소학』, 소명출판.

김주원(2019), 「『여자소학』에 대한 기초적 연구」, 『한글』 323, 한글학회.

신귀현(2011), 「『東學』 해제」, 에디터.

DB

한국학중앙연구원, 한국학자료센터 영남권역자료 DB.

국립기록원, 독립운동관계 판결문 DB.

역
주

범례

1. 제2장 「자료편」은 『여자소학』을 텍스트화한 것이다.
2. 『여자소학』에는 국어 번역문 권1, 2가 전반부에 있고 한문 원문 권1, 2가 후반부에 있으나, 여기에서는 번역문과 원문을 동일한 페이지에 두기 위하여 배열 순서를 바꾸었다. (조선시대의 『소학언해』에서 보던 순서는 한문 원문 뒤에 번역문 즉 언해문이 뒤따르는 것이었으나 여기에서는 『여자소학』의 취지에 따라서 국어 번역문을 먼저 싣고 거기에 해당하는 한문 원문을 배열하는 방식을 택하였다. 기본적으로 대문에 ○로 표시된 절(節)을 기준으로 하였으나 한 절이 너무 길어질 경우에는 임의로 나누기도 하였다.
3. 국어 번역문에는 원문에 있는 구두점을 그대로 옮겨 적었다.
4. 국어 번역문에 있는 소자쌍행으로 된 주석은 각 괄호([ ]) 속에 넣었다.
5. 한문 원문은 교사용으로 편집된 것이며, 여기에는 이 책의 독자적인 정주(訂註)와 보주(補註)가 있다. 이 정주(訂註)와 보주(補註)를 상자 속에 넣고, 구두를 띄우고 표점을 찍어서 번역문 뒤에 붙였으며, 그 번역문을 각주(脚注)의 형식으로 실었다.
6. 정주(訂註)와 보주(補註)의 구절에 대한 주석은 〈 〉 안에 넣었다.
7. 출전의 페이지 표시는 〈권:쪽a(앞)/b(뒤)〉로 표시를 하되, 각 쪽의 시작 부분에 표기를 하였다. 단 국문 번역문의 경우에는 권차를 아라비아 숫자 1, 2 등으로 표시하였고, 한문 원문은 한자 一, 二 등으로 표시하였다.
8. 『여자소학』 원문에 오자 또는 오식(誤植)이 분명하다고 판단되는 경우에는 ( ) 속에 화살표(→)를 써서 바로 잡았다.

1. 원문의 서문

女子小學

李漢杰 編輯

晩田 李鍾濬 校正

東山 柳寅植 校閱

○『여자소학(女子小學)』 서문

옛날 김인산(金仁山)[1]이 말하기를, "천하에서 쉽게 변하지 않는 것이 부녀자다"라고 했다. 대개 가정으로부터 나라가 되니, 천하가 다스려지는 것은 꼭 부녀자로부터 말미암지 않는 것은 아니다. 그러하니 증자(曾子)가 지은 『대학(大學)』 제9장[2]에서 '집안을 가지런히 하고 나라를 다스리는 구절'의 끝에 꼭 "이 사람이 시집가니[之子于歸]"[3]라는 시를 인용했는데, 어찌 우연이겠는가?

여성들은 음식에 신경을 쓴다. 타고난 자질에 순수하고 아름다움이 있지 않으면, 삐뚤어짐과 바름, 현명한 것과 못난 것의 현격한 차이가

---

1 김인산(金仁山): 송(宋)나라 원(元)나라 교체기의 학자 김이상(金履祥). 사람들이 그를 높여 인산선생이라고 했다. 자는 길보(吉父), 호는 차농(次農). 벼슬하지 않고 숨어서 학문 연구와 제자 양성에 힘썼다. 송나라가 망하자 금화(金華)의 인산(仁山)에 들어가 은거하였다. 문집 『인산집(仁山集)』 등 많은 저서가 있다.

2 제9장: 『대학(大學)』의 제9장은, 「석제가치국장(釋齊家治國章)」이다. 곧 '집안을 가지런히 하고, 나라를 다스리는 항목'을 풀이한 글이다.

3 이 사람이 시집가니[之子于歸]: 『시경(詩經)』 「도요편(桃夭篇)」에 나오는 구절. 『시경』의 "이 사람이 시집가니, 시가집 사람들과 잘 어울리겠네.[之子于歸, 宜其家人.]"라는 구절을 『대학』에서 인용하였다. 현숙한 여자가 시집가서 시집 식구들과 잘 어울리는 것을 찬미한 시다.

없을 수 없다. 그러나 요점은, 어릴 때 인도하여, 습관과 지식이 함께 자라고, 변화가 마음과 함께 이루어져서, 효도와 우애, 곧고 고요함에 전일(專一)하여 벗어나 다른 길로 달아나지 않게 하는 데 있다.

재주 없는 나는 스승에게 나가 배울 어린 나이에 사람 되는 방법의 찌꺼기나마 대충 이해하여, 일찍이 여러 번 「소자편(小子篇)」⁴을 읽고 그 뜻을 음미해 보았다. 가만히 생각해 보건대, 『여사(女史)』⁵라는 책도 어린이를 깨우치는 데 관계되는 것인데, 남녀 구분 없이 한 부류에 편성해 둔 것이다.

그러나 우리 동쪽나라의 습속(習俗)에서 숭상하는 바는, 남자를 길러 인재로 만드는 데 전념하여 여자가 같은 부류에 참여하는 것을 허가하지 않는다. 어찌 한쪽으로 치우쳐 잘못된 것이 아니겠는가? 나타내고 높이고 믿기를 하남씨(河南氏)⁶가 『대대례기(大戴禮記)』에다 따로 한 조항을 설치해서, 천하의 후세에 깊은 안방에서 아직 시집가지 않은 사람도, 느껴 감정을 내어 미리 경계하게 한 것과 같도다.

후촌(後村) 이한걸(李漢杰) 공(公)은 널리 통하고 글 잘하는 고상한 선비다. 윤리도덕이 무너져 사라지는 것을 개탄하고, 부녀자들의 규범이 버려지고 해이하게 된 것을 매우 마음 아파하였다. 『소학(小學)』의 내편(內篇)과 외편(外篇)을 골라서 『여자소학(女子小學)』이라고 책이름을 붙였다. 효도하고 공경하는 것, 곧고 미더운 것, 자애로운 교육 등에 관한 것이었는데, 종류와 사례에 차례가 있고, 말과 행실이 다 갖추어져 있다. 국문으로 번역을 하고, 주석을 보완하여 바로잡으니, 찬란하여 마치

---

4 「소자편(小子篇)」: 『시경(詩經)』에 나오는 시편의 이름. 정식 제목은 「민여소자편(閔予小子篇)」인데, 효도를 강조한 내용이다.
5 『여사(女史)』: 진(晉)나라 장화(張華)가 지은 『여사잠(女史箴)』. 여성을 훈계하는 내용이다.
6 하남씨(河南氏): 하남(河南)에 속하는 낙양(洛陽)에 살던 정자(程子) 형제를 말한다.

밝은 귀걸이 장식 같았다. 정말 이전 사람이 하지 못한 바를 한 것이라 할 수 있겠다.

만약 이 책이 머잖아 대중에게 배포가 된다면, 가정이나 국가가 다시 밝아지는 계기가 될 것이다. 어찌 한 때의 믿을 만한 역사만 되고 말겠는가? 강호(江湖)의 원로들은 이 소식 듣기를 즐겨서 느껴 일어날 것이다.

책이 다 완성되어 가자, 책머리에 얹을 한 마디 말을 요청하기에 내 분수에 넘치고 망령된 짓인 줄도 모르고, 인정하는 말 몇 마디를 주워 모아 같은 소리끼리 서로 호응하는 뜻에 부응하노라.

정묘년(丁卯: 1927) 설날에, 연당(研堂) 이회직(李會稷)은 서문을 쓴다.

序

昔, 金仁山有言曰, "天下之未易化者, 婦人." 盖家而國而天下之治, 未必不由於婦人, 則曾書第九章之必引'之子于歸'於齊治之末者, 豈偶然也哉? 女性患蕃, 不由天質之純乎懿美, 則不能無邪正賢不肖之相截然, 要在於導率幼稚之時, 習與知長, 化與心成, 一於孝友貞靜, 而勿令脫走他徑也. 不佞, 徂自就傅, 粗解做人糟粕, 累嘗閱繹乎「小子」之篇, 而竊惟『女史』一部, 亦關擊蒙, 無間男女, 渾置一科者歟! 然而我東習尙, 專意養成男子, 而不許女子同科, 豈非失之一偏者乎? 恨不能表章尊信如河南氏之於大戴禮而別設一條, 使天下後世之深閨不字者, 亦有以感發而懲創之也. 李後村漢杰甫, 博通文雅士也. 慨倫常之斁然, 壺(→壼)範之廢弛, 選內外篇, 署之曰, 『女子小學』. 孝敬也, 貞信也, 慈敎也, 類例井井, 言行俱擧, 國音以譯之, 註補以訂之, 燦如明璕, 眞可謂發前人之未發者也, 若使此書, 早晏公傳, 則家國復明之機, 豈只爲一時惇史, 而江湖宿匠, 亦嘗樂聞而興感矣, 編旣完, 責余有一言弁其首者, 遂不揆儹妄, 玆綴拾額數語, 庸副同聲之應云爾.

赤兎, 履端節, 研堂, 李會稷序.

○ 『여자소학(女子小學)』 서문

『여자소학(女子小學)』이라는 것은, 여자가 어릴 때 배우는 것이다.

그들이 배우는 것은 무엇인가? 말하자면, 집에서는 부모님을 섬기고, 시집가서는 시부모를 섬기고, 남편을 받들고, 자녀들을 기르고, 동서들과 어울려 지내는 것이다.

그 도리(道理)는 무엇인가? 말하자면, 섬기기를 효성스럽게 공경하게 하고, 받들기를 곧게 미덥게 하고, 기르기를 자애로운 교육으로 하고, 어울리는 것을 우애 있게 공경하게 하는 것이다.

만세(萬世) 이전부터 만세 이후까지 『여자소학』의 도리는 이러한 것에 불과할 따름이다.

옛날 회암(晦菴) 주부자(朱夫子)[7]께서 『소학』을 편집하면서 본래 남자 위주로 하였는데, 여사(女史)[8]들에게도 같이 들어가 남녀 모두를 계몽(啓蒙)하는 좋은 방법으로 함께 사용하게 했다.

우리나라는 습속에서 숭상하는 바는, 여자들에게는 단지 국문(國文)으로 감정을 통하는 것만 요구하고 말았다. 그래서 어려서부터 가르침을 받아 읽는 책이 전혀 없다. 사람이 되거나 교화(敎化)를 이루는 데 있어 어찌 치우치고 엉성하지 않은가?

그러나 사대부 집안 부녀자들은 모두 유례가 있어 계승되어 온 아름다움이 있다. 어려서부터 능히 얌전하게 어른들 말을 듣고 따르고, 자라서는 시집가서 그 집안에 알맞게 처신함으로 해서 예의가 있는 나라를

---

7 회암(晦菴) 주부자(朱夫子): 남송(南宋)의 대학자 주희(朱熹). 회암은 그의 호이고, 부자는 선생을 극도로 높인 말이다. 자는 중회(仲晦). 과거에 합격하여 벼슬이 환장각(煥章閣) 대제(待制)에 이르렀다. 벼슬에 있는 것은 8년 정도인데, 주로 지방관으로서 유학 보급과 서원 창설에 정성을 다했다. 문집 『주자대전(朱子大全)』이 있고, 그 외에도 많은 저서가 있다.
8 여사(女史): 중국 주(周)나라 때 여성들의 교사.

이루었다.

그러나 지금은 세상의 도리가 크게 변하여 안방의 예의나 규칙이 쓰러져 해이되었다. 홍수가 세상을 삼키듯 하니, 이 점이 어리석은 내가 내 분수에 넘치게 남 몰래 근심하는 바이다. 이에 주부자(朱夫子)가 편찬한『소학』책 가운데서 여자에게 관계되는 아름다운 말과 착한 행실을 뽑았다. 네 개의 제목으로 모아 분류했는데, 내편(內篇)에서 뽑은 것은 그대로 내편이라고 이름 붙이고, 외편(外篇)에서 뽑은 것은 그대로 외편이라고 이름 붙였다. 우리 국문으로 번역하고, 주석은 보완하여 바로잡았다. 여자들이 어릴 때 익힐 확실한 책으로 생각하였다. 스스로 분수에 넘치고 망령되다는 것을 안다.

그러나 지나간 옛날이나 다가오는 지금을 통틀어 보건대, 무릇 가정이 나라가 되고 나라가 천하가 되니, 천하가 다스려지느냐 어지러우냐 하는 것은 일찍이 부녀자들이 어지냐 못 났느냐에 달려 있지 않은 것이 없었다. 만약 그녀들로 하여금 어질도록 하여 나라의 다스림에 도움이 되려고 한다면, 미리 익힐 방법이 있어, 습관이 지혜와 함께 자라고, 교화(教化)가 마음과 함께 이루어져서, 막거나 감당하지 못할 염려가 없도록 하는 것 만한 것이 없다. 하물며 이 책은 간명하게 요점이 잘 정리되어 있고, 널리 펼쳐져 있지 않으니, 안방에서 아직 시집가지 않은 처녀들에게 매우 적합할 것이다.

알지 못하겠다. 다음 세상의 군자들이 혹 어리석은 나와 같이 걱정하면서 그 분수에 넘친 짓을 용서하고, 이 책을 가져다가 여자를 가르치는 하나의 자료로 삼을 것인지.

기묘년(己卯: 1939) 설날에 진성(眞城) 이한걸(李漢杰)은 서문을 쓴다.

『女子小學』序[9]

『女子小學』者, 女子, 少小而學也. 其學, 維何? 曰, 在家, 而事父母也. 適人, 而事舅姑也, 奉君子也, 育子女也, 處娣姒也. 其道, 維何? 曰, 事之孝敬也, 奉之以貞信也, 育之慈敎也, 處之以友悌也. 前乎萬世, 後乎萬世, 女子小學之道, 不過如此而已矣. 昔, 晦庵朱夫子, 輯『小學』之書, 固主以男子, 而混入女史, 俾爲男女通同發蒙之說, 而我東習尙, 敎女子, 只責國文通情而止. 故自幼, 絶無受讀之書, 其於做人成化也, 不亦爲偏且疎乎? 然而士大夫家, 閨壼, 擧有由來承襲之美. 幼而能婉娩聽從, 長而能宜其家人, 以成禮義之邦矣. 然今, 世道大變, 閨門儀則, 靡然解弛, 不啻若洪水懷襄, 此愚所以樑室之憂也. 於是, 謹取朱夫子所輯小學書中, 抄取凡嘉言善行之關於女子者, 彙以四箇題目, 而其得於內篇者, 仍名曰, 「內篇」. 得於外篇者, 仍名曰, 「外篇」. 國音以譯之, 註補以訂之, 擬爲女子幼習端的之篇. 自知僭妄, 極矣. 然通觀往古來今, 凡家而國而天下之治亂, 何嘗不由於婦人女子之賢不肖耶? 苟欲使之賢而有補於家國之治, 曷若預習有方, 而習與智長, 化與心成, 無捍格不勝之患也哉? 矧此爲書, 簡要而不汗漫, 甚適於閨中未字之前. 未知來世之君子, 倘有與愚同憂, 宥其僭而取之爲敎女子之一資也否.

　　己卯, 履端節, 眞城, 李漢杰序.

9 이 서(序)는 『율재문집(慄齋文集)』 제2책의 48a~48b에 수록되어 있는 것을 가져온 것이다.

2. 원문 텍스트와 주석의 번역

녀자소학권지일 [계집이 어리며 젊을 제 배우는 글이니 책권 차례는 첫재라][1]
내편 〈1:1a〉

漢文原本 女子小學卷之一 內篇 敎師用 〈一:1a〉

今此, 爲書, 務要女學之簡當, 故只錄原本於譯述之後, 不及擽諸家註說, 凡爲女學
之師者, 更就『小學』原書中, 考覽, 是愚之所望也. 若夫註說之可疑處, 愚引東儒說,
或古註, 以正之, 謂之訂註. 且註說之未備處, 愚引東儒說, 或古註, 以補之, 謂之
補註. 玆附訂註 補註, 以備敎者之叅考, 而間亦竊附己意耳. 外篇倣此.[2]

효경제일 [어버이와 싀어버이에게 효도하며 공경하라 함이니 글 차례는 첫재라]

내측에, 가로대, 며늘이가, 싀어버이를, 섬기대, 부모섬김과, 갓치하

---

1 난상에 다음과 같은 두주(頭註)가 있다.

　　譯述, 當用正音, 然學國女子, 只習於諺謬之文, 無一人解正音者, 故姑因其所習, 以譯之耳.(번
　　역함에 있어서 당연히 표준말[正音]을 써야 하지만 온나라의 여자가 다만 사투리[諺謬]만 익히
　　고 아무도 표준말을 모르므로 그 익힌 바에 따라서 번역을 할 따름이다).

2 이제 이 책을 만들면서 여자들이 배우기에 간명하고 합당하게 하려고 노력했다. 그래서
　번역 뒤에 단지 원본만 수록하고, 여러 학자들의 주석은 채록하지 않았다. 여자 학교의
　선생이 된 모든 사람들은, 『소학(小學)』 원본에서 고찰하여 보기 바란다. 이것이 어리석은
　내가 바라는 바이다. 주석 가운데서 의심스러운 곳에는, 어리석은 내가 우리 동쪽 나라
　학자들의 설이나 혹은 옛날 주석을 끌어와서 바로잡았다. 이것을 일러 정주(訂註: 바로잡
　은 주석)라고 한다. 또 주석 가운데서 미비한 곳은, 어리석은 내가 우리 동쪽 나라 학자들
　의 설이나 혹 옛날 주석을 끌어와서 보완하였다. 이것을 일러 보주(補註: 보완한 주석)라
　고 했다. 이에 정주(訂註)와 보주(補註)를 붙여서 가르치는 사람들이 참고하도록 준비해
　두었다. 간간히 나의 의견을 붙였을 따름이다. 외편(外篇)도 이런 원칙을 따랐다.

야, 닭이, 처음, 울거든, 다, 세수하고, 양치질, 하며, 머리빗고, 머리털,

감촛고, 비녀, 곳고, 머리털, 좃즈며, 옷, 닙고, 씌, 씌며, 왼쪽이며, 오른

쪽에, 쓸것을, 차며, 영을, 매고, 신을, 씐, 맬씨니라

[내측은 례긔 책편 이름이라. 머리털 감촛기는 검은 비단으로 하나니라. 쓸

것은 분이며 수건이며 바늘집 갓흔 류ㅣ라. 영은 계집이 싀집가기를 허락함

애 매는 씌라.]

孝敬第一

內則에 曰婦ㅣ 事舅姑호대 如事父母하야 鷄初鳴이어든 咸盥漱하며 櫛縰

筓總하며 衣紳하며 左右佩用하며 衿纓綦屨ㅣ니라

[訂詁 盥. 上聲, 洗面. 本註, 只謂洗手', 恐未周.[3] 衿纓. 柳好古窩『章句』曰, "鄭氏

說曰, '婦人有纓, 示繫屬也.' 觀「曲禮」'許嫁, 纓.' 恐當從此說, 非謂香囊也.[4]

써, 싀어버이, 계신곳에, 가대, 곳에, 밋처서, 긔운을, 나즉이, 하며,

---

3 관(盥)은 상성(上聲)이다. 얼굴을 씻는 것이다. 『소학(小學)』의 본래 주석에서는 "손을 씻
  는 것이다"라고 했는데, 포괄적이지 못한 듯하다.
4 금영(衿纓): 류호고와(柳好古窩) 〈조선 후기의 학자 류휘문(柳徽文). 호고와는 그의 호. 자
  (字)는 공회(公晦), 본관은 전주(全州), 안동(安東) 수곡(水谷)에서 살았다. 평생 학문 연구와
  제자 양성에 전념하였다. 문집 『호고와집(好古窩集)』 이외에 『근사후편(近思後篇)』, 「소학
  장구(小學章句)」 등 많은 저서가 있다〉의 『소학장구(小學章句)』〈류휘문(柳徽文)이 지은 『소
  학』에 대한 주석서〉에서는, "정현(鄭玄) 〈후한(後漢) 말기의 대학자. 자는 강성(康成), 유
  교 경전에 대한 주석을 많이 남겼다〉의 주석에는, '여자들에게 끈이 있다고 한 것은 묶
  는 것이 있음을 보여 주는 것이다"라고 했다. 『예기(禮記)』 〈유교 경전 가운데 오경(五經)의
  하나이다. 고대 예법에 관한 이론과 해설을 모은 책. 지금 전하는 책은, 전한(前漢)의 대
  성(戴聖)이 정리한 것이다〉 「곡례편(曲禮篇)」을 보면, "시집가기를 허락했을 때 끈을 맨다
  [許嫁纓]"라고 했는데, 마땅히 이 주석을 따라야 될 것 같다. '향 주머니[香囊] 〈조선시대
  에 많이 읽혔던 『소학제가집주(小學諸家集註)』의 진선(陳選)의 주석에 "'영(纓)'은, '향 주머
  니'다"라고 되어 있다〉'를 이른 것은 아니다.

158

소리를 화열히, 하야, 옷이, 덥으며, 차움을, 물으며, 알프시며, 가랴아,
하심에, 공경히, 집고, 글그며, 나시며, 드실적이, 어든, 혹, 압서며, 혹,
뒤서서, 공경히, 붓잡을씨니라

[옷이 덥으며 차움을 물는 것은 녯 적에 온돌하는 법이 업는 고로 옷으로써
몸을 싸뜻케 하나니라.]

以適父母舅姑之所호대 及所하야 下氣怡聲하야 問衣燠寒하며 疾痛苛癢에
而抑敬[5]搔之ᄒ며 出入則或先或後하야 而敬扶持之니라 〈一:1b〉

[補註]『鶴社講錄』曰, "問衣燠寒. 古者, 無溫突法, 故以衣溫之."[6]

〈1:1b〉 세수를, 드릴새, 젊은이는, 세슷대를, 밧들고, 어룬은, 물을,
밧들어서, 물을, 대이어, 세수하심을, 청하고, 세수맛츰에, 수건을, 드릴
씨니라

進盥할새 少者는 奉槃하고 長者는 奉水하야 請沃盥하고 盥卒授巾이니라

○ 자시고저, 하시는, 바를, 뭇자와, 공경히, 드리대, 낫빛츨, 화유히,

---

5 도산서원본 『소학언해』에는 '抑敬'이 아니라 '敬抑'으로 되어 있음.
6 『학사강록(鶴社講錄)』〈경북 봉화(奉化) 춘양(春陽)에 학산(鶴山)이라는 마을이 있는데, 조
  선 말기의 대학자 면우(俛宇) 곽종석(郭鍾錫)이 거기에 은거하여 강학하였다. 율재(慄齋)
  이한걸(李漢杰)의 스승 동정(東亭) 이병호(李炳鎬)도 학산 마을에 은거하여 살았다. 이 두 선
  생이 제자들과 강학한 내용을 기록한 것이다. '사(社)'는, '모임'의 뜻이고, '학사(鶴社)'는
  '학산 마을의 강학 모임'이란 뜻이다. 『학사강록』이란 책 이름이 『면우집(俛宇集)』권101의
  「답김근부서(答金謹夫書)」에 나온다〉에서 이렇게 풀이하였다. "'옷이 따뜻한지 추운지를
  묻는다'라고 한 것은, 옛날에는 온돌 만드는 법이 없었으므로 옷을 가지고 몸을 따뜻하게
  하였다."

하야, 써, 뜻을, 밧자와, 싀어버이, 반듯이, 맛보신, 뒤에, 물러날, 씨니라

계집아해, 비녀곳지, 아니하얏는이, 닭이, 처음, 울거든, 다, 세수하고, 양치질하며, 머리빗고, 머리털, 감초며, 태발에, 몬지를, 썰며, 머리털, 쏫기를, 샐나게, 하며, 향랑씌를, 매어, 다, 향랑을, 차고, 부여히, 밝음에, 뵈아서, 무슨것을, 자신고, 뭇자와, 만일, 이믜, 자셋거시든, 물러오고, 만일, 자시지, 아니하얏거시든, 어룬을, 돕아, 장만홈을, 볼씨니라

[태발은 자식이 난 지 석 달 만에 그 태발을 깍가서 다방머리를 맹글어 머리에 씌이대 남좌 녀우로 하고 계집은 비녀 곳즘에 채색실로 쑤미어 비녀 우에 씌이니 이것은 부모의 생육하신 은혜를 닛지 아니함이오 싀집가면 태발을 바리나니라.]

問所欲而敬進之호대 柔色以溫之하야 父母舅姑ㅣ 必嘗之而後에 退니라

[訂註] 『鶴錄』曰, "註'承籍' '籍'當作藉, 和柔其顏色, 以順適.

尊者之意, 如玉之承藉者, 不動搖, 而藉其坐席也."[7]

女未筓者ㅣ 鷄初鳴이어든 咸盥漱하며 櫛縰하며 拂髦하며 總角하며 衿纓하야 皆佩容臭하고 昧爽而朝하야 問何女食飮矣오하야 若己食則退하고 若未食則佐長者視具ㅣ 니라

[訂註] 衿纓. 『章句』曰, "賈氏說曰, '女子筓, 乃着纓.' 此, 未筓而有纓者, 以佩容臭也." 『鶴錄』曰, "'纓, 佩香囊之小帶也.' 容臭, 謂容其香臭之物, 今之香囊, 是也. 恐身有穢氣, 觸尊者, 故佩之. 非直助爲形容之飾也. 昧爽而朝, 幼者中, 或有晏起者, 故寬其限. 鷄鳴而瘉者, 不必待昧爽."[8]

---

7 『학사강록(鶴社講錄)』에서 이렇게 풀이했다. "『소학』 주석에 '승적(承籍)'이라고 한 '적(籍)'자는, 늘 '자(藉)'자로 쓴다. '얼굴빛을 온화하고 부드럽게 하여, 어른의 뜻을 받들어 맞추는 것이다' 마치 옥을 받드는 사람이 흔들리지 않고 옥 놓을 자리를 받치는 것"과 같이 하는 것이다.

○ 무릇, 안이며, 밧기, 닭이, 처음, 울거든, 다, 세수하고, 양치질, 하며, 옷, 닙고, 벼개와, 대자리를, 것으며, 방이며, 청이며, 밋, 쓸에, 물, 쌱리고, 쓸어 〈1:2a〉 자리를, 펴고, 각각, 그일을, 좃츨찌니라

○ 凡內外ㅣ 鷄初鳴이어든 咸盥漱하며 衣服하고 斂枕簟하며 灑掃室堂及庭하야 布席하고 各從其事ㅣ 니라

[訂註] 凡內外. 『鶴錄』曰, "總言一家之內外." 若但指婢僕, 則恐偏.[9]

○ 부모와, 싀어버이, 장차, 안즈려, 하거시든, 자리를, 밧들어, 어듸로, 향하실고, 청하며, 장차, 눕으려, 하거시든, 어룬은, 자리를, 밧들어, 어듸로, 발을, 두실고, 청하고, 젊은이는, 와상을, 잡으며, 잠자시고, 일어, 안씨시든, 뫼신이는, 의자를, 들고, 자리와, 다못, 대자리를, 것으며, 니블을, 달며, 벼개를, 상자에, 넛코, 대자리는, 것어, 집씨어, 감촐찌니라

---

8 衿纓에 대해서 『소학장구(小學章句)』에서 이렇게 말했다. "가씨(賈氏) 〈당(唐)나라 초기의 경학자 가공언(賈公彥). 벼슬은 박사(博士)에 이르렀다. 예학(禮學)에 밝아 『의례의소(儀禮義疏)』 등을 지었다〉의 주석에서, '여자가 시집갈 때 주머니를 차는데, 여기서는 시집가기 전에 주머니를 찬 것이니, 향을 담는 주머니[容臭]를 찬 것이다.'"
  『학사강록(鶴社講錄)』에서 이렇게 말했다. "'영(纓)'은, '향을 담는 주머니를 차는 작은 끈'이다. '용취(容臭)'는, '향기 나는 물건을 담는 것인데, 지금의 향 주머니[香囊]다. 몸에 더러운 냄새가 있으면서 어른들 가까이가면 두려워하여 이것을 차는 것이니, 단지 용모를 꾸미는 데 도움을 주기 위한 것만은 아니다. 날이 새어 아침이 되는데, 어린아이들 가운데 혹 늦게 일어나는 아이가 있으므로 그 시간 한계를 늦추어 준 것이다. 닭이 울면 깨어나는 사람은 꼭 날이 새기를 기다릴 것이 없다."
9 『소학(小學)』 본문에서 '무릇 안팎[凡內外]'라고 한 것에 대해서, 『학사강록(鶴社講錄)』에서 이렇게 풀이했다. "한 집안의 안팎을 포괄적으로 말한 것이다. 단지 '하인'들을 가리킨다고 하는 해석 〈『소학제가집주(小學諸家集註)』의 집해(集解)에서, "여기서 말하는 안팎[內外]는, 하인[婢僕]이다."라고 주석해 놓았다〉은 아마도 치우친 듯하다.

[와상은 눕는 평상이오 의자는 비기어 안는 의자 ㅣ라.]

○ 父母舅姑ㅣ 將坐ㅣ어시든 奉席請何鄉하며 將衽이어시든 長者는 奉席
請何趾하고 少者는 執牀하며 (與)坐[與恐 〈一:2a〉 當作興]ㅣ어시든 御者는
擧几하고 斂席與簟하며 縣衾篋枕하고 斂簟而襡之니라

> [訂註] 『鶴錄』曰, "此章註, 恐多未穩. 盖將衽, 將寢也. 牀, 臥牀也與坐之與恐興字
> 之誤寢興也. 几, 坐几也. 執牀爲句, 而上屬於將衽. 興坐爲句, 而下管御者擧几(→
> 几)之文方得通[10]

부모와, 싀어버이의, 옷과, 니블과, 대자리와, 자리와, 벼개와, 의자를,
옴기지 아니하며, 막대와, 신을, 공경하야, 감히, 갓가히, 말며, 대와, 모
와, 치와, 이를, 자시다가, 남은, 것이, 아니어든, 감히, 쓰지, 아니하며,
다못, 항상음식을 남은것이, 아니어든, 감히, 먹지, 아니할찌니라

> [대와 모는 다 밥 담는 그릇이오 치는 술그릇이오 이는 물그릇이라. 항상
> 음식은 어룬이 항상 자시는 주육 등물이니 조석 대식을 니람이 아니라.]

父母舅姑之衣衾簟席枕几를 不傳하며 杖屨를 祇敬之하야 勿敢近하며 敦牟
卮匜를 非餕이어든 莫敢用하며 與恒飲食을 非餕이어든 莫之敢飲食이니라

---

10 『학사강록(鶴社講錄)』에서 이렇게 해석했다. "이 장(章)의 주석에는 온당하지 못한 것이
많은 듯하다. 대개 '바야흐로 요를 깔려고 한대[將衽]'는 것은, '바야흐로 [부모나 시부모가]
자려고 하는 것'이다. '상(牀)'은 '눕는 침상'이다. '여좌(與坐: 더불어 함께 앉는다)'의 '여(與)'
자는 '흥(興: 일어나다)'의 잘못이다. '궤(几)'자는 '앉을 때의 안석(案席)'이다. 『소학』 본문
에서 '집상(執牀)'에서 구두(句讀)를 끊어 위로 '장임(將衽)'까지 붙여야 한다. '흥좌(興坐)
〈부모나 시부모가 '일어나 앉으면'의 뜻이다〉'에서 구두를 끊어 아래로 '어자거궤(御者擧几)'
의 문장까지 통괄하도록 해야만 뜻이 통할 수 있다.

[補註] 與恒飮食. 父母舅姑所當食飮之酒肉等物, 非謂朝夕大食也.[11]

○ 부모와, 싀어버이, 계신곳에, 잇서, 명, 하심이, 잇거시든, 응, 홈을, 쌜리, 〈1:2b〉 하며, 공경히, 대답하며, 나아가며, 물러가며, 두루돌메, 삼가며, 조심하며, 오르며, 나리며, 나며, 드메, 굽히며, 펴며, 감히, 욕지 긔며, 트림이며, 자체기며 기침이며, 합흠이며, 기지게, 혀며, 저겨드듸 며, 비기며, 빗보지, 아니하며, 감히, 춤밧트며, 코푸지, 아니할씨니라

[굽히며 펴며는 오르며 들 쌔 몸을 굽히고 나리며 날 쌔 몸을 펴는 것이라.]

츕어도, 감히, 덧닙지, 아니하며, 가랴아도, 감히, 긁지, 아니하며, 더 럽은, 옷과, 니블을, 안을, 보히지, 아니할씨니라

부모의, 춤과, 코를, 남에게, 보히지, 아니하며, 갓과, 씌가, 째뭇거든, 잿물타서, 씻읍시다, 청하며, 옷과, 치마가, 째뭇거든, 잿물타서, 쌔압시 다, 청하며, 옷과, 치마가, 타지며, 씨어지, 거든, 바늘에, 실을, 쮀여, 깁으며, 부칩시다, 청할씨니라

졂은이가, 어룬을, 섬기며, 천한이가, 귀한이를, 섬김에, 다, 이를, 싸 을씨니라

○ 在父母舅姑之所ᄒ야 有命之어시든 應唯敬對하며 進退周旋에 愼齊하며 升降出入에 揖遊하며 不敢噦噫嚏咳欠伸跛倚睇視하며 不敢唾洟니라

寒不敢襲하며 癢不敢搔하며 褻衣衾을 不見裏니라

父母唾洟를 不見하며 冠帶垢ㅣ어든 和灰請漱하며 衣裳垢ㅣ어든 和灰請澣

---

11 『소학(小學)』 본문의 '또 늘 잡수시는 음식[與恒飮食]은 부모님이나 시부모님이 늘 먹거나 마시는 술이나 고기 등의 식품을 말하는 것이지 아침이나 저녁의 끼니를 이른 것은 아니다.

하며 衣裳綻裂이어든 紉箴請補綴이니라

少事長하며 賤事貴에 共帥時니라 〈一:2b〉

○ 자식이며, 며늘이, 효도하며, 공경하는이는, 부모와, 싀어버이의, 명을, 거스 〈1:3a〉 리지, 말며, 게을리, 말찌니라

만일, 음식먹이거시든, 비록, 즐기지, 아니하나, 반듯이, 맛보고, 기다리며, 옷을, 주거시든, 비록, 하고저, 아니하나, 반듯이, 닙고, 기다릴찌니라

[기다린단 말은 어룬쎄서 명을 고치심을 기다리는 것이라.]

일을, 시기시고, 남으로, 대리하거시든, 나ㅣ, 비록, 그릿코저, 아니하나, 아즉 주어서, 시기다가, 뒤에, 도로할찌니라

[대리는 대신하야 다사린단 말이라]

○ 子婦孝子敬者는 父母舅妻之命을 勿逆勿怠니라

若飮食之어시든 雖不嗜나 必嘗而待하며 加之衣服이어시든 雖不欲이나 必服而待니라

加之事ㅣ오 人代之어시든 己雖不欲이나 姑與之하야 而姑使之라가 而後復之니라

○ 자식이며, 며늘이는, 사사로은, 재물이, 업스며, 사사로은, 져축이, 업스며, 사사로은, 그릇이, 업나니, 감히, 사사로이, 빌리지, 못하며, 감히, 사사로이, 주지, 못할찌니라

며늘이가, 아모나, 음식과, 의복과, 뵈와, 비단과, 찰것과, 수건과, 채

초와, 란초를, 주거든, 곳, 바다, 싀어버이에게, 드릴찌니, 싀어버이, 밧
거시든, 깃거하야, 새로, 주시는것을, 밧는다시하고, 만일, 도로주거시
든, 사양하대, 그리하라 〈1:3b〉 하심을, 엇지, 못하거든, 다시, 주심을,
밧는다시, 하야, 감초아, 써, 업서, 하실적을, 기다릴찌니라

[채초와 란초는 다 향내암 잇는 풀이니 향낭에 넛는 것이라.]

며늘이가, 만일, 사삿권당과, 형제, 잇서, 장차, 주려커든, 반듯이, 다
시, 그, 녯것을, 청하야, 주어라, 하신뒤에아, 줄찌니라

○ 子婦는 無私貨하며 無私蓄하며 無私器니 不敢私假하며 不敢私與ㅣ니라

婦ㅣ 或賜之飮食衣服布帛佩帨茝蘭이어든 則受而獻諸舅姑ㅣ니 舅姑ㅣ 受之
則喜하야 如新受賜하고 若反賜之則辭호대 不得命이어든 如更受賜하야 藏以
待乏이니라

婦ㅣ 若有私親兄弟하야 將與之어든 則必復請其故하야 賜而後與之니라

○ 싀아비가, 죽으시면, 싀어미가, 전장하나니, 맛며늘이가, 제사, 올
리며, 손, 대접하는바에, 매사를, 반듯이, 싀어미에게, 청하고, 버금며늘
이는, 맛며늘이에게, 청할찌니라

[전장은 집일을 맛며늘이에게 전하야 맛긴단 말이라.]

싀어버이가, 맛며늘이를, 부리거시든, 게을리, 말며, 감히, 버금며늘
이에게, 무례히, 못할찌니라

싀어버이가, 만일, 버금며늘이를, 부리거시든, 감히, 맛며늘이에게,
대적하야, 싹하려, 말찌니, 감히, 가지런히, 다니지, 못하며, 감히, 가지
런히, 서지, 못하 〈1:4a〉 며, 감히, 가지런히, 안찌, 못할찌니라

무릇, 며늘이가, 사삿방에, 가라, 명치, 아니하거시든, 감히, 물러나지,

못하며 며늘이가, 장차, 일이, 잇슴에, 크며, 적은것을, 반듯이, 싀어버
이에게, 청할씨니라

○ 舅沒則姑老] 니 冢婦] 所祭祀賓客에 每事를 必請於姑하고 介婦는 請
於冢婦] 니라

舅姑] 使冢婦] 어시든 毋怠ㅎ며 不(友)[友當作敢無禮於介婦] 니라

舅姑] 若事介婦] 어시든 毋敢敵耦於冢婦] 니 不敢並行하며 不敢並(命)
[命恐當作立]하며 不敢並坐] 니라

[訂註] 不敢並命. 『鶴錄』曰, "古文, 命·立字, 相似. 命若作立, 則文勢似益當."[12]

〈一:3a〉 凡婦] 不命適私室이어시든 不敢退하며 婦] 將有事에 大小를 必
請於舅姑] 니라

○ 제통에, 가로대제사] 라, 한것은, 반듯이, 부부], 친히, 하나니, 써,
밧과, 안엣, 소임을, 가춫는, 바이니, 소임이, 가즈면, 가음이, 갓나니라
[제통은 례긔 책편 이름이라. 가음은 제사 올리는 가음이라.]

○ 祭統에 曰夫祭也者는 必夫婦] 親之니 所以備外內之官也니 官備則具備
니라

---

12 『소학(小學)』 본문의 '감히 함께 명령을 듣거나 내리지 못하며[不敢並命]'를 두고 『학사강
록(鶴社講錄)』에서는 이렇게 풀이하였다. "옛날 한문에서 '명(命)'자와 '립(立)'자는 모양이
비슷하다. '명(命)'자를 만약 '립(立: 서다)'자로 바꾸면 문장의 흐름이 더욱 정상적일 듯하다."

○ 공자ㅣ, 가라사대, 다섯가지, 형벌의, 류ㅣ, 삼천이, 로대, 줴ㅣ, 불효보담, 더, 큰것이, 업나니라

[다섯 가지 형벌은 낫 찔러 먹 너며 코 버히며 발 버히며 불 버히며(계집은 불 버히는 대에 하는 형벌이 잇나니라) 죽이는 것이니 먹 넛는 류ㅣ 천이오 코 버히는 류ㅣ 천이오 발 버히는 류ㅣ 오백이오 불 버히는 류ㅣ 삼백이오 죽이는 류ㅣ 이백이니 무릇 삼천이라.]

○ 孔子ㅣ 曰 五刑之屬이 三千이로대 而罪ㅣ 莫大於不孝하니라

[補註]『鶴錄』曰, "不孝之罪, 亦有大小, 故分屬於五刑. 墨刑, 不孝爲大. 劓刑不孝爲大, 以至大辟, 不孝爲大也."[13]

정신제이[지아비에게 곳드며 밋듬을 직히란 말이니 글차례는 둘재라]

곡례에, 가로대, 사나해와, 계집이, 중매, 다님이, 잇지, 아닛커든, 서로, 이름 〈1:4b〉을, 알지, 아니하며, 례물을, 밧지, 아니하얏거든, 사괴지, 아니하며, 친히, 아니할씨니라

[곡례는 례긔 책편 이름이라.]

그럼으로, 혼인날과, 달로, 써, 님금께, 고하며, 재계하야, 써, 선조귀신께, 고하며, 술과, 음식을, 하야, 써, 향당과, 동관과, 벗을, 불으나니, 써, 그, 분별홈을, 두터이, 함이니라

안해를, 취하대, 동성을, 취치, 아니하나니, 그럼으로, 첩을, 삼애, 그,

---

13 『학사강록(鶴社講錄)』에서 이렇게 해석했다. "불효하는 죄에도 크고 작은 것이 있다. 그래서 다섯 가지 형벌에 나누어 소속시켰다. 얼굴에 문신(文身) 넣는 형벌에 처하는 것은 불효가 큰 경우다. 코를 베는 형벌에 처하는 것은 불효가 큰 것이다. 사형시키는 데 이르는 것은 불효가 큰 것이다.

성을, 아지, 못하거든, 점, 할씨니라

貞信第二

曲禮에 曰男女ㅣ 非有行媒어든 不相知名하며 非受幣어든 不交不親이니라

[訂註]『鶴錄』曰, "行媒, 納采也. 知名, 問名也. 受幣, 納徵也. 交親, 親迎也."[14]

故로 日月以告君하며 齊戒以告鬼神하며 爲酒食以召鄉黨僚友하나니 以厚
其別也ㅣ니라

[補註] 日月. 『鶴錄』曰, "婚日, 爲重, 故先言日也."[15]

取妻호대 不敢[16]同姓이니 故로 買妾에 不知其姓則卜之니라

○ 사혼례에, 가로대, 아비가, 아들을, 초례, 할제, 명하야, 가로대, 가
아서, 너 돕을이를, 마주어, 우리종묘일을, 닛으대, 힘쓰어, 공경으로,
써, 거느려, 선비들을, 닛을이니, 너ㅣ, 곳, 셧셧함을, 두어라, 아들이,
가로대, 그리호리이다, 오직, 감당치, 못할까, 두려하압, 거니와, 감히,
명을, 닛지, 아니호리이다 〈1:5a〉

[사혼례는 의례 책편이름이라. 너 돕을이는 안해는 지아비를 돕는 이니라.
종묘일은 제사 올리는 일이라. 선비들은 싀어머니 이상으로 보고 증조비까
지 니람니라.]

---

14 『학사강록(鶴社講錄)』에서 이렇게 해석했다. "'중매쟁이를 보낸다.[行媒]'는 것은 곧 '중매
쟁이를 통해서 예물(禮物)을 처녀 집에 보내는 것이다[納采]'. '폐백(幣帛)'을 받는다[受幣]'
는 것은 '총각 집에서 신부가 입을 예복을 보내어 택일을 요청하는 것이다[納徵]'. '사귀고
친하다[交親]'은 '신랑이 신부를 직접 맞이해 오는 것이다.'"

15 『소학(小學)』 본문의, '날과 달[日月]'에 대해서, 『학사강록(鶴社講錄)』에서 이렇게 해석했
다. "혼인하는 날이 중요하기 때문에 '날'을 먼저 말한 것이다."

16 敢에 취소선을 긋고 난상에 取가 적혀 있다(원본은 "娶"이다. 그러나 取와 통용된다).

아비가, 딸을, 보낼제, 명하야, 가로대, 경계하며, 조심하야, 일즉이나,

밤드나 시어버이며, 지아비의, 명을, 어긔지, 마라

어미가, 띄, 띄이고, 수건매고, 가로대, 힘쓰며, 조심하야, 일즉이나,

밤드나 어미가, 집일을, 어긔지, 마라

서모ㅣ, 문안에, 밋처, 오아, 패물하는, 띄를, 띄이고, 부모명으로, 써,

다시 하야, 명하야, 가로대, 조심하며, 공슌히, 듯자와, 너, 부모님, 말슴

을, 으뜸삼아서, 일즉이나, 밤드나, 허믈이, 업게, 하야, 띄와, 띄를, 보아라

　　[띄와 띄. 웃 띄는 어미의 띄인 띄오, 알에 띄는 서모의 띄인 띄라.]

○ 士昏禮에 曰父ㅣ 醮子에 命之曰往迎爾相하야 承我宗事호대 勗帥以敬하

야 先妣之嗣ㅣ니 若則有〈一:3b〉常하라 子曰諾다 唯恐不堪이어니와 不敢

忘命호리이다

　　[訂註] 先妣. 『鶴錄』曰, "高 · 曾 · 祖妣以下, 皆謂先妣, 非但謂姑也."[17]

父ㅣ 送女에 命之曰戒之敬之하야 夙夜無違命하라

　　[訂註] 『鶴錄』曰, "命, 謂舅姑君子之命, 但指舅姑, 則恐偏."[18]

母ㅣ 施衿結帨曰勉之敬之하야 夙夜無違宮事하라

　　[訂註] 衿. 『爾雅』作袸, 衣小帶.[19]

庶母ㅣ 及門內하야 施鞶하고 申之以父母之命하야 命之曰敬恭聽하야 宗爾

父母之言하야 夙夜無愆하야 視諸衿鞶하라

---

17 『소학(小學)』 본문의 '선비(先妣: 돌아가신 어머니)'에 대해서, 『학사강록(鶴社講錄)』에서
　　이렇게 풀이했다. "고조모 이하 증조모나 조모 모두를 다 선비(先妣)라 한 것이지, '시어머
　　니'만을 일컬은 것은 아니다.

18 『소학(小學)』 본문의 '명(命: 명령)'자는 '시부모나 남편의 명령이다' 단지 시부모만 가리킨
　　다면 아마도 치우친 뜻이 될 것 같다.

19 『소학(小學)』 본문의 '금(衿)'자는 『이아(爾雅)』에는 '존(袸)'으로 되어 있는데 '옷의 조그마
　　한 띠'란 뜻이다.

[訂註] 鞶. 『鶴錄』曰, "佩物之小帶."[20]

○ 례긔에, 가로대, 대저, 혼인하는, 례는, 만세의, 비롯옴이라, 다른성에, 취홈은, 써, 소원홈을, 붓치며, 분별홈을, 두터이, 하는, 바이오, 례물을, 반듯이 성실히, 하며, 말슴에, 두텁지, 못하다, 홈이, 업슴은, 곳으며, 밋듬으로, 써 고함이니, 밋듬이, 사람을, 섬기는, 것이며, 밋듬이, 부인의, 덕이라, 한번, 더 〈1:5b〉 브러, 갓치하면, 몸이, 맛도록, 고치지, 아니하나니, 그럼으로, 지아비가, 죽어도, 개가, 아니하나니라

[한번 더브러 갓치한단 것은 동뇌례를 니람이니 동뇌례는 소 한바리 둘 반애 난호아 한 가지 먹어 존비를 갓치하는 례라. 개가는 고치어 싀집간단 말이라.]

남자ㅣ, 친히, 마주어, 사나해가, 계집에, 몬저홈은, 강건하며, 유순한, 쯧이니 하늘이, 쌍에, 몸(→몬)저하며, 님금이, 신하에, 몸(→몬)저함이, 그, 쯧이, 한가지, 니라

[강건 유순은 양덕은 강건하고 음덕은 유순하니라.]

지를, 잡아, 써, 서로, 봄은, 공경하야, 분별을, 밝힘이니, 사나해와, 계집이 분별이, 잇슨뒤에, 아비와, 아들이, 친하고, 아비와, 아들이, 친한뒤에, 올흠이 나고, 올흠이, 난뒤에, 례ㅣ, 닐고, 례ㅣ, 난뒤에, 만물이, 편안하나니, 분별이 업스며, 올흠이, 업슴은, 금수의, 도ㅣ니라

[지를 잡는단 말은 전안을 니람이라.]

○ 禮記에 曰夫昏禮는 萬世之始也ㅣ라 取於異姓은 所以附遠厚別也ㅣ오 幣

---

20 『소학(小學)』 본문의 '반(鞶)'자에 대해서, 『학사강록(鶴社講錄)』에서 '패물을 매는 작은 띠' 라고 풀이했다.

必誠하며 辭無不腆은 告之以直信이니 信이 事人也ㅣ며 信이 婦德也ㅣ라 一
與之齊하면 終身不改하나니 故로 夫死不嫁ㅣ니라 〈一:4a〉

[補註] 辭無不腆. 『鶴錄』曰, "凡他書, 辭用自謙之意曰, '不腆云云, 而昏書, 辭無不
腆字, 告之以直信也."[21]

男子ㅣ 親迎하야 男先於女는 剛柔之義也ㅣ니 天先乎地하며 君先乎臣이 其
義ㅣ 一也ㅣ니라

執摯以相見은 敬章別也ㅣ니 男女ㅣ 有別然後에 父子ㅣ 親하고 父子ㅣ 親然
後에 義ㅣ 生하고 義ㅣ 生然後에 禮ㅣ 作하고 禮ㅣ 作然後에 萬物이 安하나
니 無別無義는 禽獸之道也ㅣ니라

○ 내측에, 가로대, 례는, 부부를, 삼감에, 비롯하나니, 집을, 지으대,
안밧을 분변, 하야, 사나해는, 밧게, 거하고, 계집은, 안에, 거하야, 집을,
깁버(→ 깁히)하며 〈1:6a〉 문을, 굿게, 하야, 고자로, 직히어서, 사나해는,
드지, 아니하고, 계집은, 나지, 아니할지니라

[고자는 문직이니 안밧게 혐의 업는 자ㅣ라.]

사나해와, 계집이, 옷홰며, 시렁을, 한테, 아니하야, 감히, 지아비의,
옷거리와 홰에, 달지, 아니하며, 감히, 지아비의, 상자에, 감촛지, 아니
하며, 감히, 목욕 간을, 한테, 하야, 목욕하지, 아니하며, 지아비가, 잇지
아닛커든, 벼개를, 상자에, 거두며, 대자리와, 자리를, 집씨어, 중히, 녀
겨, 감촐찌니, 젊은이가, 어룬을, 섬기며, 천한이가, 귀한이를, 섬김에,

---

21 『소학(小學)』 본문의 '말이 두텁지 않음이 없다[事無不腆]'에 대해서 『학사강록(鶴社講錄)』에
서 이렇게 해석했다. "대개 다른 책에 나오는 말 가운데서 스스로 겸손하는 뜻으로 써서
'두텁지 않은 ……'이라고 하는데, 혼서(婚書)에 쓰는 말에는 '불전(不腆: 두텁지 않은)'이라
는 말이 없는데, 혼서에서는 정직하고 진실하게 알리기 때문이다."

다, 갓치할씨니라

안해가, 잇지, 아닛커든, 첩, 뫼신이가, 감히, 당석을, 못할씨니라

[당석은 온 밤을 새운단 말이라.]

○ 內則에 曰 禮□ 始於謹夫婦ㅣ니 爲宮室호대 辨內外하야 男子는 居外하
고 女子는 居內하야 深宮固門하야 閽寺ㅣ 守之하야 男不入하고 女不出이니라

男女ㅣ 不同椸枷하야 不敢縣於夫之楎椸하며 不敢藏於夫之篋笥하며 不敢共
湢浴하며 夫不在어든 歛枕篋하며 簟席襡하야 器而藏之니 少事長하며 賤事
貴에 咸如之니라

[訂詁] 男女, 不同椸枷. 『鶴錄』曰, "此男女, 承上男女而言. 卽夫婦也. 臨川吳氏註,
恐未妥."[22]

妻ㅣ 不在어든 妾御ㅣ 莫敢當夕이니라

[訂詁] 當夕. 『詩』「少(→小)星章」註, "衆妾, 進御於君, 不敢當夕, 見星而往, 見星
而還." 本註, "不敢當妻之夕"者, 恐非是.[23]

---

22 『소학(小學)』 본문의 '남자와 여자가 옷걸이를 같이 사용하지 않는대男女不同椸枷'에 대
해서, 『학사강록(鶴社講錄)』에서 이렇게 풀이했다. "여기 나오는 남자와 여자는 위에 나온
남자와 여자를 이어서 말한 것으로 곧 '부부'다. 임천오씨(臨川吳氏)〈원(元)나라의 성리학
자인 오징(吳澄). 자는 유청(幼淸). 벼슬이 한림학사(翰林學士)에 이르렀다. 문집 『오문정
공집(吳文正公集)』 이외에도 많은 저서가 있다.〉의 주석〈『소학(小學)』 본문에 대한 임천
오씨(臨川吳氏)의 주석은 이러하다. "집안의 안과 밖의 구분에 대해서 말한 것으로 단지
남자와 여자만 그런 것이 아니라는 것이다. 비록 부부로서 서로 친할지라도 또한 그렇게
해야 한다."〉은 타당하지 않은 것 같다.
23 『소학(小學)』 본문의 '당석(當夕: 밤을 맡는다)'에 해당되는 『시경(詩經)』 「소성장(小星章)」
의 주석에서 "여러 첩(妾)들이 임금에게 나아가 모실지라도 감히 그 날 밤을 맡지 못하고,
별을 보고 갔다가 별을 보고 돌아온다"고 했다. 그런데 『소학』 본문에 대한 주석에서 "감
히 본처가 맡을 저녁을 맡지 못한대不敢當妻之夕"이라고 한 것은 옳지 않은 듯하다.

○ 사나해는, 안일을, 말, 아니하고, 계집은, 밧게일을, 말, 아니하며, 제사ㅣ 아니며, 상사ㅣ, 아니어든, 서로, 그릇을, 주지, 아니할찌니, 그, 서로, 줄진댄 계집이, 광주리로, 써, 밧고, 그, 광주리가, 업거든, 다, 안자, 노흔뒤에, 가질 〈1:6b〉 씨니라

[제사엔 엄경하고 상사엔 급거한 고로 혐의치 아니 하나니라.]

밧과, 안이, 세수우물을, 한테, 아니하며, 목욕간을, 한테하야, 목욕하지, 아니하며, 잠자는, 자리를, 통치, 아니하며, 빌며, 벌(→ 빌)리기를, 통치, 아니하며, 사나해와, 계집이, 옷과, 치마를, 통치, 아니할찌니라

사나해가, 안에, 들어가서, 수파람, 하지, 아닛코, 가라치지, 아니하며, 밤에 다닐제, 촛불로, 써, 할찌니, 촛불이, 업거든, 그치고, 계집이, 문에, 나감에 반듯이, 그, 낫흘, 가리오며, 밤에, 다닐제, 촛불로, 써, 할찌니, 촛불이, 업거든, 그칠찌니라

[수파람이며 가라치는 것이 다 남에게 수상케 보이는 일이라.]

길에, 사나해는, 오른쪽으도(→ 로), 말미암고, 계집은, 왼쪽으로, 말미암을찌니라

[녯 적 중국에 길이 왼쪽이며 오른쪽이며 가온대가 잇스니, 남녀는 이와 갓치 난호아 말미암고, 거마는 가온대로 말미암나니라.]

〈一:4b〉 ○ 男不言內하고 女不言外하며 非祭非喪이어든 不相授器니 其相授則女受以筐²⁴하고 其無筐則皆坐奠之而後에 取之니라

外內ㅣ 不共井하며 不共湢浴하며 不通寢席하며 不通乞假하며 男女ㅣ 不通衣裳이니라

[訂註] 不共井. 『鶴錄』曰, "井, 卽盥漱洗潄之井."²⁵

---

24 교정청 소학언해에는 筐로 되어 있음.

男子ㅣ 入內하야 不嘯不指하며 夜行以燭이니 無燭則止하고 女子ㅣ 出門
에 必擁蔽其面하며 夜行以燭이니 無燭則止니라

[訂詁] 不指. 好古窩, 『童子問』曰, “指, 指示也. 如「曲禮」, ‘登城不指’, 『論語』‘車
中不親指’之意. 本註, ‘指, 畫.’ 不當.”[26]

道路에 男子는 由右하고 女子는 由左ㅣ 니라

[補詁] 男子由右. 鄭氏說曰, “地道尊右.”『鶴錄』曰, “東南爲左西北爲右. 古者, 中
國, 道有左右中央. 男由右, 女由左, 車馬由中央.”[27]

○ 공자ㅣ, 가라사대, 부인은, 사람에게, 굴복하는것이라, 이럼으로,
오로지, 마 ⟨1:7a⟩ 루는, 의리, 업고, 세가지, 좃는도리, 잇나니, 집에,

---

25 『소학(小學)』 본문의 ‘우물을 같이 쓰지 않는다[不共井]’에 대해서 『학사강록(鶴社講錄)』에
서 풀이하기를 “세수하고 양치질하고 씻고 빨래하는 우물이다”라고 했다.

26 『소학(小學)』 본문의 ‘손가락으로 가리키지 않는다[不指]’에 대해서 호고와(好古窩: 柳徽文)
의 『소학동자문(小學童子問)』〈조선 후기 학자 호고와(好古窩) 류휘문(柳徽文)이 지은 『소
학』에 대한 주석서. 어떤 동자(童子)와 저자와의 문답을 통해서 『소학』을 풀이한 것으로,
주로 내용에 대한 취지를 설명하였다〉에서 이렇게 풀이했다. “‘지(指)’는 ‘지시(指示)하는 것’
이다. 『예기(禮記)』「곡례편(曲禮篇)」에서, ‘성(城)’에 올라가서는 손가락으로 가리키지 않는
다’라고 한 것이나, 『논어(論語)』에서 ‘수레 안에서는 직접 손가락으로 가리키지 않는다’
고 할 때의 뜻과 같다.”『소학제가집주(小學諸家集註)』의 주석에서 “손가락으로 긋는 것이
다[指畫]”라고 한 것은 타당하지 않다.

27 “남자는 오른쪽으로 붙어 다닌다”는 『소학(小學)』 본문에 대해, 정씨(鄭氏)의 주석에서 “땅
의 도리는 오른쪽을 높인다”라고 하였다. 〈정씨(鄭氏)의 ~ 하였다: 이 부분의 주석은, 유휘
문(柳徽文)의 『소학장구(小學章句)』와 이수호(李遂浩)의 『소학집주증해(小學集註增解)』에
나와 있다. 정씨(鄭氏)는 후한(後漢) 말기의 학자 정현(鄭玄)이다. 그러나 『소학』 본문의
출처인 『예기(禮記)』「왕제편(王制篇)」의 주석에는 정현의 주석에는 이 말이 보이지 않고,
공영달(孔穎達)의 『예기정의(禮記正義)』의 정현 주석 밑의 공영달(孔穎達) 소(疏)에 보인
다.〉
　　『학사강록(鶴社講錄)』에서 이렇게 풀이하였다. “동남쪽이 왼쪽이고 서북쪽이 오른쪽이다.
옛날 중국의 길에는 왼쪽 오른쪽 가운데가 있었는데, 남자는 오른쪽으로 붙어 다니고 여자는
왼쪽으로 붙어 다니고 수레는 가운데로 다녔다.”

174

잇어든, 아비를, 좃고, 사람에게, 가아서는, 지아비를, 좃고, 지아비가, 죽으면, 아들을, 좃차서, 감히 스스로, 일웃는, 바ㅣ, 업서, 가라치고, 명함이, 규문에, 나지, 아니하며, 일이 음식먹이는, 사이에, 잇슬, 따름이니라

이럼으로, 계집이, 규문안에서, 날을, 맛츠고, 백리에, 상사에, 닷지, 아니하며 일이, 오로지, 하욤이, 업스며, 행실이, 홀로, 일움이, 업서서, 참예하야, 안뒤에, 움직이며, 감히, 증험, 하욤즉, 한뒤에, 말하며, 나제, 쓸에, 놀지, 아니하며 밤에, 다닐제, 불로, 써, 하나니, 써, 부인의, 덕을, 바르게, 하는, 바이니라

[백리에 상사에 닷지 아니한단 말은 부모의 문상이나 한단 말이 아니라 무릇 친정 긔년 대공복의 상사를 니람이라.]

계집이, 다섯가지, 취치, 아니홈이, 잇나니, 역적집, 자식을, 취치, 아니하며 음란한, 집, 자식을, 취치, 아니하며, 대마다, 쉐님은, 사람이, 잇거든, 취치 아니하며, 대마다, 몹슨병이, 잇거든, 취치, 아니하며, 아비 죽은, 맛자식을, 취치, 아니, 할씨니라 〈1:7b〉

[아비 죽은 맛자식은 가라침이 업슴을 니람이라.]

계집이, 닐곱가지, 내침이, 잇나니, 부모에게, 순치, 아니하거든, 내치며, 자식이, 업거든, 내치며, 음란하거든, 내치며, 새암하거든, 내치며, 몹슨병이, 잇거든, 내치며, 말이, 만커든, 내치며, 도적질, 하거든, 내칠씨니라

세가지, 내치지, 아님이, 잇나니, 취한바ㅣ, 잇고, 도라갈바ㅣ, 업거든, 내치지 아니하며, 더블어, 삼년상을, 지냇거든, 내치지, 아니하며, 전에는, 빈천하고 후에는, 부귀하거든, 내치지, 아니할씨니라

무릇, 이것은, 성인이, 써, 사나해와, 계집의, 사이를, 삼가며, 혼인의, 처음을 중히, 하신, 바이니라

○ 孔子ㅣ 曰婦人은 伏於人也ㅣ라 是故로 無專制之義하고 有三從之道하니 在家從父하고 適人從夫하고 夫死從子하야 無所敢自遂也하야 敎令이 不出閨門하며 事在饋食之間而已矣니라 〈一:5a〉

是故로 女ㅣ 及日乎閨門之內하고 不百里而奔喪하며 事無擅爲하며 行無獨成하야 參知而後에 動하며 可驗而後에 言하며 晝不遊庭하며 夜行以火하나니 所以正婦德也ㅣ니라

[訂註] 不百里而奔喪. 『章句』曰, "如「雜記」'非三年之喪, 則不踰封而吊'之意. 不曰 '吊'而曰'奔喪'者, 以禮中朞功之戚, 通言奔喪故也."[28]

女有五不取하니 逆家子를 不取하며 亂家子를 不取하며 世有刑人이어든 不取하며 世有惡疾이어든 不取하며 喪父長子를 不取니라

[補註] 五不取. 『鶴錄』曰, "不取, 則亦名有其類, 以相配也."[29]

婦有七去하니 不順父母去하며 無子去하며 淫去하며 妬去하며 有惡疾去하며 多言去하며 竊盜去ㅣ니라

有三不去하니 有所取오 無所歸어든 不去하며 與更三年喪이어든 不去하며 前貧賤이오 後富貴어든 不去ㅣ니라

凡此는 聖人이 所以順男女之際ᄒᆞ며 重婚姻之始也ㅣ니라

[訂註] 順男女之際. 『章句』曰, "順與愼, 古字通用."[30]

---

28 "백리 밖에까지 부고(訃告)를 듣고 달려가서 문상하지 않는다"라는 『소학』 본문에 대해서 『소학장구(小學章句)』에서 이렇게 풀이하였다. "『예기(禮記)』 「잡기편(雜記篇)」의 '삼년상 (三年喪)이 아니면, 경계를 넘어서 조문하지 않는다'는 뜻과 같다. '조(弔: 弔問)'라고 하지 않고, '분상(奔喪)'이라고 한 것은, 예법 가운데서 기년복(期年服: 1년 복)이나 대공복(大功服: 9개월 복)이나 소공복(小功服: 5개월 복)의 인척의 경우에는 통칭 '분상'이라 하기 때 문이다."

29 『소학』 본문의 "다섯 가지 장가들지 않는 것"에 대해서 『학사강록(鶴社講錄)』에서 이렇게 풀이했다. "그런 사람에게 정상적인 사람이 장가들지 않아도 그런 사람에게 맞는 부류가 있어 서로 짝을 이루게 된다."

30 『소학』 본문의 "남자와 여자의 관계를 '순조롭게[順]'롭게 하는 것이다"에 대해서 『학사강

○ 곡례에, 가로대, 과부의, 자식이, 나타남이, 잇지, 아닛커든, 더블어, 벗, 삼지, 아니할씨니라

[녯적에 붕우의 어미를 쳥에 올라가 졀하고 뵙는 례가 잇스니 만일 호덕하는 실상이 업스면 써 호색하는 혐의를 면키 어렵으니라]

○ 曲禮예 曰 寡婦之子ㅣ 非有見焉이어든 弗與爲友ㅣ니라 〈一:5b〉

[補註]『鶴錄』曰, "古者, 朋友之母, 有升堂拜見之禮. 若非有好德之實, 難以避好色之嫌."[31]

○ 왕촉이, 가로대, 충신은, 두님금을, 섬기지, 아니하고, 렬녀는, 두지아비로 〈1:8a〉 고치지, 아니하나니라

[왕촉은 제ㅅ나라 획읍 짱 사람이라]

○ 王蠋이 曰忠臣은 不事二君이오 烈女는 不更二夫ㅣ니라

[補註] 不事二君. 『鶴錄』曰, "非泛指二君, 乃謂易姓之君也."[32]

○ 구계ㅣ, 님금의, 심부림으로, 긔ㅅ쌍에, 지나갈새, 긔쌍에, 극결이,

록(鶴社講錄)』에서는 이렇게 풀이했다. "'순(順)'자와 '신(愼)'자는 옛날에 서로 통해서 썼다."

31 『학사강록(鶴社講錄)』에서 이렇게 말했다. "옛날에 친구의 어머니에게 마루에 올라가서 절하고 뵙는 예가 있었다. 그 어머니에게 좋은 덕행(德行)의 실상이 있지 않으면 여색을 좋아한다는 혐의를 피하기가 어렵다."

32 『소학』 본문의 "두 임금을 섬기지 않는다"라는 구절에 대해서 『학사강록』에서 이렇게 풀이하였다. "대충 두 임금을 가리키는 것이 아니고 성(姓)이 바뀐 임금[새 왕조의 임금]을 이른 것이다.

밧매거늘, 그, 안해가, 들밥을, 먹이대, 공경하야, 서로, 대졉(→ 졉)함이,
손, 갓치, 함을 보고, 더블어, 도라오아서, 문공께, 말하야, 가로대, 공경
홈은, 덕의, 모임이니 능히, 공경하면, 반듯이, 덕이, 잇을찌니, 덕으로,
써, 백성을, 다사리나니, 군은, 청컨댄, 쓰소서, 신은, 듯자오니, 문에,
날제, 손갓치, 하며, 일을, 밧들어 함에, 제사올리는, 다시, 함은, 어지는,
법이라, 호이다, 문공이, 써, 하군대부를, 삼으니라

[구계는 진나라 대부ㅣ니 이름은 서신이라. 극결은 사람의 성명이라. 문공은
진나라 님금이라. 하군대부는 벼슬 이름이라]

○ 曰季ㅣ 使過冀할새 見冀缺이 耨커늘 其妻ㅣ 饁之호대 敬하야 相侍如賓
하고 與之歸하야 言諸文公曰敬은 德之聚也ㅣ니 能敬이면 必有德이라 德以
治民하나니 君請用之하소서 臣은 聞호니 出門如賓하며 承事如祭는 仁之則
也ㅣ라호이다 文公이 以爲下軍大夫하니라

○ 공보문백의, 어미는, 계강자의, 종숙모ㅣ러니, 강자ㅣ, 가거늘, 문
을, 열고 더블어, 말하고, 다, 문지방을, 넘지, 아니한대, 즁니ㅣ, 들으시
고, 써, 사나해와, 계집의, 례에, 분변하다, 하시니라 〈1:8b〉

[공보문백은 로ㅅ나라 대부ㅣ니 이름은 촉이라. 그 어미는 경강이라. 계강자
는 로ㅅ나라 라정승이니 이름은 비라. 즁니는 공자의 자이라.]

○ 公父文伯之母는 季康子之從祖叔母也ㅣ러니 康子ㅣ 往焉이어늘 闔門而
與之言하고 皆不踰閾한대 仲尼ㅣ 聞之하시고 以爲別於男女之禮矣라하시
니라

[訂註] 從祖叔母. 即從叔母. 本註, 恐非是.[33]

178

○ 위ㅅ나라, 공강은, 위ㅅ나라, 세자, 공백의, 안해라, 공백이, 일, 죽
거늘, 공강이, 절의를, 직히엿더니, 부모ㅣ, 쌔아서, 싀집, 보냇코저, 하
거늘, 공강이 허락지, 아니하고, 백주시를, 지어, 죽기로, 써, 스스로, 맹
서하니라

[세자는 님금의 맛아들이라. 공백의 이름은 여ㅣ라. 백주는 모시 책편 이름
이라.]

○ 衛共姜者는 衛世子共伯之妻也ㅣ라 共伯이 蚤死ㅣ어늘 共姜이 守義러니
父母ㅣ 欲奪而嫁之어늘 共姜이 不許하고 作栢舟之詩하야 以死自誓하니라
〈一:6a〉

○ 채ㅅ나라ㅅ사람의, 안해는, 송나라ㅅ사람의, 쌀이라, 이믜, 싀집감
에, 지아비가, 몹슨병이, 잇거늘, 그어미가, 장차, 고치어, 싀집보내려,
하더니, 쌀이, 가로대, 지아비의, 불행홈이, 첩의, 불행홈이니, 어찌, 바
리리요, 사람에게, 가는 도리는, 한번, 더블어, 초례하면, 몸이, 맛도록,
고치지, 아니하나니, 불행하야 몹슨병을, 맛낫스나, 저가, 큰연고는, 업
고, 쏘, 첩을, 보내지, 아니하니, 어찌 써, 시러금, 가리오, 하고, 마츰내,
듯지, 아니하니라

---

33 『소학』 본문의 '종조숙모(從祖叔母)'는, 곧 종숙모(從叔母)이다. 『소학』의 본래 주석 〈"'종
조숙모(從祖叔母)'는, '할아버지 형제의 아내'를 일컫는 것이다. 곧 종조모를 말한다."라고
되어 있다. 대개 중국에서는 '종조숙모'가 원래 '종조모'를 지칭하는 말인데, 우리나라에서는
옛날부터 '종숙모'를 가리키는 말로 사용되어 왔다. 율재(慄齋)가 우리나라 관습에만 따라
뜻을 정한 것이다〉은 옳지 않은 듯하다.

○ 蔡人妻는 宋人之女也ㅣ라 旣嫁而夫有惡疾이어늘 其母ㅣ 將改嫁之러니 女ㅣ 曰夫之不幸이 乃妾之不幸也ㅣ니 奈何去之리오 適人之道는 一與之醮하면 終身不改하나니 不幸遇惡疾하나 彼無大故하고 又不遣妾하니 何以得去ㅣ리오하고 終不聽하니라

자교졔삼 [자식에게 자애하고 잘 가라치란 말이니 글차례는 셋재라.]

〈1:9a〉

렬녀젼에, 가로대, 녯적에, 부인이, 자식을, 배여실졔, 잠잘졔, 기우리지, 아니하며, 안즘에, 가으로, 아니하며, 셤에, 져겨드듸지, 아니하며 [렬녀젼은 한 나라ㅅ젹 유향이 편집한 글이라.]

사특한, 맛을, 먹지, 아니하며, 고기, 버힌것이, 바르지, 아닛커든, 먹지, 아니하며, 자리가, 바르지, 아닛커든, 안씨, 아니하며

눈에, 사특한, 빗츨, 보지, 아니하며, 귀에, 음란한, 소리를, 듯지, 아니하고, 밤이어든, 계집소경으로, 하여금, 모시를, 외이며, 바른일을, 말, 하더니라

이갓치, 하면, 자식을, 나음에, 얼굴이, 단졍하며, 재조가, 사람에게, 지내리라

慈教第三

列女傳에 曰古者에 婦人이 妊子에 寢不側하며 坐不邊하며 立不蹕하며 不食邪味하며 割不正이어든 不食하며 席不正이어든 不坐하며

目不視邪色하며 耳不聽淫聲하고 夜則令瞽로 誦詩하며 道正事하더니라

[訂註] 瞽. 『鶴錄』曰, "女瞽也. 正事. 當從陳氏註說.[34]

如此則生子에 形容이 端正하며 才過人矣리라

[補註] 寢不側, 坐不邊, 立不蹕, 故形容得以端正. 不食邪味, 割不正, 不食, 以下之
故, 才得以過人, 發於性者, 皆爲才.³⁵

○ 내측에, 가로대, 무릇, 자식을, 나음에, 모든, 어미와, 다못, 가한이
를, 가리대, 반듯이, 그, 어그럽고, 누그러으며, 자상하고, 인혜로으며,
온화하고, 어질며, 공순하고, 조심하며, 삼가고, 말이, 적은이를, 구하야,
하여금, 자식의, 스승을, 삼을찌니라

[모든 어미는 여러 첩들이라. 가한 이는 첩 말고도 가히 자식의 스승될 만한
이라.]

○ 內則에 曰凡生子에 擇於諸母와 與可者호대 必求其寬裕慈惠溫良恭敬愼
而寡言者하야 使爲 〈一:6b〉 子師ㅣ니라

[訂註] 可者, 當從陳氏註說. 子師. 凡子十年前, 閨門內女師. 女子十年之姆, 亦此
師, 非謂乳母也. 『集註』引溫公說, 恐未着當.³⁶

---

34 『소학』 본문에 나오는 '고(瞽)'자에 대해서 『학사강록(鶴社講錄)』에서 "여자 장님이다."라고
풀이했다. '바른 일[正事]'는 당연히 진씨(陳氏)의 주석 〈진씨는, 『예기집설(禮記集說)』의 저
자 원(元)나라 진호(陳澔)이다. 그의 주석은 "'바른 일[正事]'은, 일 가운데서 예법에 맞는 것
이다"라고 되어 있다〉을 따라야 한다.

35 잠잘 때 옆으로 눕지 않고 앉을 때 몸을 한쪽으로 치우치게 앉지 않고 설 때 한 발로 서
지 않은 까닭에 용모가 단정해진다. 바르지 않은 음식을 먹지 않고 바로 썬 것이 아니면
먹지 않는 등 바르지 않은 것은 하지 않는 등 그 아래에 나오는 글대로 하기 때문에 재주
가 보통 사람보다 뛰어날 수가 있고, 본성에서 나오는 것이 모두 재주가 되는 것이다.

36 '괜찮은 사람[可者]'는 마땅히 진씨(陳氏: 陳澔)의 주석 〈『소학』의 진씨 주석에는, "'괜찮은
사람[可者]'이란, 비록 여러 첩은 아닐지라도 아들의 스승이 될 만한 사람을 이른 것이다."
라고 했다. 원래는 『예기집설(禮記集說)』에 나오는 주석인데, 『소학』의 주석에서 인용하였
다〉을 따라야 한다. 무릇 아들이라도 10세 이전에는 안방에서 여자 스승이 가르친다. 딸
도 10세까지의 보모는 이 스승이다. 유모(乳母)를 이르는 것이 아니다. 『소학제가집주(小

〈1:9b〉 자식이, 능히, 밥먹거든, 가라치대, 오른손, 으로, 써, 하게하
며, 능히, 말하거든, 사나해는, 쌜리, 대답하고, 계집은, 느즉이, 대답하
게, 하며, 사나해, 씌는, 가죽으로, 하고, 계집의, 씌는, 실로, 할씨니라

[씌는 패물 차는 작은 씌라.]

子能食食ㅣ 어든 教以右手하며 能言이어든 男唯女兪한(→ 하)며 男鞶革이
오 女鞶絲ㅣ 니라

[訂詁] 註, '取其便. 金沙溪, 『攷訂』曰, "便. 吳氏本註, 作强. 『鶴錄』曰, '盖地縮東

南, 而西北高.' 西北, 右也, 故人之右手足, 强於左手足."

便於任用. 鞶. 『易』曰, "錫之鞶帶." 鞶, 大帶. 非小囊之謂然也. 意, 大帶不當於小

兒, 只得爲佩物之小帶, 而從革曰鞶, 從絲曰繋也.[37]

여섯해, 어든, 셈과, 다못, 방위이름을, 가라칠, 씨니라

學諸家集註)』에서 사마온공(司馬溫公)의 이야기를 끌어온 것은 맞지 않다.

37 『소학』 주석에서 "그 편리함을 취한 것이다取其便"에 대해서 김사계(金沙溪) 〈조선 중기
의 학자 김장생(金長生). 사계는 그의 호, 자는 희원(希元), 본관은 광산(光山)이다. 율곡(栗
谷) 이이(李珥)의 제자다. 벼슬은 형조참판을 지냈다. 문집 『사계집(沙溪集)』과 『가례집람
(家禮輯覽)』 등 많은 저서가 있다〉는 상고하여 정정하기를 "'편(便)'자가 오씨(吳氏)의 원
래 주석 〈오씨(吳氏)는 명(明)나라 학자 오눌(吳訥)이다. 문집 『사암집(思庵集)』 이외에,
저서로 『소학집해(小學集解)』 등이 있다. 원래 주석은 『소학제가집주(小學諸家集註)』에 들
어 있는 주석을 말한다〉에는 '강(强)'자로 되어 있다"라고 했다. 『학사강록(鶴社講錄)』에서
는, "대개 땅은 동남쪽은 눌려져 있고, 서북쪽은 높은데, 서북쪽이 오른쪽이다. 그래서 사
람의 오른쪽 손이나 발이 왼쪽 손이나 발보다 강하여 맡겨 쓰기에 편하다"라고 풀이했다.
'반(鞶)'을 『주역(周易)』에서는 "그에게 띠를 내려주었다錫之鞶帶"라고 했는데, '반(鞶)'은,
'큰 띠'이지, '조그만.주머니'를 이른 것이 아니다. 그러나 '큰 띠'라고 풀이하면 어린애에게 맞
지 않으니 '패물 찰 때의 조그만 띠'라고 하는 수밖에 없다. 띠가 가죽으로 되었으면 '반(鞶)'
이란 글자를 쓰고 실로 되었으면 '반(繋)'이라는 글자를 쓴다.

[셈은 일 십 백 천 만이오 방위 이름은 동서남북이라.]

六年이어든 教之數與方名이니라

[補註] 『鶴錄』曰, "六年, 陰年, 數與方, 皆地道也. 地道屬乎陰, 故六年必教, 數方."[38]

일곱해, 어든, 사나해와, 계집이, 자리를, 한테, 아니하며, 먹기를, 한테, 아니할씨니라

[이째부터 남녀의 분별을 엄히 가라치나니라.]

七年이어든 男女ㅣ 不同席하며 不共食이니라

[補註] 『鶴錄』曰, "女子七年, 天癸始生. 自此, 有男女交感之候, 故教之以別."[39]

여덜해, 어든, 문과, 지게에, 나며, 들옴과, 밋, 자리에, 나아가며, 음식 먹음에 반듯이, 어룬에게, 뒤하야, 비롯오, 사양하기를, 가라칠씨니라

八年이어든 出入門戶와 及卽席飮食에 必後長者하야 始教之讓이니라

[補註] 『鶴錄』曰, "男子, 八年, 齔齒始生. 自此可爲計年之節. 故始教之敬長."[40]

아홉해, 어든, 날, 혜기를, 가라칠씨니라

---

38 『학사강록』에서 이렇게 풀이했다. "여섯 살은 음(陰)의 해다. 숫자와 방위는 다 땅의 도리인데 땅의 도리는 음에 속한다. 그래서 여섯 살이 되면 숫자와 방위를 가르치는 것이다."

39 『학사강록』에서 이렇게 풀이했다. "여자가 일곱 살이 되면 성적(性的)인 기능이 처음으로 생기는데, 이때부터 남자와 여자 사이의 교감(交感)의 징후가 있게 된다. 그래서 구별하는 것을 가르쳐야 한다."

40 『학사강록(鶴社講錄)』에서 이렇게 풀이했다. "남자는 여덟 살이 되면 새로 간 이[영구치]가 비로소 나는데, 이때부터 나이의 계층을 헤아려야 한다. 그래서 공경하는 것과 두려워하는 것을 처음으로 가르쳐야 한다."

[날 혜는 것은 초하로 보름이며 뉵갑을 다 알게 함이라.]

九年이어든 敎之數日이니라 〈一:7a〉

[補註]『鶴錄』曰, "九年, 陽年, 數日, 天道也. 天道屬乎陽, 故九年, 必敎數日."[41]

〈1:10a〉 계집아해가, 열해, 어든, 나다니지, 아니하며, 녀스승이, 가라치대, 유순하야, 들어, 좃게, 하며, 삼과, 쑥삼을, 잡들며, 실과, 고치를, 다사리며, 동근, 실씌며, 넙은, 실씌를, 짜서, 계집의, 일을, 배호아, 써, 의복을, 장만하며, 제사에 보살피어, 술과초ㅅ물과, 대제긔, 와, 나무제긔와, 침채와, 젓을, 드려, 례수로 돕아, 드리기를, 돕게, 할씌니라

열이오, 또, 다섯해, 어든, 비녀, 곳고, 스믈, 까지, 싀집갈씌니, 연고잇거든 스믈세해, 까지, 싀집, 갈씌니라

[비녀는 싀집 가기 허락하면 곳는 것이라. 연고는 부모의 상사를 니람이라.]

女子ㅣ 十年이어든 不出하며 姆ㅣ 敎婉娩聽從하며 執麻枲하며 治絲繭하며 織紝組紃하야 學女事하야 以共衣服하며 觀於祭祀하야 納酒漿籩豆菹醢하야 禮相助奠이니라

[訂註]『鶴錄』曰, "女子, 十年前敎, 與男子同織紝組紃. 紝亦織也. 『說文』曰, 組紩屬其小者, 以爲紃. 『六書故』曰", 紃, 纓綬之屬, 置官服縫中. 圓曰組扁曰紃.[42]

---

41 『학사강록(鶴社講錄)』에서 이렇게 풀이했다. "아홉 살은 양(陽)의 해다. 숫자와 육갑(六甲) 〈육십갑자(六十甲子)를 줄여서 하는 말이다. '갑(甲), 을(乙) 등 10개의 천간(天干)과 자(子), 축(丑) 등 12개의 지지(地支)를 조합하면, 갑자(甲子), 을축(乙丑) 등 60개의 갑자가 나온다〉은 하늘의 도로 양에 속한다. 그래서 아홉 살이 되면 반드시 숫자와 육갑을 가르쳐야 한다."

42 『학사강록(鶴社講錄)』에서 이렇게 풀이했다. "여자도 열 살 전에는 가르치는 것이 남자와 같다. 『소학(小學)』 본문의 '직임조순(織紝組紃)'에서 '임(紝)'자의 뜻도 '짜다(織)'의 뜻이다.

十有五年而笄하고 二十而嫁ㅣ니 有故ㅣ어든 二十三而嫁ㅣ니라

[補註] 鄭氏說曰, "女子, 許嫁而笄."[43]

○ 빙례로, 하면, 안해, 되고, 그저가면, 첩이, 되나니라

　　[빙례는 뉵례를 갓춤을 니람이라.]

○ 聘則爲妻ㅣ오 奔則爲妾이니라

[補註] 聘有六體. 納采, 問名, 納吉, 納徵, 請期, 親迎.[44]

○ 곡례에, 가로대, 어린자식을, 항상, 소기지, 말기로, 보히며, 셤에,
반듯이 방위를, 바르게, 하며, 기우려, 듯지, 아닛케, 할찌니라

『설문해자(說文解字)』 〈『설문해자(說文解字)』: 후한(後漢) 때의 학자 허신(許愼)이 한자의
제자원리를 바탕으로 만든 자전(字典). 중국 역사상 최초의 본격적인 자전이다. 그러나
인용한 내용은, 실제로 『설문해자』에 나오지 않는다〉에서 '조(組)'는 '해(絯: 묶는 것)'의 종
류인데 그 중에서 작은 것은 '현(絃: 줄)'이다'라고 했다. 『육서고(六書故)』 〈한자의 제자 원
리인 육서(六書)를 체계적으로 풀이한 자전. 남송(南宋) 말기 대통(戴侗)이 지었다〉에서는
'순(紃)'은 끈의 종류인데, 관복(官服)의 솔기 가운데 들어가는 것이다. 둥근 것은 '조(組)'
라 하고 납작한 것은 '순(紃)'이라 한다'라고 했다.

43 정현(鄭玄)의 『예기(禮記)』 주석에서는 "여자가 시집가는 것을 허락 받았으면 비녀를 찌른
다"라고 했다.

44 장가드는 데는 여섯 가지 예식 절차가 있는데, 곧 납채(納采) 〈남자 집에서 중매인을 통
해서 처녀 집에 혼인을 제안하는 절차〉, 문명(問名) 〈남자 집에서 중매인을 통해서 처녀
의 성명과 생년월일 등을 묻는 절차〉, 납길(納吉) 〈남자 집에서 처녀의 성명과 생년월일
등을 가져와 조상의 사당에 고하고 길흉을 알아보는 절차〉, 납징(納徵) 〈남자 집에서 처
녀 집에 예물을 보내면서 혼인 의사를 밝히는 절차〉, 청기(請期) 〈남자 집에서 처녀 집에
혼인 날자를 요청하는 절차〉, 친영(親迎) 〈남자가 처녀 집에 가서 신부 될 사람을 직접
자기 집으로 맞이해 오는 절차. 중국에서 원래는 혼례를 반드시 남자 집에서 거행했다〉 이다.

○ 曲禮에 曰幼子를 常視毋誑하며 立必正方하며 不傾聽이니라

[補註]『鶴錄』曰, "常視無誑, 誠也, 心術也. 立必正方 不傾聽, 敬也, 威儀也. 正之一字, 小學一部大指."[45]

○ 태임은, 문왕의, 어마님이시니, 지ㅅ나라, 님금, 임씨의, 버금딸, 이러시니 〈1:10b〉 왕계ㅣ, 마주어, 써, 배필을, 삼으시니라

[문왕은 주ㅅ나라 님금이니 성은 희오 이름은 창이라. 왕계는 문왕의 아바님이니 이름은 계력이라.]

태임의, 성질이, 단정하며, 전일하며, 성실하며, 씩씩하야, 오직, 덕만, 행하더시니, 밋, 그, 문왕을, 배아샤, 눈에, 아니될, 빗츨, 보지, 아니하시며, 귀에 음란한, 소리를, 듯지, 아니하시며, 입에, 거만한, 말을, 내지, 아니하더시니, 문왕을, 나흐심에, 총명하시고, 통달하샤, 태임이, 하나으로, 써, 가라치심에, 백을, 아더시니, 맛츰내, 주ㅅ나라, 으뜸님금이, 되시니, 군자ㅣ, 니로대, 태임이, 능히, 배여실제, 가라치다, 하니라

○ 太任은 文王之母ㅣ시니 摯任氏之中女也ㅣ러시니 王季ㅣ 娶以爲妃하시니라 〈一:7b〉 太任之性이 端一誠莊하샤 惟德之行하더시니 及其娠文王하샤 目不視惡色하시며 耳不聽淫聲하시며 口不出敖言하더시니 生文王而明聖하샤 太任이 敎之以一而識百이러시니 卒爲周宗하시니 君子ㅣ 謂太任이 爲能

---

45 『학사강록(鶴社講錄)』에서 이렇게 풀이했다. "『소학』 본문의 '늘 속이지 않는다는 것을 보여 준다[常視無誑]〈『소학』 본문에서는 '무(無)'자가 '무(毋)'자로 되어 있다〉'라는 말은 정성이고 마음 씀씀이다. 『소학』 본문의 '설 때는 반드시 방향을 바르게 하며[立必正方] 엿듣지 않는다[不傾聽]'라는 말은 경건함이고 위의에 관한 것이다. 바를 '정(正)'자는 『소학』책 전체에 두루 통하는 큰 가르침이다.

胎教ㅣ라 하니라

○ 맹자의, 어마님이, 그, 집이, 무덤에, 갓갑더니, 맹자ㅣ, 어리실제,
놀음놀이에, 무덤사이일을, 하야, 쮜놀며, 다지며, 뭇는양을, 하거시늘,
맹자어마님이, 가로대, 여긔, 써, 아들을, 살릴바이, 아니라, 하고, 이에,
바리고, 저자에, 집하니, 그, 놀음놀이에, 흥정하며, 파는일을, 하거시늘,
맹자어마님이, 가로대, 여긔, 써, 아들을, 살릴바이, 아니라, 하고, 이에,
옴겨, 학궁겻헤, 집하니, 그 〈1:11a〉 놀음놀이에, 제긔를, 버려, 읍하며,
사양하며, 나으며, 믈으거시늘, 맹자어마님이, 가로대, 여긔, 참, 가히,
써, 아들을, 살림즉, 하다, 하고, 드듸여, 살앗느니라
　　[맹자의 어마님의 성은 장씨라.]
　맹자ㅣ, 어러실 제, 무르샤대, 동녁집에, 돗흘, 죽임은, 무엇하려, 하나
닛고, 어마님이, 가로대, 너를, 먹이고저, 하나니라, 이윽고, 뉘우쳐, 가
로대, 나ㅣ, 들으니, 녯적에, 배여, 실제, 가라침이, 잇다, 호니, 이제, 바
야으로, 알음이, 잇거늘, 속이면, 이는, 밋업지, 아니홈으로, 가라침이라,
하고, 돗희고긔를, 사아 써, 먹이니라
　이믜, 자라, 학문에, 나아가샤, 드듸여, 큰선비가, 되시엿느니라

○ 孟軻之母ㅣ 其舍ㅣ 近墓ㅣ러니 孟子之少也에 嬉戲에 爲墓間之事하야
踊躍築埋ㅣ어시늘 孟母ㅣ 曰此ㅣ 非所以居子也ㅣ라하고 乃去舍市하니 其嬉
戲에 爲賈衒이어시늘 孟母ㅣ 曰此ㅣ 非所以居子也ㅣ라하고 乃徙舍學宮之旁
하니 其嬉戲에 乃設俎豆하야 揖讓進退어시늘 孟母ㅣ 曰此ㅣ 眞可以居子矣로
다하고 遂居之하니라
　孟子ㅣ 幼時에 問東家殺猪는 何爲오 母ㅣ 曰欲啖汝ㅣ니라 旣而悔曰吾聞古

有胎教ㅣ라호니 今適有知而欺之면 是는 敎之不信이라하고 乃買猪ㅣ 肉하야
以食之하니라

旣長就學하야 遂成大儒하시니라

○ 공보문맥이, 조회로서, 믈러오아, 그, 어미께, 뵐새, 그, 어미가, 바
야으로, 삼, 삼더니, 묵백이, 가로대, 촉의, 집으로, 써, 어마님이, 오히
려, 삼, 삼으시나니잇가, 그, 어미ㅣ, 탄식하야, 가로대, 노ᄉ나라이, 그,
망할진저, 아해로, 하 〈1:11b〉 여금, 벼슬에, 갓추코, 듯지, 못하엿, 구려
  [촉은 문백의 이름이라.]

○ 公父文伯이 退朝하야 朝其母할새 其母ㅣ 方績이러니 文伯이 曰以歜之
家而主ㅣ 猶績乎ㅣ잇가 其母ㅣ 〈一:8a〉 嘆曰魯其亡乎、ㄴ저 使僮子로 備官而
未之聞邪ㅣ온여

  [補曰 未之聞. 指下文王后親織玄紞, 公侯夫人紘綖等事, 而將鋪張, 而警責之意也.[46]

안즈라, 나ㅣ, 너다려, 말하리라, 백성이, 수고로으면, 생각하나니, 생
각하면 착혼마음이, 나고, 편안하면, 음탕하나니, 음탕하면, 착흠을, 닛
고, 착흠을, 니즈면, 몹슨마음이, 나나니라, 건, 쌍에, 백성이, 재조롭지,

---

46 『소학』 본문의 "아직 그것을 듣지 못했다未之聞"라는 말은, 그 아래의 『소학』 본문에 나
  오는 '왕후가 직접 검은 색의 관(冠)의 앞 뒤 드리우는 것을 짜고, 제후(諸侯)의 부인이 직
  접 관의 끈과 관의 덮개를 짜는 등의 일'을 가리켜서 『소학』 본문에서 '아직 그것을 듣지
  못했구나'를 두고 역대 학자들이 '그것'이 무엇인지, 여러 가지 주장이 있었기 때문에 이런
  주석을 단 것이다. 율재(慄齋)가 한 주장도 옛날부터 있었던 주장 가운데 하나이다〉 나열
  하여 경고하고 책망한 뜻이다.

못함은, 음탕한, 싸달이오, 마른, 짱에, 백성이, 올흠에, 향치, 아닐이,
업슴은, 수고로은, 싸달이니라

이럼으로, 왕후ㅣ, 친히, 검은, 관드림을, 싸시고, 공후의, 부인이, 굉
과, 연을 써, 더하고, 경의, 안해가, 큰쯰를, 맹그고, 대부의, 안해가, 제
복을, 닐웃코, 렬사의, 안해가, 조복을, 써, 더하고, 여럿사로, 부터, 써,
알이, 다, 그, 지아비를, 집히나니, 사제지내고, 일을, 맛기며, 증제지내
고, 공을, 바치어, 사나해와, 계집이, 공올, 다토아, 그르면, 줴, 잇슴이,
녯법이니라

[왕후는 님금의 안해라. 공후 경 대부 렬사 여럿 사는 벼슬 차례라. 굉은
갓쯴이 수슬 업는 것이오, 연은 면류관 우에 덥는 것이라. 사제는 봄 제사ㅣ
오. 증제는 겨을 제사ㅣ라.]

〈1:12a〉 나ㅣ, 너ㅣ, 아침저녁으로, 나를, 경계하야, 가로대, 반듯이,
선인의, 일을, 폐치, 말라, 하기를, 바랐더니, 너ㅣ, 이제, 가로대, 어씨,
스스로, 편안치, 아니 하나뇨, 하니, 이로, 써, 님금의, 벼슬을, 밧드면,
나ㅣ, 목백의, 후사ㅣ, 가, 쯴어질가, 저허, 하노라

[선인은 도라가신 아비니 곳 목백이라. 목백은 문백의 아비라.]

居하라 吾ㅣ 語女호리라 民이 勞則思하나니 思則善心이 生하고 逸則淫하
나니 淫則忘善하고 忘善則惡心이 生하나니라 沃土之民이 不材는 淫也ㅣ오
瘠土之民이 莫不嚮義는 勞也ㅣ니라

是故로 王后ㅣ 親織玄紞하시고 公候(→侯)之夫人이 加以紘綖하고 鄕(→
卿)之內子ㅣ 爲大帶하고 命婦ㅣ 成祭服하고 列士之妻ㅣ 加之以朝服하고 自
庶士以下ㅣ 皆衣其夫하나니 社而賦事하며 烝而獻功하야 男女效績하야 愆則
有辟이 古之制也ㅣ니라

吾ㅣ 冀而朝夕修我曰必無廢先人이라하더니 爾今日胡不自安고하니 以是로

承君之官이면 予懼穆伯之絶嗣也하노라

[補註] 『鶴錄』曰, "先人, 亾父也. 無廢先人者, 謂必守先人勤業也."[47]

○ 왕손가ㅣ, 제민왕을, 섬기다가, 왕이, 나달거늘, 가ㅣ, 왕의곳을, 일엇더니 그, 어미ㅣ, 가로대, 너ㅣ, 아침에, 나가, 늣게, 오면, 나ㅣ, 문을, 비기어, 바라고, 너ㅣ, 저녁에, 나가, 도라오지, 아니하면, 나ㅣ, 니문을, 비기어, 바랏더니, 마는, 너ㅣ, 이제, 왕을, 섬기다가, 왕이, 나달거시늘, 너ㅣ, 그, 곳을, 알지못하니, 너ㅣ, 오히려, 어찌, 도라오느뇨

　　　[왕손가는 젯나라 대부ㅣ라.]

왕손가ㅣ, 이에, 저자가온대, 들어, 가아서 가로대, 뇨치ㅣ, 젯나라를, 어지려이, 하야, 민왕을, 죽이니, 나로더블어, 치을, 치고저, 하는이는, 오른팔을, 메 〈1:12b〉 아라, 한대, 제자ㅅ사람이, 좃는이가, 사백인이어늘, 더블어, 뇨치를, 치어, 찔러, 죽엿느니라

　　　[뇨치는 초ㅅ나라ㅅ 사람으로 젯나라ㅅ 정승이 되이라.]

王孫賈ㅣ 事齊閔王하다가 王이 出走ㅣ어늘 賈ㅣ 失王之處ㅣ러니 其母ㅣ 曰女ㅣ 朝去而晚來則 吾ㅣ 〈一:8b〉 倚門而望하고 女ㅣ 莫出而不還則吾ㅣ 倚閭而望이러니 女ㅣ 今事王하다가 王이 出走커시늘 女ㅣ 不知其處하니 女尙何歸오

　　　[補註] 女尙何歸. 『鶴錄』曰, "言前日無事之時, 母之望子之情如是, 而君之遭難之

---

47 『학사강록(鶴社講錄)』에서 이렇게 풀이하였다. "『소학』 본문의 '선인(先人)'은 '돌아가신 아버지'이다. '돌아가신 아버지의 일을 그만두지 마시라'는 것은 '돌아가신 아버지가 부지런히 하던 일을 반드시 지키시오'라고 이른 것이다."

日, 何以歸母, 而不致死於在所也."[48]

王孫賈ㅣ 乃入市中하야 曰淖齒ㅣ 亂齊國하야 殺閔王하니 欲與我誅齒者는
袒右하라한대 市人從之者ㅣ 四百人이어늘 與誅淖齒하야 刺而殺之하니라

〈2:1a〉

녀자소학권지이 웨편
효경졔일

사마온공이, 가로대, 무릇, 모든, 나즈며, 어린이가, 일이, 크고, 적음
이, 업시 시러곰, 오로지, 하지, 말고, 반듯이, 집, 어룬에게, 뭇고, 취품,
할지씨니라

[사마온공은 송나라 정승이니 성은 사마ㅣ오 이름은 광이오, 자는 군실이니
온국공을 봉하니라.]

〈二:1a〉

漢文原文 女子小學卷之二 外篇 敎師用
孝敬第一

司馬溫公이 曰 凡諸卑幼ㅣ 事無大小히 毋得專行하고 必咨稟於家長이니라

---

48 『소학』 본문의 "네가 오히려 어찌 돌아왔느냐?"라는 구절에 대해서 『학사강록(鶴社講錄)』에
서는 이렇게 풀이했다. "전에 일이 없던 때는 어머니가 자식을 기다리는 정이 이러했지만,
지금 임금이 난을 만난 날에 어찌 어머니에게 돌아오면서 자기가 있는 곳에서 죽음을 바
치지 않느냐"는 것을 말한 것이다.

○ 무릇자식이, 부모의, 명을, 밧음에, 반듯이, 치부에, 긔록하야, 차아서, 쌔쌔로, 살펴, 쌜리, 행하고, 일을, 마츰에, 명을, 돌릴씨니라

○ 凡子ㅣ 愛父母之命에 必籍記而佩之하야 時省而速行之하고 事畢則返命焉이니라

○ 부모의, 상사에, 중문밧게, 박소하고, 협누한, 집을, 가리어, 사나해, 상차를, 하고, 참최엔, 쩌적에, 잠자며, 흙덩이를, 볘며, 수질과, 요대를, 벗지, 아니하며, 사람으로, 더블어, 안찌, 아니하고, 부인은, 중문안, 별실에잇서, 휘장과, 니블과, 요며, 빗나고, 곱은물건을, 것어, 업시, 할씨니라

[상차는 상주 거하는 자리라. 참최는 웨간상이라. 쩌적에 잠 자는것은 어버이가 쩌적 밋테 잇슴을 슬퍼함이오, 흙덩이를 베는 것은 어버이가 흙 가온대 잇슴을 슬퍼함이라.]

○ 父母之喪에 中門外에 擇樸陋之室하야 爲丈夫喪次하고 斬衰엔 寢苫하며 枕塊하며 不脫経(→経)帶하며 不與人坐焉하고 婦人은 次於中門之內別室하야 撤去帷帳衾褥華麗之物이니라

[補註] 賈氏說曰, "寢苫, 哀親之在草, 枕塊, 哀親之在土." 『鶴錄』曰, "今之寢藁, 失禮也." [49]

---

49 가씨(賈氏: 賈公彥)의 주석은 이러하다. "'거적때기를 깔고 자는 것[寢苫]'은 부모님이 돌아가시어 풀 속[무덤]에 있는 것을 슬퍼한 것이다. '흙덩이를 베는 것[枕塊]'은 '부모님이 흙 속[무덤]에 계신 것을 슬퍼한 것이다." 『학사강록(鶴社講錄)』에서 "지금 짚을 베는 것은 예법을 잃은 것이다"라고 했다.

〈2:1b〉 사나해가, 연고ㅣ, 업거든, 중문에, 드지, 아니하고, 부인이, 시러금, 믄득, 사나해, 상채에, 니르지, 아니, 할씨니라

진나라ㅅ적, 진수ㅣ, 아비상사를, 만나서, 병이, 잇거늘, 계집종으로, 하여금 약을, 비븨이, 더니, 손이, 가보고, 향당이, 써, 폄박하며, 의론하니, 이에, 좌췌되야, 침체하야, 감가하야, 몸을, 맛츠니, 협의롭은, 지음은, 가히, 삼가지 아니치, 못할씨니라

[감가는 불우한 뜻이라.]

男子ㅣ 無故ㅣ어든 不入中門하며 婦人이 不得輒室男子喪次ㅣ니라

晉陳壽ㅣ 遭父喪하야 有疾이어늘 使婢丸藥하더니 客이 往見之하고 鄕黨이 以爲貶議하니 坐是沈滯하야 坎坷終身하니 嫌疑之際는 不可不愼이니라

○ 류변이, 가로대, 최산람의, 형제와, 자손의, 번성홈이, 향리결네에, 비할이 드무더니, 산람의, 증조한어미, 장손부인이, 나이, 놉하, 니가, 업거늘, 한어미 당부인이, 싀어미, 섬김을, 효도로, 하야, 매양, 아츰에, 머리빗고, 머리털, 감촛코, 비녀곳자, 섬알에서, 절하고, 즉제, 청에, 올라, 그, 싀어미를, 졋, 먹이니, 장손부인이, 쌀낫츨, 먹지, 못한지, 두어 해, 로대, 강녕, 하더라

[류변은 당나라ㅅ적 류중영의 아들이오, 류 공작의 손자ㅣ니, 자는 직청이라. 최산람은 당나라ㅅ적 사람이니, 산람서 도사ㅣ 된 고로 산람이라 닐컬나니 이름은 관이라.]

〈二:1b〉 ○ 柳玭이 曰崔山南의 昆弟子孫之盛이 鄕族이 罕比러니 山南의 曾祖王母長孫夫人이 年高無齒어늘 祖母唐夫人이 事姑孝하야 每旦에 櫛縰笄

하야 拜於階下하고 卽升堂하야 乳其姑하니 長孫夫人이 不粒食數年而康寧하
더라

[補註] 長孫, 複姓.[50]

〈2:2a〉 한날에, 병이, 즁커늘, 어룬과, 아해가, 다, 모엿더니, 베퍼말하
대, 씨(→ 써), 신부의 은혜를, 갑지, 못하리로소니, 원컨대, 신부는, 자식
이며, 손자들이, 다, 시러금 신부의, 효도하며, 공경함과, 갓흐면, 최씨
의, 가문이, 어씨, 시러금, 창성하야 크지, 아니하리오, 하니라

一日에 疾病이어늘 長幼ㅣ 咸莘러니 宣言無以報新婦恩이로소니 願新婦는
有子有孫이 皆得如新婦의 孝敬則崔之門이 安得不昌大乎ㅣ리오하니라

○ 류개즁도ㅣ, 가로대, 선어룬이, 집을, 다사리샤대, 효도롭고, 쏘, 엄
히, 하더시니, 초하로, 보름에, 제수들이, 청알에서, 절함을, 맛츠고, 즉
제, 손을, 들고 낫흘, 낫게하야, 우리, 선어룬의, 가라쳐, 경계하심을, 듯
더니, 가라사대, 사람의, 집, 형제ㅣ, 올치, 아니한이, 업건마는, 다, 안해
를, 취하야, 가문에, 들어옴을, 인하야, 다른, 성이, 서로모혀, 김을, 다토
며, 절음을, 결우어, 물젓듯하야, 날로, 들리며, 일편되게, 사랑하며, 사
사로이, 감초아, 써, 패려함을, 닐우어, 문을, 난호며, 지게를, 버혀, 걱정
됨이, 도적과, 원수, 갓흐니, 다, 너부인의, 지은, 바이니라, 사나해, 애센
이, 멋사람이, 능히, 계집의, 말에, 혹한바이, 되지, 아니하료, 나ㅣ, 봄

---

50 『소학』 본문의 '장손(長孫)'은 복성(複姓: 두 자로 된 성)이다.

194

이, 만흐니, 너의들은, 어찌, 이렴이, 잇스리오 〈2:2b〉 하야시든, 믈러오
면, 두려하야, 감히, 한말을, 내여, 불효엣, 일을, 하지, 못하니, 개의,
무리, 이제, 닷토록, 힘닙어, 시러금, 그집을, 보전, 하엿노라

　　[류개의 자이 중도ㅣ니 송나라ㅅ적 사람이라.]

　○ 柳開仲塗ㅣ 曰皇考ㅣ 治家하샤대 孝且嚴이러시니 朝(←旦)望에 弟婦等
이 拜堂下畢하고 卽上手低面하야 聽我皇考訓誡하더니 曰人家兄弟ㅣ 無不義
者ㅣ 연마는 盡因娶婦入門하야 異姓이 相聚하야 爭長競短하야 漸漬日聞하며
偏愛私藏하야 以致背戾하야 分門割戶하야 患若賊讎하나니 皆汝婦人所作이
니라 男子剛腸者幾人이 能不爲婦人言의 所惑고 吾見이 多矣니 若等은 寧有
是耶ㅣ리오하야시든 退則惴惴하야 不敢出一語爲不孝事하니 開輩ㅣ 抵此賴
之하야 得全其家云이로라 〈二:2a〉

　　[訂註]『鶴錄』曰, "弟婦, 弟之婦也. 言弟婦等, 則己妻, 自在其中."[51]

　○ 당나라ㅅ적, 정의종의, 안해노씨ㅣ, 글과, 사적을, 대강, 섭녑하고,
싀어버이를, 섬기대, 심히, 며늘이의, 도를, 어덧더니, 일직, 밤에, 강도,
수십이, 막대 가지고, 날쁘며, 야단치어, 담을, 넘어, 드니, 집사람이, 다,
달아나, 숨고, 오즉 어미ㅣ, 스스로, 방에, 잇거늘, 노씨ㅣ, 칼날을, 무릅
쓰고, 가아서, 싀어미, 겻혜, 니를어, 도적에게, 치임이, 되여, 거의, 죽엇
더라

　도적이, 간뒤에, 집, 사람이, 물으대, 어찌, 혼자, 두려하지, 아니하더

---

51 『학사강록(鶴社講錄)』에 이렇게 풀이했다. "『소학』 본문의 '제부(弟婦)'는 '아우의 아내'다.
　'아우의 아내 등'이라고 말했으면, 자기 아내는 이미 그 안에 들어 있는 것이다."

뇨, 노씨ㅣ, 가로대, 사람이, 써, 금수와, 다른바는, 그, 인과, 의ㅣ, 잇슴으로, 써, 함이니, 이웃이며, 마을에, 급홈이, 잇드라도, 오히려, 서로, 달아가, 구할씨온 하믈며, 싀어마님께, 잇서, 가히, 바리야, 만일, 위태한, 화환이, 잇스면, 어찌 맛당히, 혼자, 살이오, 하더라

○ 唐鄭義宗의 妻盧氏ㅣ 略涉書史하고 事舅姑호대 甚得婦道하더니 嘗夜에 有强盜數十이 持杖鼓噪하야 踰垣而入하니 家人이 悉奔竄하고 唯有姑ㅣ 自在室이어늘 盧ㅣ 冒白刃하야 往至姑側하야 爲賊捶擊하야 幾死ㅣ러라

賊去後에 家人이 問 何獨不懼오 盧氏ㅣ 曰 人所以異於禽獸者는 以其有仁義也ㅣ니 隣里有急이라도 尙相赴救ㅣ온 況在於姑而可委棄乎아 若萬一危禍ㅣ면 豈宜獨生이리오

〈2:3a〉 정신제이

왕길의, 상소에, 가로대, 부부는, 인륜의, 큰, 벼줄이오, 단명하며, 장수하는 맹조이니, 세속이, 싀집가며, 장가들기를, 너무, 일하야, 사람의, 어버이될, 도리를, 알지, 못하여서, 자식을, 두는지라, 이로, 써, 가라쳐, 화케함이, 밝지 못하고, 백성이, 단명하는이가, 만흐니라

[왕길의 자는 자양이니, 낭야ㅅ 사람이라. 상소는 님금께 올리는 글이라.]

貞信第二

王吉上疏에 曰夫婦는 人倫大網이오 天壽之萌也ㅣ니 世俗이 嫁娶太蚤하야 未知爲人父母之道而有子ㅣ라 是以로 敎化ㅣ 不明而民多夭하나니라

○ 문중자ㅣ, 가로대, 혼인에, 재물을, 의론함은, 오랑캐의, 도ㅣ라, 군
자ㅣ, 그 마을에, 들어가지, 아니하나니, 녯적에, 남녀의, 결네, 각각, 덕
을, 가리고, 재물로, 써, 례를, 하지, 아니하더니라

[문중자의 성은 왕이오, 이름은 통이오, 자는 중엄이니, 수ㅅ나라 큰 션비라.]

○ 文中子ㅣ 曰婚娶而論財는 夷虜之道也ㅣ라 君子ㅣ 不入其鄕하나니 古者
에 男女之族이 各擇德焉이오 不以財爲禮하더니라

○ 일, 혼인하며, 어려서, 빙례홈은, 사람을, 투박홈으로, 써, 가라침이
오, 첩과 잉이, 수업슴은, 사람을, 음란홈으로, 써, 가라침이니, 또, 귀한
이와, 천한이가 〈2:3b〉 등분이, 잇스니, 한, 지아비에, 한, 안해는, 상사
람의, 직분이니라

[잉은 딸아 싀집간 첩이라.]

〈二:2b〉
○ 早婚少聘은 教人以偸ㅣ오 妾媵無數는 教人以亂이니 且貴賤이 有等하니
一夫一婦는 庶人之職也ㅣ니라

○ 사마온공이, 가로대, 무릇, 혼인을, 의론함에, 맛당히, 몬저, 그, 사
회와, 다못, 며늘이의, 성행과, 밋, 가법이, 어써홈을, 살피고, 그, 가며으
며, 귀홈을 한갓, 흠모, 하지, 말씨니라

사회가, 진실로, 어질지면, 이제, 비록, 간난하고, 미천하나, 어씨, 다
른쌔에 가며으며, 귀치, 아닐줄을, 아리오, 진실로, 불초하면, 이제, 비

록, 가며으며 성하나, 어찌, 다른째에, 간난하며, 미천치, 아닐줄을, 아
리오

며늘이는, 집의, 말미암아, 성하며, 쇠하는, 바이니, 한갓, 한째에, 가
며으며 귀홈을, 흠모하야, 취하면, 저가, 그, 가며으며, 귀홈을, 껴어서,
그, 지아비를 가벼이, 녀기며, 그, 싀어버이를, 업수이, 녀겨서, 교만하
며, 새암하는, 성질을 길우어, 닐우치, 아닐이, 적으니, 다른날에, 환란
됨이, 어찌, 그지, 잇스리오

가설, 하여금, 안해의, 재물을, 인하야, 써, 가며음을, 닐우며, 안해의,
긔세를 〈2:4a〉 의거, 하야, 써, 귀홈을, 취할찌라도, 진실로, 장부의, 뜻
과, 긔절을, 두는이면 능히, 붓그러움이, 업스랴

○ 司馬溫公이 曰凡議婚姻에 當先察其婿與婦之性行과 及家法何如ㅣ오 勿
苟慕其富貴니라

婿苟賢矣면 今雖貧賤이나 安知異時에 不富貴乎ㅣ리오 苟爲不肖ㅣ면 今雖
不盛이나 安知異時에 不貧賤乎ㅣ리오

婦者는 家之所由盛衰也ㅣ니 苟慕一時之富貴而娶之하면 彼ㅣ 挾其富貴하야
鮮有不輕其夫而傲其舅姑하야 養成驕妬之性이니 異日爲患이 庸有極乎ㅣ리오

借使因婦財以致富하며 依婦勢以取貴라도 苟有丈夫之志氣者ㅣ면 能無愧乎아

○ 안정 호선생이, 가로대, 쌀, 싀집보냄을, 반듯이, 모롬이, 내집보담,
나은이와 할찌니, 내집보담, 나으면, 쌀이, 사람섬김이, 반듯이, 공경하
며, 반듯이, 조심하나니라, 며늘이, 취함을, 반듯이, 모롬이, 내집만, 갓
지, 못한이와, 할찌니 내집만, 갓지, 못하면, 며늘이가, 싀어버이, 섬김
이, 반듯이, 며늘이의, 도리를 잡아, 하나니라

198

[안정 호 선생은 송나라ㅅ 선배니 이름은 원이오 자는 의지라.]

○ 安定 胡先生이 曰嫁女를 必須勝吾家者ㅣ니 勝吾家 則女之事人이 必欽必戒니라 娶婦를 必須不若吾家者ㅣ니 不若吾家則婦之事舅姑ㅣ 必執婦道ㅣ니라

○ 혹이, 물으대, 홀어미를, 도리에, 가히, 취치, 못할듯, 하니, 어쩌닛가, 이천 선생이, 가라사대, 그러하다, 무릇, 취흠은, 써, 몸에, 배필홈이니, 만일, 실절한이를, 취하야, 써, 몸에, 배필하면, 이는, 몸이, 실절홈이니라

[이천 선생은 송나라ㅅ 큰 선배니, 성은 정이오, 이름은 이오, 자는 정숙이라.]

쏘, 물으대, 혹, 외롭은, 홀어미가, 잇서, 간난하고, 궁하야, 의탁할대, 업는이 〈2:4b〉 어든, 가히, 두번, 싀집가리, 잇가, 말이, 잇가, 가라사대, 다만, 이것이, 후세에, 춥으며, 굶어, 죽음을, 저허한, 고로, 이말이, 잇나니, 그러나, 죽는일은 극히, 적고, 실절하는, 일은, 극히, 크니라

○ 或이 問 孀婦를 於理에 似不可取니 如何오 伊川先生이 曰然하다 凡取는 以配身也ㅣ니 若取失節者〈二:3a〉 하야 以配身하면 是는 己失節也ㅣ니라

又問 或有孤孀이 貧窮無託者ㅣ 어든 可再嫁否아 曰只是後世예 怕寒餓死故로 有是說하니 然이나 餓死事는 極小하고 失節事는 極大하니라

○ 안씨가훈에, 가로대, 부인은, 안에서, 음식먹이기를, 주장, 할씨라, 오즉, 술이며, 밥이며, 의복하는, 례도를, 일, 삼을, 싸름이니, 나라에, 가히, 하여금 정사를, 참예케, 못할것이며, 집에, 가히, 하여금, 일을, 주

관케, 못할것이니, 만일, 총명하며, 재조롭으며, 지혜롭아, 지식이, 고금을, 통달하는이, 잇서도, 정히, 맛당이, 군자를, 돕아, 그, 부족함을, 권할만, 할찌니, 반듯이, 암닭이, 새벽에, 울어, 써, 재화를, 닐움이, 업게, 할찌니라

[안씨는 북조ㅅ 사람이니, 이름은 지추ㅣ니, 가훈을 지엇느니라.]

○ 顏氏家訓에 曰婦는 主中饋라 唯事酒食衣服之禮耳니 國不可使預政이며 家不可使軒蠱ㅣ니 如有聰明才智識達古今이라도 正當輔佐君子하야 勸其不足이니 必無牝鷄晨鳴하야 以致禍也ㅣ니라

○ 강동쌍에, 녀편네는, 조곰도, 사괴여, 놀음이, 업서, 그, 혼인한, 집이, 혹 여남은, 해, 사이에, 서로, 알지, 못하고, 오즉, 편지며, 봉송으로, 써, 은근홈을, 닐웃, 나니라

○ 江東婦女는 略無交遊하야 其婚姻之家ㅣ 或十數年間에 未相識者ㅣ오 唯以信命贈遺로 致慇懃焉하나니라

⟨2:5a⟩ 업하쌍에, 풍속은, 오로, 계집으로, 써, 문호를, 가지어, 굽으며, 곳듬을, 다토아, 송사하며, 나아가, 뵈오며, 마주어, 접대하며, 아들을, 대신하야, 벼슬을, 구하며, 지아비를, 위하야, 굴홈을, 고소하나니, 이것이, 항대쌍에, 기친, 풍속인저

○ 鄴下風俗은 專以婦持門戶하야 爭訟曲直하며 造請逢迎하며 代子求官하

며 爲夫訴屈하나니 此ㅣ 乃桓(→恒)岱之遺風乎ㄴ저

○ 대저, 사람이, 잇슨, 뒤에, 부부ㅣ, 잇고, 부부ㅣ, 잇고, 부부ㅣ, 잇슨 뒤에, 부자ㅣ, 잇고 부자ㅣ, 잇슨, 뒤에, 형제ㅣ, 잇나니, 한집의, 친한이는, 이, 세ㅅ, 짜름이니 이로, 부터, 써, 감으로, 아홉결네에, 니르히, 다, 세가짓, 친에, 근본, 하엿나니, 그럼으로, 인륜에, 중홈이, 되니, 가히, 도탑지, 아닛치, 못할씨니라

○ 夫有人民而後에 有夫婦하고 有夫婦而後에 有父子하고 有父子而後에 有兄弟하니 一家之親은 此三者而已矣니 自玆以往으로 至于九族히 皆本於三親焉하니 故로 於人倫에 爲重也ㅣ니 不可不篤이니라

○ 한나라ㅅ적, 진효부ㅣ, 나이, 열여섯에, 싀집가아서, 자식을, 두지, 못하엿더니, 그, 지아비가, 수자리, 감을, 당하야, 장차, 갈째에, 효부에게, 부탁하야 가로대, 나의살고, 죽음을, 가히, 알지, 못할것이니, 행혀, 늙은, 어머니, 잇고 다른, 형제, 공양을, 갓출이, 업스니, 나ㅣ, 도라오지, 못할씨라도, 너ㅣ, 즐겨 나의, 어머니를, 공양하랴, 부ㅣ, 대답하야, 가로대, 그리할이라

⟨2:5b⟩ 지아비가, 과연, 죽어, 도라오지, 못하야늘, 부ㅣ, 싀어미, 효양홈을, 쇠치, 아니하야, 어엿비, 녀기며, 사랑홈이, 더욱, 굿어, 길삼하며, 뵈, 짜아서, 써, 산림을, 하고, 맛츰내, 싀집갈, 뜻이, 업더라

삼년, 거상을, 하거늘, 그, 부모ㅣ, 그, 졂어서, 자식, 업고, 일, 홀어미, 된것을, 슬퍼, 하야, 장차, 다려다가, 싀집, 보내려, 하더니, 효부ㅣ, 가로

대, 지아비, 갈적에, 나에게, 늙은, 어머니를, 봉양하다가, 능히, 맛츠지,
못하며, 사람에게, 그리할이랏고, 써, 허락, 하고, 능히, 밋업게, 못하면,
장차, 어찌, 써, 세상에, 서리오, 하고, 스스로, 죽고저, 한대, 그, 부모ㅣ,
저허, 하야, 구틔여, 싀집보내치, 못하야, 드듸여, 하여금, 그, 싀어미를,
봉양하게, 하니, 시믈여덜해ㅅ만에, 싀어미가, 여든남은, 이라, 천정, 년
수로, 써, 죽거늘, 그, 밧치며 집이며, 재물을, 다, 팔아, 써, 영장하고,
맛츰내, 제사를, 밧들엇, 느니라

회양태수ㅣ, 써, 조정에, 들린대, 시자를, 부리어, 황금, 사십근을, 주
고, 복호〈2:6a〉하야 몸이, 맛도록, 참예, 할바이, 업게, 하니, 이름을,
하야, 가로대, 효부라 하니라

[시자는 나라ㅅ 심부림하는 관원이라. 복호는 그 집 호역을 다 제한단 말이라]

〈二:3b〉 ○ 漢陳孝婦ㅣ 年十六而嫁하야 未有子ㅣ러니 其夫ㅣ 當行戍하야
且行時에 屬孝婦曰我生死를 未可知니 幸有老母ㅣ오 無他兄弟備養하니 吾ㅣ
不還이라도 汝ㅣ 肯養吾母乎아 婦ㅣ 應曰諾다

夫ㅣ 果死不還이어늘 婦ㅣ 養姑不衰하야 慈愛愈固하야 紡績織紝하야 以
爲家業하고 終無嫁意하더라

居喪三年하야늘 其父母ㅣ 哀其少無子而早寡也하야 將取嫁之하더니 孝婦
ㅣ 曰夫ㅣ 去時에 屬妾以供養老母ㅣ어늘 妾이 旣許諾之호니 夫養人老母而
不能卒하며 許人以諾而不能信하면 將何以立於世리오하고 欲自殺한대 其父
母ㅣ 懼而不敢嫁也하야 遂使養其姑하니 二十八年에 姑ㅣ 八十餘ㅣ라 以天年
으로 終커늘 盡賣其田宅財物하야 以葬之하고 終奉祭祀하니라

淮陽太守ㅣ 以聞한대 使使者하야 賜黃金四十斤하시고 復之하야 終身無所
與하니 號曰 孝婦ㅣ라하니라

○ 한나라ㅅ적, 포선의, 안해, 환씨의, 자는, 소군이라 션이, 일즉, 소군의, 아비에게, 나아가, 배호더니, 아비ㅣ, 그, 청고홈을, 긔특이, 녀겨, 그럼으로, 딸로, 써, 안해삼아, 주니, 결속하야, 보냇는, 재물이, 심히, 성하거늘, 션이, 즐거, 하지, 아니하야, 안해다려, 닐러, 가로대, 소군이, 부교한대, 나아서, 아름답은, 단장을, 닉혓스니, 나ㅣ, 진실로, 간난코, 천한지라, 감히, 례를, 감당치, 못하리로다, 안해, 가로대, 아바님께서, 션생이, 덕을, 닥가, 검약홈을, 직히는, 연고로, 써, 천한, 첩으로, 하여금, 뫼시어, 수건과, 빗을, 잡게, 하시니, 이믜, 군자를, 밧드란대, 오즉, 명하신대로, 조츨이다, 션이, 웃고, 가로대, 능히, 이갓하면, 이것이, 나의, 뜻이로다, 안해, 이에, 뫼신종과, 의복장식을, 다, 돌리어, 보내고, 고치어, 딸은, 뫼치마를, 닙어, 션이와, 더블어, 한가지로, 적은 ⟨2:6b⟩ 수레를, 쓰어, 향리에, 도라가, 싀어미세, 뵈옵고, 례수를, 맛고, 동의를, 잡아나가, 물을, 들어, 며늘이의, 도리를, 닥가, 행하니, 마을이며, 고을이, 닐컬더라

[션의 자는 지도ㅣ니 발햇 사람이라.]

○ 漢鮑宣의 妻桓氏의 字는 少君이라 宣이 甞就少君父學하더니 父ㅣ 奇其淸苦하야 故로 以女妻之하니 裝送資賄ㅣ 甚盛이어늘 宣이 不悅하야 謂妻曰 少君이 生富驕하야 習美飾하니 而吾ㅣ 實貧賤이라 不敢當禮로다

妻ㅣ 曰大人이 以先生이 修德守約故로 使賤妾으로 侍執巾櫛하시니 旣奉承君子ㅣ란대 惟命是從호리이다

⟨二:4a⟩ 宣이 笑曰 能如是면 是ㅣ 吾志也ㅣ로다 妻ㅣ 乃悉歸侍御服飾하고 更著短布裳하야 與宣으로 共挽鹿車하야 歸鄕里하야 拜姑禮畢하고 提甕出汲하야 修行婦道하니 鄕邦이 稱之하더라

[訂註] 鹿車. 『鶴錄』曰, "一鹿可牽之車. 拜姑禮畢. 但曰姑者, 疑其時舅己亡."[52]

○ 조상의, 사촌아오, 문숙의, 안해는, 초군, 하후문녕의, 딸이니, 이름은, 령녀ㅣ라, 문숙이, 일, 죽거늘, 거상을, 맞츠고, 스스로, 써, 나이, 젊고, 자식이 업스니, 집이, 반듯이, 자긔를, 싀집, 보낼가, 저허하야, 이에, 머리털을, 버히어, 맹서하엿더니, 그, 뒤에, 집이, 과연, 싀집보냇코저, 하거늘, 령녀ㅣ, 듯고 즉제, 다시, 칼로, 써, 두, 귀를, 버히고, 살기를, 항상, 상에게, 의지하엿더니 밋, 상이, 버힘을, 닙어, 조씨, 다, 죽거늘, 령녀의, 아자비가, 님금께, 글을 올리어, 조씨로, 더블어, 혼의를, 싇코, 굿헤, 령녀를, 마주어, 도라, 오앗으니라

[조상은 위ㅅ나라 종실이라. 하후는 성이오, 문녕은 이름이라.]

○ 曹爽의 從弟文叔의 妻는 譙郡夏候(→侯)文寧之女ㅣ니 名은 令女ㅣ라 文叔이 蚤死커늘 服闋하고 自以年少無子하니 恐家ㅣ 必嫁己하야 乃斷髮爲信이러니 其後에 家ㅣ 果欲嫁之어늘 令女ㅣ 聞하고 卽復以刀로 截兩耳하고 居止를 常依爽하더니 及爽이 被誅하야 曹氏ㅣ 盡死커늘 令女叔父ㅣ 上書하야 與曹氏絶婚하고 彊迎令女歸하니라

[補註] 與曹氏絶婚. 曹氏盡死, 則自無與婚者, 而云此者, 謂絶其舊婚.[53]

〈2:7a〉 이째에, 문녕이, 량나라, 승상이, 되엿더니, 젊어, 절의를, 잡은 것을, 어엿비, 녀기고, 또, 조씨, 기친류ㅣ, 업는지라, 그, 쓰이, 그처, 지

---

52 『소학』 본문의 '녹거(鹿車)'는 『학사강록』에서 "사슴 한 마리가 끌 수 있는 수레이다." 『소학』 본문의 '시어머니에게 절하는 예를 마치고'에서, 단지 시어머니만 말한 것은, 그 때 시아버지는 이미 죽은 것 같다.

53 『소학』 본문에서 '조씨(曹氏)와 혼인 관계를 끊었다'는 말은, 조씨가 다 죽었으므로 저절로 조씨와 더불어 혼인한 사람이 없는 것인데, 이렇게 말한 것은 옛날에 했던 혼인관계도 끊는다는 것을 이른 것이다.

기를, 바라서, 이에 가만이, 사람으로, 하여금, 풍유한대, 령녀ㅣ, 탄식하고, 坕, 울어, 가로대, 나ㅣ, 坕, 생각ᄒᆞ니, 허락함이, 올타, 하야늘, 집이, 써, 밋어하야, 방비홈을, 조곰, 게을리, 한대, 령녀ㅣ, 이에, 가만히, 잠, 자는방에, 들어가, 칼로, 써, 코를, 버히고, 니블을, 무릅쓰고, 눕어서, 그, 어미가, 불러, 더블어, 말ᄒᆞ대, 대답하지, 아닛커늘, 니블을, 헤치어, 보니, 피가, 흘러, 상과자리에, 가득하엿거늘, 온집이, 놀나, 두려하야, 가보고, 코가, 시지, 아니하는이, 업더라

時에 文寧이 爲梁相이러니 一作州憐其少執義하고 又曹氏ㅣ 無遺類ㅣ라 冀 其意(阻)[阻恐當作沮]하야 乃徵使人風之한대 令女ㅣ 嘆且泣曰吾亦惟之ᄒᆞ니 許之是也ㅣ라하야늘 家ㅣ 以爲信하야 防之少懈한대 令女ㅣ 於是에 竊入寢室 하야 以刀斷鼻하고 蒙席而臥하야 其母ㅣ 呼與語ᄒᆞ대 不應이어늘 發被視之 하니 血流滿床席이어늘 擧家驚 〈二:4b〉 惶하야 往視之하고 莫不酸鼻하더라
[訂註] 意阻. 『考訂』曰, "阻, 他本作沮."[54]

흑(→혹)이, 닐러, 가로대, 사람이, 세간에, 살음이, 가벼은, 쓰글이, 약흔, 풀에, 부터잇슴과, 갓ᄒᆞ니, 어찌, 신고홈을, 이리하나뇨, 坕, 지아비의, 가문이, 죽여, 멸하야, 이믜, 진, 하엿스니, 이를, 직히어서, 누긔를, 위코저, 하나뇨, 령녀ㅣ 가로대, 들으니, 인한이는, 성하며, 쇠홈으로, 써, 절개를, 고치지, 아니하고, 의한이는, 존하며, 망흠으로, 써, 마음을, 바꾸지, 아니하나니, 조씨, 전성한, 〈2:7b〉 째에도, 오히려, 맛츰을,

---

54 『소학』 본문의 '의조(意阻)'에 대해서, 『고정(攷訂)』에서 "'조(阻)'자는 다른 판본에서는 '저 (沮)'자로 되어 있다."라고 했다.

보전코저, 하거든, 하믈며, 이제, 쇠망, 하엿스니, 어찌, 참아, 바리리오,
금수의, 행실을, 나ㅣ, 어찌하리오, 하더라

或이 謂之曰人生世間이 如輕塵棲弱草耳니 何辛苦乃爾오 且夫家ㅣ 夷滅已
盡하니 守此欲誰爲哉오 令女ㅣ 曰聞仁者는 不以盛衰로 改節하고 義者는 不
以存亡으로 易心하나니 曹氏全盛之時라도 尙欲保終이어든 況今衰亡하니 何
忍棄之리오 禽獸之行을 吾豈爲乎ㅣ리오

○ 당나라ㅅ적, 봉천두씨의, 두딸이, 초야에, 생장하엿스되, 어려서,
부터, 쯧과 조집이, 잇더니, 영태가온대, 모든, 도적, 수천인이, 그, 마을
을, 겁박하며, 로략질, 한대, 두딸이, 다, 자색이, 잇셔, 맛은, 나이, 열아
홉이오, 아오는, 나이, 열여섯이러니, 바우구무사이에, 숨엇거늘, 쯰어,
내야, 구박하야, 써, 압세울새, 구렁이, 깁허, 두어, 백자이나, 되는대에,
림하야, 그, 맛이, 몬저, 가로대, 나ㅣ, 찰하리, 죽음에, 나아갈찌언정,
의리에, 욕을, 밧지, 아니하리로다 하고, 즉제, 언덕알에, 썬지어, 죽거
늘, 도적이, 바야으로, 놀나, 더니, 그, 아오가, 니어, 스스로, 썬지어,
발이, 썩거지고, 낫치, 쌔여저, 피가, 흐르거늘 모든, 도적이, 바리고, 가
니라
　　[영태는 당나라 태종의 년호ㅣ라.]
　경조윤, 제오긔ㅣ, 그, 정렬홈을, 아름답게, 녀겨, 님금께, 엿주온대,
조서하야 〈2:8a〉 그문과, 마을을, 정표하고, 영영히, 그집, 사나해, 구실
을, 덜엇느니라
　　[경조는 군 이름이오, 윤은 벼슬 이름이라. 제오는 성이오, 긔는 이름이라.
　　정표는 나라에서 긔 쏩아 표하는 것이라.]

○ 唐奉天竇氏二女丨 生長草野호대 幼有志操丨러니 永泰中에 群盜數千人
이 剽掠其村落한대 二女丨 皆有容色하야 長者는 年十九丨오 幼者는 年十六
이러니 匿巖穴間이어늘 曳出之하야 驅迫以前할새 臨壑谷深數百尺하야 其姊
丨 先曰 吾寧就死이언정 義不受辱이라하고 卽投崖下而死커늘 盜方驚駭하더
니 其妹丨 繼之自投하야 折足破面流血이어늘 群盜丨 乃捨之而去하니라

京兆尹第五琦丨 嘉其貞烈하야 奏之한대 詔旌表其門閭하고 永蠲其家丁役
하니라

자교제삼

려형공은, 신국, 정헌공의, 맛아들이라. 정헌공이, 집에, 잇슬제, 간략
하며, 후중하며, 과하며, 묵하야, 세속일로, 써, 마음에, 경영치, 아니하
고, 신국부인이 성질이, 엄하고, 법도丨, 잇서, 비록, 심히, 공을, 사랑하
나, 그러나, 공을, 가라치대, 매사를, 규구를, 좃차, 발게, 하더라

> [려허공의 이름은 희철이오, 자는 원명이니, 송나라ㅅ 사람이라. 정현공의
> 이름은 공저丨오, 자는 회숙이니. 송나라 정승으로 신국공을 봉하니라. 과는
> 일을 덜어 적이 한단 말이오, 묵은 말을 삼간단 말이라. 신국 부인은 정현공
> 의 안해니, 참정 벼슬한 노종도의 쌀이라. 규구는 법도 맹그는 그릇이니, 규
> 는 둥그고, 구는 모이 나니라.]

겨우, 열살에, 큰, 춥우와, 덥고, 비올제, 라도, 뫼아서, 섯기를, 날이,
맛도록 하야, 명하야, 안즈라, 아니하거시든, 감히, 안씨, 아니하더라,
날마다, 반듯이 갓쓰고, 씌, 씌여, 써, 어룬에게, 뵈오며, 평상거할제, 비
록, 심히, 덥우나, 부 〈2:8b〉 모와, 어룬의, 겻헤, 잇서, 시러금, 건과, 보
신과, 행전을, 벗지, 못하야, 의복을, 오즉, 삼가더라

> [열살에 갓 쓰는 것은 그째 풍속을 좃차 함이라.]

慈教第三

〈二:5a〉呂榮公의 申國正獻公之長子ㅣ라 正獻公이 居家애 簡重寡黙하야 不以事物로 經心하고 而申國夫人이 性嚴有法度하야 雖甚愛公하나 然이나 敎公호대 事事를 循蹈規矩하더라

甫十歲에 祁寒暑雨ㅣ라도 侍立終日하야 不命之坐ㅣ어든 不敢坐也하더라 日必冠帶하야 以見長者하며 平居에 雖甚熱하나 在父母長者之側하야 不得去巾襪縛袴하야 衣服唯謹하더라

[補註] 日必冠帶. 『鶴錄』曰, "甫十歲, 冠帶. 未免從時弊."[55]

다니며, 나며, 듬에, 시러금, 차ㅅ저자며, 술저자에, 드지, 못하며, 시정이며, 리항엣, 말과, 정나라며, 위ㅅ나라ㅅ소리를, 일즉, 한번, 귀에, 지나지, 아니하며, 정직지, 아니한, 글과, 례아닌, 빗츨, 일즉, 한번, 눈에, 대질이지, 아니하더라

[정나라며 위ㅅ나라ㅅ 소리는 음탕하니라.]

行步出入에 無得入茶肆酒肆하며 市井里巷之語와 鄭衛之音을 未嘗一經於耳하며 不正之書와 非禮之色을 未嘗一接於目하더라

○ 려형공의, 부인, 장씨는, 대제벼슬로, 잇는, 온지의, 적은, 딸이라, 가장, 사랑을, 모도나, 그러나, 평상거할제, 미세한, 일에, 닐으히, 가라

---

55 『소학』 본문에서 "날마다 반드시 갓을 쓰고 띠를 띠었다"라고 한 것에 대해서, 『학사강록(鶴社講錄)』에서는 "겨우 열 살이 되어 갓을 쓰고 띠를 띤 것은 시속의 폐단을 따르는 것을 면치 못한다"라고 하였다.

침을, 반듯이, 법도ㅣ, 잇더니, 음식갓흔, 류에도, 밥과, 갱으란, 다시, 더함을, 허락하고, 어와, 육으란, 다시, 나오지, 아니하니, 그째에, 장공이, 이믜, 대제로, 하북, 도전운사를, 하엿더라

〈2:9a〉 밋, 부인이, 려씨에게, 싀집가야는, 부인의, 어머니는, 신국부인의, 형이라, 한 날에, 오아, 딸을, 보더니, 집뒤에, 쟁철이며, 가마류가, 잇슴을, 보고, 크게, 즐기지, 아니하야, 신국부인, 다려, 닐러, 가로대, 어찌, 가히, 졂은, 아해들로 하여금, 사사으로이, 음식을, 지어, 가법을, 으러지게, 하리오, 하니, 그, 엄홈이, 이갓더라

[부인과 형공이 서로 이종 사촌이니, 녯적에 이성 사촌은 혼인하더니, 대명 태조쎄 니를어 처음 금지하엿느니라.]

○ 呂榮公의 張夫人은 待制諱昷之之幼女也ㅣ라 最鍾愛하나 然이나 居常에 至微細事히 敎之必有法度하더니 如飮食之類에도 飯羹에도 許更益하고 魚肉으란 不更進也하니 時에 張公이 已爲待制河北都轉運使矣러라

及夫人이 嫁呂氏하야는 夫人之母는 申國夫人姊也ㅣ라 一日에 來視女하더니 見舍後에 有鍋釜之類하고 大不樂하야 謂申國夫人曰豈可使小兒輩로 私作飮食하야 壞家法耶ㅣ리오ᄒ니 其嚴이 如此하더라

[補註夫人之母, 申國夫人姊也. 金勿巖, 『講錄』曰, "古者, 異姓四寸, 婚嫁故也. 至大明太祖, 始禁止."[56]

---

56 『소학』 본문의 "부인의 어머니는 신국부인(申國夫人)의 언니이다"라고 한 것에 대해서, 김 물암(金勿巖) 〈조선 중기의 학자 김륭(金隆). 물암은 그의 호, 자는 도성(道盛), 본관은 함 창(咸昌), 퇴계(退溪) 이황(李滉)의 제자. 『소학』의 내용을 두고 퇴계와 문답한 강록(講錄) 이 있는데, 그의 문집에 실려 있다. 학행으로 참봉(參奉)에 천거되었다. 문집 『물암집(勿 巖集)』이 있다〉의 『소학강록(小學講錄)』에서 이렇게 말했다. "옛날에는 성이 다른 사촌끼 리 혼인을 했기 때문이다. 명(明)나라 태조(太祖)가 비로소 금지시켰다"라고 했다.

○ 최현위의, 어미, 노씨], 일즉, 현위를, 경계하야, 가로대, 이종형, 둔전랑중 벼슬로, 잇는, 신현어를, 보니, 가로대, 자식이, 벼슬하여, 다니는이를, 사람이, 잇서, 오아, 일오대, 간난하며, 군핍하야, 능히, 보존치, 못하더라, 하면 이것은, 조은, 긔별이어니와, 만일, 재물이, 차아서, 족하며, 옷과, 말이, 가벼으며, 살지다, 흉을, 들으면, 이것은, 악한, 긔별이라, 하니, 나], 항상, 써, 확실한, 의론이라, 하노라

[현위의 이름은 엽이니, 박능 사람이니, 벼슬이 재상에 니를엇느니라.]

〈2:9b〉 요사이, 보니, 동성이나, 웨성이나, ㅅ중에, 벼슬하는이, 돈이나, 물품을, 가저다가, 그, 부모께, 올리거든, 부모], 다만, 즐거할줄만, 알고, 나종내, 이것이 어듸로, 차차, 오앗슴을, 물지, 아니하나니, 반듯이, 녹봉에, 남은, 재물인댄 진실로, 쏘한, 조흔일이, 어니와, 만일, 그, 비리에, 어든바이면, 이것이, 도적으로, 더블어, 어찌, 다르리오, 비록, 큰, 쉐, 업스나, 홀로, 안으로, 마음에 붓그럽지, 아니하랴, 한대, 현위], 가라처, 경계함을, 좃차, 밧들어서, 청렴하고, 삼감으로, 써, 닐컬임을, 보앗느니라

○ 崔玄暐의 母盧氏] 嘗誡玄暐曰吾見姨兄屯田郎中辛玄馭호니 曰兒子從宦者를 有人이 來云貧乏不能存이라 하면 此是好消息이어니와 若聞貨貨] 充足하며 衣馬] 輕肥라하면 此는 惡消息이라하니 吾] 嘗以爲確論이라 하노라

比見親表中에 仕宦者] 將錢物하야 上其父母] 어든 父每(→母)] 但知喜悅하고 竟不問此物이 從可而來하나니 必是祿俸餘資、ㄴ댄 誠亦善事] 어니와 如其非理所得이면 此] 如盜賊何別이리오 縱無大咎] 나 獨不內愧於心가 한대 玄暐] 遵奉敎誡하야 以淸謹으로 見稱하니라

○ 왕상의, 아오, 람의, 어미, 주씨ㅣ, 상이를, 대접홈을, 무도히, 하더니, 람이 나이, 두어살에, 상이, 매마즘을, 보고, 문득, 울고, 안아, 붓잡더니, 성동홈에 니를어, 매양, 그, 어미께, 간하니, 그, 어미ㅣ, 흉학홈을, 조곰, 그치니라, 주씨ㅣ, 자조, 비리로, 써, 상이를, 부리거든, 람이, 상과, 더블어, 함께, 하고 쏘, 상의안해를, 몹스게, 부리거든, 람의, 안해가, 쏘, 다라가, 한가지로, 하니 주ㅣ씨(→주씨ㅣ), 걱정하야, 이에, 그치니라

〈2:10a〉[왕상의 자는 휴징이오, 왕람의 자는 현통이니, 진나라ㅅ 낭아ㅅ 사람이라. ○ 편말에 주씨의 부자히 일을 녀흠은 감계하란 뜻이오, 쏘 왕림의 안해 우애 잇슴을 녀자들이 다 쏜보라하는 뜻이라.]

○ 王祥의 弟覽의 母朱氏ㅣ 遇祥無道ㅣ러니 覽이 年數歲에 見祥의 被楚撻하고 輒涕泣抱持하더니 至于成童하야 每諫其母하니 其母ㅣ 少止凶虐하니라 朱ㅣ 屢以非理로 使祥이어든 覽이 與祥俱하고 又虐使祥妻ㅣ어든 覽妻ㅣ 亦趨而共之하니 朱ㅣ 患之하야 乃止하니라

○ 안씨가훈에, 가로대, 우리집이, 너무ㅣ 며, 남무ㅣ 며, 부작이며, 배장하기를 말슘과, 으론에도, 싄음은너, 의무리, 보는바이니, 요괴코, 망녕된, 일을, 하지 마라

[부작은 괴이한 글자를 쓰어 문과 벽에 붓치어서 재얼을 제하는 일이오, 배장은 소장을 지어 하늘에 올리어서 복을 구하는 일이니, 다 요괴코 망녕된 일이라. ○ 편말에 특히 이 말슘을 녀흠은 녀자의 미신성을 금지하는 뜻이오, 쏘 녀자가 자식을 이럿케 정대함으로 가라치게 하는 뜻이라.]

〈2:10b〉

녀자소학권디이 맛츰

〈二:6a〉 ○ 顔氏家訓에 曰吾家ㅣ 巫覡符章을 絶於言議는 女曹所見이니 勿爲妖妄하라

〈二:6b〉

漢文原本 女子小學之卷(→ 卷之)二 終

○ 『여자소학(女子小學)』 뒤에 적은 글

『여자소학(女子小學)』이라는 것은, 회암(晦菴) 주부자(朱夫子)가 편집한 『소학』 책 가운데서 무릇 여자에게 관계된 아름다운 말과 착한 행실을 뽑은 것이다. 효도와 공경, 곧음과 미더움, 자애로운 교육 등을 모아 분류하여 차례대로 수록한 것인데, 내편(內篇)에서 뽑은 것은 그대로 내편이라고 이름 붙이고, 외편(外篇)에서 뽑은 것은 그대로 외편이라고 이름 붙였다. 그리고 여자들이 모두 다 아는 국문으로 번역하여 여자 학교에서 으뜸가는 중요한 책이 되겠금 하고자 한다.

다시 이만전(李晩田: 李鍾濬), 유동산(柳東山: 柳寅植), 이연당(李研堂: 李會稷) 등 여러 어른들에게 나아가서 교정을 받았다.

아아! 이 어찌 우연히 지었겠는가? 돌아보건대, 지금 세상의 도리는 크게 변하여, 부녀자들의 규범과 원칙은 싹 쓰러지듯 해이되어, 우리나라에서 종래부터 있어온 예의의 교화(敎化)가 다 파괴되었다. 만약 이러하다면 가정은 어떻게 가정이 되며, 나라는 어떻게 나라가 되겠는가?

내가 일찍이 이 때문에 걱정하고 두려워하여 홍수의 흐름이 한 길이 되도록 흐린 물이 치솟는 것 같을 뿐만 아니었다. 그래서 서둘러서 이 책을 편집한다.

무릇 여자가 된 사람은, 어려서부터 마음을 씻고 이 책을 읽을지어다. 진실로 능히 읽고 맛을 본다면, 어리석은 나의 말을 잔소리처럼 아뢰지 않아도 저절로 크게 깨닫는 도리가 절로 있어, 성스러운 여자가 될 수도

있고 어진 여자가 될 수 있을 것이니, 세상 교화를 붙들어 바로 세움에 깊이 도움이 있을 것이다. 힘쓸지어다! 힘쓸지어다!

을축년(乙丑: 1925) 동지에 진성(眞城) 이한걸(李漢杰)은 적는다.

〈識1a〉

女子小學者, 就晦菴朱夫子所輯小學書中, 抄取凡嘉言善行之關於女子者, 曰孝敬也, 曰貞信也, 曰慈教也. 三者, 彙分序錄, 而其取諸內篇者, 仍名曰「內篇」. 取諸外篇者, 仍名曰「外篇」. 以女子所共知之國文譯之, 俾作女學界宗要之書. 更就李晩田, 柳東山李研堂諸丈, 以受訂焉. 嗚呼! 此, 豈偶爾而作哉? 顧今, 世道大變, 閨門儀則, 靡然解弛, 壞了我國由來禮義之敎. 苟如是, 家安得以爲家, 國安得以爲國哉? 愚嘗爲此憂懼, 不啻若洪流丈濁, 所以汲汲焉編輯此書. 凡爲女子者, 自其少小, 皆當洗心, 而讀此哉! 誠能讀而味之, 不待愚言之贅陳, 而自有大覺之道, 可以爲聖女, 可以爲賢女, 而深有助於世敎之扶正也. 勉之哉! 勉之哉!

靑牛, 陽復日, 眞城, 李漢杰 識

〈識1b〉

女子小學識 終

영
인

1. 이 책은 이선(李善) 님[이한걸(李漢杰) 옹의 종손(從孫)]이 소장한 것이다.
2. 간기 장은 이상호(李霜虎) 님(이한걸 옹의 손자)이 소장한 책에서 가지고 왔다.

『여자소학』 영인본 서문

　『여자소학』은 율재(慄齋) 이한걸(李漢杰, 1880~1951)이 여성들의 행실을 가르치기 위하여 편찬한 책이다.

　『소학』은 인간교육의 바탕이 되는 유학의 입문서로서 원래 주자(朱子)의 지시로 제자 유자징(劉子澄)이 편찬한 아동교재이다.

　우리나라에서도 조선 초기부터 유교적 윤리관을 체득하기 위하여 아동들의 필수적 교과목이 되었으나 여성들에게는 한자를 가르치지 아니하여 조선중기 이후에 한글로 해석한 언해본(諺解本)이 발간되게 되었다. 그러나 율재 이한걸이 1927년 간행한 『여자소학』은 『소학』의 내용 중 여자에게 관련되는 문장을 골라 일제 치하의 한글 말살 정책에도 불구하고 순 한글로 편찬된 것으로 항일 의지가 담겨있다고 볼 수 있다.

　또한 남성들이 가정에서 수신제가하여 사회에 나아가 치국평천하의 뜻을 펼칠 수 있기 위해서는 여성들을 가르치지 아니하고는 이룩될 수 없다고 하여 편차 내용을 첫째로 효경(孝敬)편에서 부모와 시부모에게 효도하고 공경하는 일, 둘째로 정신(貞信)편에서 부부사이의 올바름과 신의를 지키는 일, 셋째로 자교(慈敎)편에서 자식을 자애하여 잘 키우고 가르치는 일에 대하여 옛날 사례를 들어 내·외편으로 엮어서 여성들이 어릴 때부터 익혀서 가정이 잘 다스려지게 되면 국권을 잃은 나라가 어려움을 극복하고 언젠가는 광복이 실현되어 치국평천하가 된다는 희망을 담고 있다.

이 책은 당시 교육자이던 만전 이종준(李鍾濬)이 교정하고, 민족지도자 동산 류인식(柳寅植)이 교열하였고, 경학원의 연당 이회직(李會稷)이 서문을 쓰고 말미에 율재 이한걸이 발문을 써서 발행처가 두루 마을 지암서숙(芝巖書塾)으로 되어있다.

율재 이한걸(李漢杰)은 일제강점기 유학자로 안동 와룡면 주하리 출신으로 부친은 이혁연(李赫淵)이며 백부가 의병 활동을 펼치고 독립운동가인 유수각(流水閣) 이긍연(李兢淵)으로 진성이씨 두루종택의 종손으로 출계하였다. 이한걸은 동정 이병호(李炳鎬)의 문하에서 수학하였으며, 특히 퇴계학(退溪學), 성리학, 도학(道學)에 전념하였고 동생이 유촌(有村) 이명걸(李明杰)이다.

1910년 경술국치 이후 일본의 모든 지시를 거부하고, 마을에 서숙을 세우고 후손들과 문하생에게 석류계(石溜契), 우신계(友信契), 남승계(覽勝契)등 학계를 조직하여 구학문과 신학문을 병행하여 가르쳐서 민족의식을 일깨웠다. 그 후 후예들과 문도들이 석류정(石溜亭)을 짓고 춘추로 모여 그의 유지(遺志)를 받들고 있으며 그의 시문집인『율재문집(慄齋文集)』5책이 전한다. 그의 저술중 초부가(樵夫歌), 청년가(靑年歌), 국맥가(國脈歌), 난죽가(蘭竹歌), 유수가(流水歌), 일월가(日月歌) 등은 국한문 혼용으로 쓰여져 누구나 쉽게 노래할 수 있게 하였으며 특히『율재집』은 그의 아우 유촌 이명걸의 노력으로 간행되었다.

『여자소학』은 서울대 김주원 교수의 학술논문「『훈민정음 해례본』의 뒷면 글 내용과 그에 관련된 몇 문제」에 의해 알려지게 되었다. 이 논문에서 김 교수는 "『훈민정음 해례본』은 1940년에 세상에 그 존재가 알려지기 전에 원소장자에 의해서 한글교육용 교재로 사용되고 있었다. 즉 다락에 갈무리 되어 있던 책을 우연히 발견한 것이 아니라 여성교육에 사용되었던 교재였다. 「사람마다 쉽게 익혀서 편히 쓰게 하고자」 했던 세종임금의 뜻대로 쓰이고 있었다."라고 주장하였다. 여기서 말하는 원소장자는 율재 이한걸이다.

진성이씨 주촌종택은 세종조 영변판관으로 약산성 구축과 최윤덕을 도와 북적을 정벌한 공로가 있어 원종공신에 녹훈된 선산부사 이정(李禎)의 종택으로 『훈민정음해례본』이 세전가보로 전해진 내력이 있다. 회양당(晦養堂) 이형하(李亨夏)는 선산부사 이정(李禎)의 15대손으로 아버지 이우주(李宇周)가 종손이고 백형 이형만(李亨晚)이 종손이며 손자 이긍연(李兢淵) 또한 종손으로 종가와 큰집 작은집 사이이고 『주역』의 '용회이명(用晦而明)'을 취하여 회양(晦養)을 자호로 하였다.

간송본 『훈민정음 해례본』을 소장하고 있었던 율재 이한걸은 회양당 이형하의 증손(曾孫)이며 종손(宗孫)인 이긍연(李兢淵)의 조카로 당시 문중을 대표하는 선비였으며 아들 4형제 중 셋째 이용준(李容準)이 명륜전문학교의 국문학자 김태준의 제자이기도 하다.

율재 이한걸이 편찬한 『여자소학』은 일제 암흑기 여성 계몽운동의 교재로서의 의미뿐만 아니라 순 한글본으로 해석 간행하여 누구라도 쉽게 글을 읽고 사람의 도리를 깨우칠 수 있게 한 세종임금의 애민정신이 들어있는 책이다. 이에 선대로부터 소중하게 간직해온 국보 『훈민정음 해례본』의 원소장처로서 입지를 확고히 하고 진성이씨 주촌종택과 회양당에 면면히 이어온 한글애호사상과 항일 민족정신을 널리 알리기 위하여 『여자소학』 영인본을 발간하기로 하여, 주촌종택 세준(世俊) 종손과 회양당 후손인 재갑(載甲) 박사가 불민한 나에게 서문을 부탁하니

외람되어 극구 사양하였으나 끝내 거절할 수가 없어서 그간의 사실을
살펴서 영인본 발간의 뜻을 밝히고자 한다.

2019년 1월
안동문화원장 철학박사 이동수가 삼가 서문을 쓰다.

昭和二年五月二十四日 印刷
昭和二年五月二十六日 發行

女子小學 定價 六十錢

不許複製

著作者 慶北安東郡臥龍面周下洞 李漢杰

發行者 京城府敦義洞六〇ノ三 李源赫

印刷者 京城府授恩洞六八 徐相玉

印刷所 京城府授恩洞六八 同興印刷所

發賣所 京城府鍾路 博文書館

發行所 慶北安東郡臥龍面周下洞 芝巖書塾

女子小學識

女子小學識終

女子小學識

女子小學者 就晦菴朱夫子所輯小學書中抄取凡嘉言善行 之關於女子者曰孝敬也曰貞

信也曰慈教 也三者彙分序 錄而其取諸內篇者四 名曰內篇取諸外篇者仍名曰外篇以女

子所共知之國文釋之俾作女學界 宗要之書更就李 晩田柳東山李研堂諸丈以受訂焉嗚

呼此豈偶爾而 作哉顧今世道 大變閨門儀則 靡然解弛壞了我國由來禮義之教茍如是家

安得以爲家國 安得以爲國哉愚管爲此 憂懼不啻若洪流丈濁所以汲汲焉編輯此書凡爲

女子者自其少小皆當洗心 而讀此哉誠能讀 而味之不待愚言 之贅陳而自有大覺之道可

以爲聖女 可以爲賢女而深有助於 世教之扶正也 勉之哉勉之哉青牛陽復日眞城李漢杰

識

女子小學之卷二 終

漢文
原本

224

○顔氏家訓에 曰吾家ㅣ巫覡符章을 絕於言議ᄂᆞᆫ 汝曹所見이니 勿爲妖妄ᄒᆞ라

大不樂하야謂申國夫人曰豈可使小兒輩로私作飮食하야壞家法耶ㅣ리오其嚴이如此라

○崔玄暐의母盧氏ㅣ嘗誠玄暐曰吾見姨兄屯田郎中辛玄馭ㅣ曰兒子從宦者를有人이來

云貧乏不能存이라하면此는是好消息이어니와若聞資貨ㅣ充足하며衣馬ㅣ輕肥면此는惡消息이라하니吾ㅣ

嘗以爲確論노라

比見親表中에仕宦者ㅣ將錢物하야上其父母ㅣ어든父每ㅣ但知喜悅하고竟不問此物이從何而來

하나니必是祿俸餘資ㄴ댄誠亦善事ㅣ어니와如其非理所得이면此ㅣ與盜賊何別이리오縱無大咎ㅣ나獨不內

愧於心가한댄玄暐ㅣ遵奉敎誡하야以淸謹으로見稱하라

○王祥의弟覽의母朱氏ㅣ遇祥無道ㅣ러니覽이年數歲에見祥의被楚撻하고輒涕泣抱持하며至于

成童야每諫其母하며其母ㅣ少止凶虐이라朱ㅣ屢以非理로使祥이어든覽이與祥俱하고又虐使祥妻

ㅣ어든覽妻ㅣ亦趨而共之하니朱ㅣ患之야乃止라

226

呂滎公은 申國正獻公之長子ㅣ니 正獻公이 居家애 簡重寡默ᄒᆞ야 不以事物로 經心ᄒᆞ고 而申國夫人

이 性嚴有法度ᄒᆞ야 雖甚愛公ᄒᆞ나 然이나 敎公事事를 循蹈規矩ᄒᆞ더라

甫十歲애 祈寒暑雨ㅣ라도 侍立終日ᄒᆞ야 不命之坐ㅣ어든 不敢坐也ㅣ러라 日必冠帶ᄒᆞ야 以見長者ᄒᆞ며 平居

에 雖甚熱ᄒᆞ나 在父母長者之側ᄒᆞ야 不得去巾襪縛袴ᄒᆞ야 衣服唯謹ᄒᆞ더라

禮註에 日必冠帶ᄒᆞᄂᆞᆫ 錄曰 甫十歲冠帶ᄂᆞᆫ 未免時弊

行步出入애 無得入茶肆酒肆ᄒᆞ며 市井里巷之語와 鄭衛之音을 未嘗一經於耳ᄒᆞ며 不正之書와 非

禮之色을 未嘗一接於目ᄒᆞ더라

○呂滎公의 張夫人은 待制諱昷之之幼女也ㅣ라 最鍾愛ᄒᆞ나 然이나 居常에 至微細事히 敎之必有法

度ᄒᆞ니 如飮食之類에도 飯羹을 許更益ᄒᆞ고 魚肉란 不更進也ㅣ니 時에 張公이 已爲待制河北都轉運

使矣러라

及夫人이 嫁呂氏ᄒᆞ야 夫人之母ᄂᆞᆫ 申國夫人姊也ㅣ라 一日애 來視女ᄒᆞ며 見舍後애 有鍋釜之類ᄒᆞ고

惶하야往視之고莫不酸鼻러라하더

剛剛意阻考訂
日阻他本作沮

或이謂之曰人生世間이如輕塵棲弱草耳니何辛苦乃爾오且夫家ㅣ夷滅巳盡니守此欲誰爲

哉오令女ㅣ曰聞仁者는不以盛衰로改節하고義者는不以存亡으로易心니하니曹氏全盛之時도尙欲

保終이어늘況今衰亡니何忍棄之리오禽獸之行을吾豈爲乎ㅣ리며

○唐奉天竇氏二女ㅣ生長草野호대幼有志操니러永泰中에羣盜數千人이剽掠其村落대한二女

ㅣ皆有容色야其長者는年十九오幼者는年十六이러匿嚴穴間이러늘曳出之하야驅迫以前새臨壑谷

深數百尺야其姊ㅣ先日吾寧就死ㅣ언정義不受辱이라하고卽投崖下而死늘盜方驚駭하며其妹ㅣ繼

之自投야折足破面流血이어늘羣盜ㅣ乃捨之而去하니라

京兆尹第五琦ㅣ嘉其貞烈하야奏之한대詔旋表其門閭하고永蠲其家丁役하니라

慈敎第三

宣이 笑曰能如是면 是ㅣ吾志也ㅣ로다 妻ㅣ乃悉歸侍御服飾하고 更着短布裳야 與宣으로 共挽鹿車야

歸鄕里야 拜姑禮畢고 提甕出汲야 修行婦道니 鄕邦이 稱之라하며

劉註麗車鶴錄曰一鹿可率之車拜姑禮畢曰但姑者疑其時舅已亡

○曹爽의 從弟文叔의 妻는 譙郡夏候文寧之女ㅣ名은 令女ㅣ라 文叔이 蚤死커늘 服闋하고 自以年少

無子니 恐家ㅣ必嫁己야 乃斷髮爲信이러니 其後에 家ㅣ果欲嫁之어늘 令女ㅣ聞고 卽復以刀로 截兩

耳고 居止를 常依爽이러니 及爽이 被誅야 曹氏盡死커늘 令女叔父ㅣ上書야 與曹氏絶婚고 彊迎令

女歸라하니

時에 文寧이 爲梁相이러니 憐其少執義고 又曹氏ㅣ無遺類ㅣ라 冀其義(阻)阻恐常히 乃微使人風之

補註與曹氏絶婚曹氏靈死則自無與婚者而云此者謂絶其舊婚

令女ㅣ嘆且泣曰吾亦惟之니 許之是也ㅣ라하야 家ㅣ以爲信야 防之少懈대 令女ㅣ於是에 竊入

寢室야 以刀斷鼻고 蒙被而臥니 其母ㅣ呼與語대 不應을 發被視之니 血流滿床席이어늘 擧家驚

○漢陳孝婦ㅣ年이十六而嫁하야未有子ㅣ러니其夫ㅣ當行戌하야且行時에屬孝婦曰我生死를未

可知ㅣ니幸有老母ㅣ오無他兄弟備養이니吾ㅣ不還이라도汝ㅣ肯養吾母乎아婦ㅣ應曰諾다

夫ㅣ果死不還이어늘婦ㅣ養姑不衰하야慈愛愈固하야紡績織紝하야以爲家業하고終無嫁意러라

居喪三年하야其父母ㅣ哀其少無子而早寡也하야將取嫁之하니孝婦ㅣ曰夫ㅣ去時에屬妾以

供養老母ㅣ어늘妾이旣許諾之호리오夫養人老母而不能卒이며許人以諾而不能信이면將何以立於世

乎ㅣ리오欲自殺한대其父母ㅣ懼而不敢嫁也하야遂使養其姑하니二十八年에애姑ㅣ八十餘라以天年으

終世커늘盡賣其田宅財物하야以葬之하고終奉祭祀하니라

○漢鮑宣의妻桓氏의字는少君이라宣이嘗就少君父學하니父ㅣ奇其淸苦故로以女妻之하니裝

淮陽太守ㅣ以聞한대使使者하야賜黃金四十斤고復之하야終身無所與하니號曰孝婦ㅣ라하니라

送資賄ㅣ甚盛이어늘宣이不悅하야謂妻曰少君아生富驕하야習美飾이어늘而吾ㅣ實貧賤이라不敢當禮로다

妻ㅣ曰大人이以先生이修德守約故로使賤妾으로侍執巾櫛하시니旣奉承君子ㅣ란惟命是從이니이다

230

야 以配身하면 是는 己失節也ㅣ니

又問或有孤孀이 貧窮無託者ㄴ 可再嫁否아 曰只是後世에 怕寒餓死故로 有是說이나 然이나 餓

死事는 極小하고 失節事는 極大하니라

○顔氏家訓에 曰婦는 主中饋라 唯事酒食衣服之禮耳니 國不可使預政이며 家不可使幹蠱니 如

有聰明才智識達古今이라도 正當補佐君子하야 勸其不足이니 必無牝鷄晨鳴하야 以致禍也ㅣ니라

○江東婦女는 略無交遊하야 其婚姻之家ㅣ 或十數年間에 未相識者ㅣ오 唯以信命贈遺로 致慇懃

焉하나니라

鄴下風俗은 專以婦持門戶하야 爭訟曲直하며 造請逢迎하야 代子求官하며 爲夫訴屈하나니 此ㅣ乃恒俗

之遺風乎ㅣ저

○夫有人民而後에 有夫婦하고 有夫婦而後에 有父子하고 有父子而後에 有兄弟하나니 一家之親은 此

三者而已矣니 自玆以往으로 至于九族히 皆本於三親焉하나니 故로 於人倫에 爲重也ㅣ니 不可不篤

○早婚少聘은 敎人以偸ㅣ오 姜媵無數는 敎人以亂이니 且貴賤이 有等하니 一夫一婦는 庶人之職也

ㅣ니

○司馬溫公이 曰凡議婚姻에 當先察其壻與婦之性行과 及家法何如ㅣ오 勿苟慕其富貴니

壻苟賢矣면 今雖貧賤이나 安知異時에 不富貴乎ㅣ며 苟爲不肖면 今雖富盛이나 安知異時에 不貧

賤乎ㅣ리오

婦者는 家之所由盛衰也ㅣ니 苟慕一時之貴富而娶之하면 彼ㅣ挾其富貴하야 鮮有不輕其夫而傲其

舅姑하야 養成驕妬之性이니 異日爲患이 庸有極乎ㅣ리오

借使因婦財而致富하며 依婦勢而取貴라도 苟有丈夫之志氣者ㅣ能無愧乎아

○安定胡先生이 曰嫁女를 必須勝吾家者니 勝吾家則女之事人이 必欽必戒라 娶婦를 必須不

若吾家者니 不若吾家則婦之事舅姑ㅣ 必執婦道니라

○或이 問孀婦를 於理에 似不可取니 如何오 伊川先生이 曰然다凡取는 以配身也니 若取失節者

○唐鄭義宗의 妻盧氏ㅣ 略涉書史ㅎ고 事舅始ㅣ 甚得婦道ㅣ러니 嘗夜에 有强盜數十이 持杖鼓噪

야 踰垣而入ㅎ니 家人이 悉奔竄ㅎ고 唯有姑ㅣ 自在室을이어늘 盧ㅣ 冒白刃ㅎ야 往至姑側ㅎ야 爲賊捶擊ㅎ야 幾

死ㅣ러라

賊去後에 家人이 問何獨不懼오 盧氏ㅣ 曰人所以異於禽獸者는 以其有仁義也ㅣ니 隣里有急

이라도 尙相赴救ㅣ온 况在於姑而可委棄乎아 若萬一危禍ㅣ면 豈宜獨生이리오

貞信 第二

王吉上疏에 曰夫婦는 人倫大綱이오 夭壽之萌也ㅣ니 世俗이 嫁娶太蚤ㅎ야 未知爲人父母之道而有

子ㅣ是以로 敎化ㅣ 不明而民多夭ㅎ니라

○文中子ㅣ 曰婚娶而論財는 夷虜之道也ㅣ라 君子ㅣ 不入其鄕ㅎ나니 古者에 男女之族이 各擇德

焉이오 不以財爲禮ㅎ니라

漢文原本女子小學卷之二　　二

○柳玭이 曰崔山南의 昆弟子孫之盛이 鄕族익 罕比러니 山南의 曾祖王母長孫夫人이 年高無齒

補註
複姓
長孫
라

食數年而康寧하더

어늘 祖母唐夫人이 事姑孝야 每日에 櫛縰笄야 拜於階下하고 卽升堂야 乳其姑니 長孫夫人이 不粒

敬則崔之門이 安得不昌大乎ㅣ라 하니라

○柳開仲塗ㅣ 曰皇考ㅣ 治家샤대 孝且嚴시니 朝望에 弟婦等이 拜堂下畢하고 卽上手低面야 聽我

一日에 疾病이어 長幼ㅣ 咸萃며 宣言無以報新婦恩이로 願新婦는 有子有孫이 皆得如新婦의 孝

皇考訓誡니 曰人家兄弟ㅣ 無不義者마는 盡因娶婦入門야 異姓이 相聚야 爭長競短야 漸漬

日聞하며 偏愛私藏야 以致背戾야 分門割戶야 患若賊讎니 皆汝婦人所作이니 男子剛腸者幾

人이 能不爲婦人言의 所惑고 吾見이 多矣니 若等은 寧有是耶ㅣ리오하야서든 退則惴惴야 不敢出一語

爲不孝事ㅣ니 開輦ㅣ 抵此賴之하야 得全其家云이라

234

女子小學卷之二

外篇 教師用

孝敬 第一

司馬溫公이曰凡諸卑幼ㅣ事無大小히毋得專行하고必咨稟於家長이니

○凡子ㅣ受父母之命에必籍記而佩之하야時省而速行之하고事畢則返命焉이니라

○父母之喪에中門外에擇樸陋之室하야爲丈夫喪次하고斬衰엔寢苫며枕塊하며不脫絰帶하며不與人坐焉하고婦人은次於中門之內別室하야撤去帷帳衾褥華麗之物이니라

補註賈氏說曰寢苫哀親之在草枕塊哀親之在土備錄曰今之枕棄失禮也

男子ㅣ無故ㅣ어든不入中門하며婦人이不得輒至男子喪次ㅣ니

晉陳壽ㅣ遭父喪하야有疾이어늘使婢丸藥하며客이往見하고鄕黨이以爲貶議러니坐是沈滯하야坎坷終身하니嫌疑之際는不可不愼이라

倚門而望하고 女ㅣ 莫出而不還則吾ㅣ 倚閭而望이러니 女ㅣ 今事王하다가 王이 出走커시늘 女ㅣ 不知

其處니 女尙何歸오

稱疾女尙何歸鶴鷄錄日言前日無事之時母之望子之情如是而君之遭亂之日何以歸母而不致死於在所也

王孫賈ㅣ 乃入市中하야曰淖齒ㅣ亂齊國하야殺閔王하니欲與我誅齒者는祖右하라하대市人從之者ㅣ

四百人이어늘與誅淖齒하야刺而殺之라

諺文
原本 女子小學卷之一

嘆曰魯其亡乎ㄴ져使僮子로備官而未之聞邪ㅣ온

註 未之聞指下文王后親織玄紞公侯夫人紘綖等事而將鋪張而警責之漸也

居하야吾ㅣ語女民이勞則思하나니思則善心이生하고逸則淫하나니淫則忘善하고忘善則惡心이

生하나니沃土之民이不材는淫也오瘠土之民이莫不嚮義는勞也ㅣ니라

是故로王后ㅣ親織玄紞하시고公侯之夫人이加以紘綖하고卿之內子ㅣ爲大帶하고命婦ㅣ成祭服하고

列士之妻ㅣ加之以朝服하고自庶士以下ㅣ皆衣其夫니社而賦事며烝而獻功하야男女效績하야

愆則有辟이니古之制也ㅣ니라

吾ㅣ冀而朝夕修我曰必無廢先人이라하더니爾今日胡不自安고하니是故로承君之官이면予懼穆伯

之絶嗣也하노라

註 鶴錄曰先人亾父也無廢先人者謂必守先人勤業也

○王孫賈ㅣ事齊閔王하다가王이出走ㅣ어늘賈ㅣ失王之處니其母ㅣ曰女ㅣ朝去而晚來則吾ㅣ

太任之性이 端一誠莊샤 惟德之行하시며 及其娠文王하샤 目不視惡色하시며 耳不聽淫聲하시며 口不

出敖言하며 生文王而明聖샤 太任이 敎之以一而識百하시니 卒爲周宗하시니 君子ㅣ謂太任이 爲

能胎敎ㅣ라하니라

○孟軻之母ㅣ其舍ㅣ近墓ㅣ러니 孟子之少也에 嬉戲에 爲墓間之事하야 踊躍築埋ㅣ어늘 孟母ㅣ曰

此ㅣ非所以居子也ㅣ라하고 乃去舍市ㅣ러니 其嬉戲에 爲賈衒이어늘 孟母ㅣ曰此ㅣ非所以居子也ㅣ라하고

乃徒舍學宮之旁하니 其嬉戲에 乃設俎豆하야 揖讓進退어늘 孟母ㅣ曰此ㅣ眞可以居子矣라하고 遂

居之라하니

○孟子ㅣ幼時에 問東家殺猪는 何爲오 母ㅣ曰欲啖汝ㅣ니 旣而悔曰吾聞古有胎敎호니 今適有

知而欺之면 是는 敎之不信이라하고 乃買猪肉하야 以食之라하니

旣長就學야 遂成大儒니라

○公父文伯이 退朝하야 朝其母새할 其母ㅣ方績이러니 文伯이 曰以歜之家而主ㅣ猶績乎아 其母ㅣ

女子ㅣ十年이어든 不出하며 姆ㅣ 敎婉娩聽從하며 執麻枲하며 治絲繭하며 織紝組紃하야 學女事하야 以共衣
服하며 觀於祭祀하야 納酒漿籩豆菹醢하야 禮相助奠이니라

補註鶴錄曰女子十年前敎典男子同儀紝組紃絤紝亦繡也說文曰組綬
屬其小者以爲綬六書故曰綬緩之屬置官服綬中圓曰組扁曰紃

十有五年에 而笄하고 二十而嫁ㅣ니 有故ㅣ어든 二十三年而嫁니라

註鄭氏說曰
女子許嫁而笄

聘則爲妻오 奔則爲妾이니라

補註聘有六禮納采問
名納吉納徵請期親迎

○曲禮에 曰幼子를 常視無誑하며 立必正方하야 不傾聽이니라

補註鶴錄曰常視無誑無
誑也心術也立必正方
不傾聽也威儀也正之一字小學一部大指

○太任은 文王之母ㅣ시니 摯任氏之中女也ㅣ러시니 王季ㅣ 娶而爲妃하시니라

子師ㅣ니라

勸可者當從陳氏註說子師凡子十年前闥門內女師女
子十年之姆亦此師非乳母也集註引溫公說恐未着當

子能食食ㅣ어든 教以右手며 能言이어든 男唯女兪며 男鞶革이오 女鞶絲ㅣ니라

勸註取其便金沙溪攷訂曰便與氏本註作鞶鞶錄曰盖地縮東南而西北高西北右也故人之右手足强於左手足
便於任用鞶易曰錫之鞶帶鞶大帶非小囊之即然也意大帶不常於小兒只得爲佩物之小帶而從革曰鞶從絲曰鞶也

六年이어든 教之數與方名이니라

補註鶴錄曰六年陰年數與方皆地道也地消屬乎陰故六年必教數方

七年이어든 男女ㅣ不同席며 不共食이니

補註鶴錄曰女子七年天癸始生自此有男女交感之候故教之以別

八年이어든 出入門戶와 及卽席飲食애 必後長者야 始教之讓이니라

補註鶴錄曰男子八年齓齒始生自此可爲計年之節故始教之敬長

九年이어든 教之數日이니라

○蔡人妻는 宋人之女也ㅣ라 旣嫁而夫有惡疾이어늘 其母ㅣ將改嫁之러니 女ㅣ曰夫之不幸이 乃妾

之不幸也ㅣ니 奈何去之오리오 適人之道는 一與之醮면 終身不改니하니 不幸遇惡疾나 彼無大故고하

不遣妾니 何以得去ㅣ리오하고 終不聽라

慈敎 第三

列女傳에 曰古者에 婦人이 妊子에 寢不側하며 坐不邊하며 立不蹕하며 不食邪味하며 割不正이어든 不食하며

席不正이든 不坐하며

目不視邪色하며 耳不聽淫聲하고 夜則令瞽로 誦詩하며 道正事러라
正事常從陳氏註說
瞽鶡錄曰女瞽也

如此則生子ㅣ 形容이 端正하며 才過人矣리라

○內則에 曰凡生子에 擇於諸母와 與可者대 必求其寬裕慈惠溫良恭敬愼而寡言者야 使爲

補註에萬錄曰古者에朋友之母有升堂拜見
之禮ᄒᆞ니君非有好德之實難以避好色之嫌

○王蠋ᄋᆞᆫ曰忠臣ᄋᆞᆫ不事二君ᄋᆞ오烈女ᄂᆞᆫ不更二夫ᅵ라ᄒᆞ니

補註에不事二君ᄋᆞᆫ謂泛
指二君乃謂易姓之君也

○伯季ᅵ使過翼할새見冀缺이耨커ᄂᆞᆯ其妻ᅵ饁之호대敬ᄒᆞ야相待如賓ᄒᆞ고與之歸ᄒᆞ야言諸文公曰敬ᄋᆞᆫ

德之聚也ᅵ니能敬이면必有德이라德以治民ᄒᆞ니君請用之ᄒᆞ쇼셔臣ᄋᆞᆫ聞호니出門如賓ᄒᆞ며承事如祭ᄂᆞᆫ

仁之則也ᅵ라ᄒᆞᆫ대文公이以爲下軍大夫ᄒᆞ니라

○公父文伯之母ᄂᆞᆫ季康子之從祖叔母也ᅵ러니康子ᅵ往焉이어ᄂᆞᆯ闇門而與之言ᄒᆞ고皆不踰閾ᄒᆞ더라

仲尼ᅵ聞之ᄒᆞ시고以爲別於男女之禮矣니라ᄒᆞ시니라

訓註에從祖叔母即從
叔母ᄂᆞᆫ恐非是

○衛共姜者ᄂᆞᆫ衛世子共伯之妻也ᅵ니共伯이蚤死ᅵ어ᄂᆞᆯ共姜이守義러니父母ᅵ欲奪而嫁之어ᄂᆞᆯ共

姜이不許ᄒᆞ고作栢舟之詩ᄒᆞ야以死自誓ᄒᆞ니라

是故로 女ㅣ 及日乎闈門之內하고 不百里而奔喪하며 事無擅爲하며 行無獨成야 參知而後에 動하며 可

驗而後에 言하며 畫不遊庭하며 夜行以火니 所以正婦德也ㅣ니라

不百里而奔喪章句曰如雜記非三年之喪則不踰封而吊之意不曰吊而曰奔喪者以禮中朞功之戚通言奔喪故也

女有五不取하니 逆家子를 不取하며 亂家子를 不取하며 世有刑人이어든 不取하며 世有惡疾이어든 不取하며 喪

父長子를 不取니라

五不取媳錄曰不取則亦各有其類以相配也

婦有七去하니 不順父母去하며 無子去하며 淫去하며 妬去하며 有惡疾去하며 多言去하며 竊盜去니라

有三不去니 有所取오 無所歸든 不去하며 與更三年喪든 不去하며 前貧賤이오 後富貴든 不去니라

凡此는 聖人이 所以(順)男女之際하며 重昏姻之始也ㅣ니

順男女之際章句曰順與愼古字通用

○曲禮에 曰寡婦之子ㅣ 非有見焉이어든 弗與爲友ㅣ니라

○男不言內하고 女不言外하며 非祭非喪이어든 不相授器니 其相授則女受以篚하고 其無篚則皆坐奠

之而後에 取之니라

外內ㅣ不共井하며 不共湢浴하며 不通寢席하며 不通乞假하며 男女ㅣ不通衣裳이니

〔註〕不共井은 鄭錄曰 井卽盥漱洗滌之井

男子ㅣ入內야 不嘯不指하며 夜行以燭이니 無燭則止코 女子ㅣ出門에 必擁蔽其面하며 夜行以燭이니

無燭則止니라

〔註〕不指好古窩童子問曰指指示也 加曲禮登城不指論語車中不親指之意本註指盡不當

道路에 男子는 由右하고 女子는 由左ㅣ니

〔註〕男子由右鄭氏說曰地道尊右鶏錄曰東南爲左西北爲右古者中國道有左右男由右女由左車馬由中央

○孔子ㅣ曰婦人은 伏於人也ㅣ라 是故로 無專制之義코 有三從之道니 在家從父하고 適人從夫하고

夫死從子야 無所敢自遂也야 敎令이 不出閨門하며 事在饋食之間而已矣니라

244

補註辭無不腆鴻臚曰凡他謙辭用自謙之意曰
不腆云云而昏禮辭無不腆字告之以直信也

男子ㅣ親迎ᄒᆞ야ᄒᆞᆫ 男先於女ᄂᆞᆫ 剛柔之義也ㅣㄴ 天先乎地ᄒᆞ며 君先乎臣이 其義ㅣ一也ㅣㄴ니라

執摯以相見ᄋᆞᆫ 敬章別也ㅣㄴ니 男女ㅣ有別然後에 父子ㅣ親ᄒᆞ고 父子ㅣ親然後에 義ㅣ生ᄒᆞ고 義ㅣ生

然後에 禮ㅣ作ᄒᆞ고 禮ㅣ作然後에 萬物이安ᄒᆞᄂᆞ니 無別無義ᄂᆞᆫ 禽獸之道也ㅣ라

○內則에 曰禮ᄂᆞᆫ 始於謹夫婦ㅣ니 爲宮室ᄒᆞᄃᆡ 辨內外ᄒᆞ야 男子ᄂᆞᆫ 居外ᄒᆞ고 女子ᄂᆞᆫ 居內ᄒᆞ야 深宮固門ᄒᆞ야

閽寺ㅣ守之ᄒᆞ야 男不入ᄒᆞ고 女不出이니라

男女ㅣ不同椸枷ᄒᆞ야 不敢懸於夫之楎椸ᄒᆞ며 不敢藏於夫之篋笥ᄒᆞ며 不敢共湢浴ᄒᆞ며 夫不在어든 斂枕

篋ᄒᆞ며 簟席襡器而藏之ᄒᆞ며 少事長ᄒᆞ며 賤事貴ᄒᆞᆯ 咸如之ㅣ라

妻ㅣ不在어든 妾御ㅣ莫敢當夕이니라

集註男女不同椸物錄曰此男女承上男女而言卽夫婦也臨川吳氏註恐未妥

集註常夕詩少星章註衆妾進御於君不敢當夕見星而往見星而還本註不敢當妻之夕者恐非是

常하라 子ㅣ曰諸다ㅣ 唯恐不堪니이어 不敢忘命이오려
니라

父ㅣ送女에 命之曰戒之敬之하야 夙夜無違命이다하
鶴註鶴錄曰命謂男始君
子之命但指舅姑則恐偏

母ㅣ 施衿結帨曰勉之敬之하야 夙夜無違宮事라하
鶴註衿爾雅
作袴衣小帶

庶母ㅣ 及門內야 施鞶하고 申之以父母之命야 命之曰敬恭聽하야 崇爾父母之言야 夙夜無愆야 視
鶴註鞶鶴錄曰
佩物之小帶

諸衿鞶라하

○禮記에 曰夫昏禮는 萬世之始也ㅣ라 取於異姓은 所以附遠厚別也ㅣ오 幣必誠며 辭無不腆은 告

之以直信니 信이 事人也ㅣ며 信이 婦德也ㅣ라 一與之齊면 終身不改니하나 故로 夫死不嫁ㅣ니

凡婦ㅣ不命適私室이어든 不敢退하며 婦ㅣ將有事에 大小를 必請於舅姑ㅣ니라

○祭統에 曰夫祭也者는 必夫婦ㅣ親之니 所以備外內之官也니 官備則具備니라

稽註鶴錄에 曰不孝之罪亦有大小故分屬於五刑墨刑不孝爲大劓刑不孝爲大⋯大辟不孝爲大也

○孔子ㅣ曰五刑之屬이 三千이로대 而罪ㅣ莫大於不孝니라

貞信 第二

曲禮에 曰男女ㅣ非有行媒어든 不相知名하며 非受幣어든 不交不親이니라

稽註鶴錄에 曰行媒納采也知名聞名也受幣納徵也交親親迎也

故로 日月以告君하며 齊戒以告鬼神하며 爲酒食以召鄕黨僚友하나니 以厚其別也ㅣ니라

稽註에 日月鶴錄에 曰婚日爲重故先昌日也

取妻에 不敢同姓이라 故로 買妾에 不知其姓則卜之니라

○士昏禮에 曰父ㅣ醮子에 命之曰往迎爾相하야 承我宗事호대 勖帥以敬하야 先妣之嗣ㅣ니 若則有

○子婦孝者敬者는 父母舅姑之命을 勿逆勿怠라니

若飮食之어시든 雖不嗜나 必嘗而待하며 加之衣服이어시든 雖不欲이나 必服而待라니

加之事오人代之어시든 已雖不欲이나 姑與之하야 而後復之니라

○子婦는 無私貨하며 無私蓄하며 無私器니 不敢私假하며 不敢私與니라

婦ㅣ 或賜之飮食衣服布帛佩帨茞蘭이어든 則受而獻諸舅姑ㅣ니 舅姑ㅣ 受之則喜하야 如新受賜하고 若反賜之則辭호대 不得命이어든 如更受賜하야 藏而待乏이니라

婦ㅣ 若有私親兄弟어든 將與之則必復請其故하야 賜而後與之니라

○舅沒則姑老ㅣ니 冢婦ㅣ 所祭祀賓客을 每事를 必請於姑하고 介婦는 請於冢婦ㅣ니라

舅姑ㅣ 使冢婦ㅣ어시든 母怠하며 不(友)友作敢無禮於介婦ㅣ니라

舅姑ㅣ 若使介婦ㅣ어시든 母敢敵耦於冢婦ㅣ니 不敢並行하며 不敢並(命)命作立하며 不敢並坐ㅣ니라

〔訂〕不敢並命鶴錄曰古文命立字相似命若作立則文勢似益當

當作ㅣ어시든 御者는 舉几하고 歛席與簟하며 縣衾箧枕하고 歛簟而襡之니라

與ㅣ시든御者는舉几하

訓註鶴錄曰此章註恐多未穩蓋將枉將簟也牀臥牀也與坐之與字之誤疑與也几坐几也執牀爲句而上屬於將枉與坐爲句而下管御者舉几之文方得通

父母舅姑之衣衾簟席枕几를 不傳하며 杖屦를 祇敬之야 勿敢近하며 敦牟巵匜를 非餕이어든 莫敢用

며 與恒飮食을 非餕이어든 莫之敢飮食이라

補註 與恒飮食父母舅姑所常食飮之酒肉等物非謂朝夕大食也

○在父母舅姑之所야 有命之어시든 應唯敬對하며 進退周旋에 慎齊하며 升降出入에 揖遊하며 不敢噦

噫嚏咳欠伸跛倚睇視하며 不敢唾洟니

寒不敢襲하며 癢不敢搔하며 褻衣衾을 不見裏라니

父每唾洟를 不見하며 冠帶垢ㅣ어든 和灰請漱하며 衣裳垢ㅣ어든 和灰請澣하며 衣裳綻裂이어든 紉箴請補

綴라이니

少事長하며 賤事貴에 共帥是라니

進盥새 한 少者는 奉槃하고 長者는 奉水야 請沃盥하고 盥卒授巾이니

問所欲而敬進之대 柔色而溫之야 舅姑ㅣ必嘗之而後에 退라
鶴錄曰註承籍籍常作藉和柔其顏色以順適
衾者之意如玉之承藉者不勤搖而其藉其坐席也

女未笄者ㅣ 鷄初鳴이어 咸盥漱며 櫛縰며 拂髦며 總角며 衿纓야 皆佩容臭고 昧爽而朝야 問何
衿纓章句曰賈氏說曰女子笄乃著纓此未笄而有纓者以佩容臭也
臭之物今之香囊是也恐身有穢氣觸尊者故佩之非直助爲形容之飾也昧爽而朝幼子中或有晏起者故寬其限鷄
鶴錄曰纓佩香囊之小帶也容臭謂容其香

食飲矣오하 若已食則退하고 若 未食則佐長者視具ㅣ라
鳴而覆者不
必待昧爽

○凡内外ㅣ 鷄初鳴이어든 咸盥漱며 衣服고 歛枕簟며 灑掃室堂及庭야 布席고 各從其事ㅣ니라
凡內外鶴錄曰總言一家
之內外若但指婢僕則恐偏

○父母舅姑ㅣ將坐시든 奉席請何鄕하며 將衽이어든 長者는 奉席請何趾고 少者는 執牀며 (與)坐
恐 典

今此爲書務要女學之簡當故只錄原本於譯述之後不及撫諸家註說凡爲女學之

師者更就小學原書中考覽是愚之所望也若夫註說之可疑處愚引東儒說或古註

以正之謂之訂註且註說之未備處愚引東儒說或古註以補之謂之補註兹附訂註

補註以備敎者之叅考而間亦竊附己意耳外篇倣此

孝敬　第一

衿纓綦屨라니

內則에 曰婦ㅣ 事舅姑호대 如事父母야하 鷄初鳴이어든 咸盥漱하며 櫛縰笄總하며 衣紳하며 左右佩用하며

盥은 上聲洗面本註只謂洗手恐未周衿纓柳好古窩章句曰鄭氏
說曰婦人有纓示繫屬也觀曲禮許嫁纓恐常從此說非爾香囊也

以適舅姑之所하야 及所야하 下氣怡聲하야 問衣燠寒하며 疾痛苛癢베하 而抑搔之하며 出入則或先

或後야하 而敬扶持之니라

녀자소학권뎨이 맞솜

왕샹의 쟈는 휴졍이오 왕람의 쟈는 헌홍이니 진나라ㅅ 낭야ㅅ 사람이란 ○편말에 추씨의 부자
히 일을 녀흠은 김계히 린 뜻이오 왕람의 안해 우애 잇ᄉᆞᆷ을 녀자 ᄃᆞᆯ이다 ᄲᅳᆫ보라 하는 뜻이라

○안씨가훈에、가로대、우리집이、녀무ㅣ며、남무ㅣ며、부작이며、배쟝하기를
말슴과、의론에도、산음은녀、의무리、보느ᄇᆡ이니、요괴코、망녕된、일을、하지
마라

부작은긔이한글자를쓰어문파벽에붓치어서재ᄋᆞᆯ을제ᄒᆞ는일이오배쟝
은소쟝을지어ᄒᆞ놀에올리어서보ᄆᆞᆯ구ᄒᆞ는일이니다요괴코망녕된일이
라○편말에득히이말ᄉᆞᆷ을녀흠은녀자의미션셩을금지ᄒᆞ는뜻이오ᄯᅩ녀
자가자식을이럿케졍대함으로가라쳐치게ᄒᆞ는뜻이라

요사이, 보니, 동성이나, 웨성이나, 사종에, 벼슬하는이, 돈이나, 물품을, 가져

다가, 그, 부모께, 올리거든, 부모ㅣ, 다만, 즐거할줄만, 알고, 나종내, 이것이

어듸로, 차차, 오앗슴을, 물지, 아니하나니, 반듯이, 녹봉에, 남은, 재물인댄

진실로, 쏘한, 조흔일니, 어나와, 만일, 그, 비리에, 어든바이면, 이것이, 도적

으로, 더블어, 어찌, 다르리오, 비록, 큰, 쥄, 업스나, 홀로, 안으로, 마음에

붓그럽지, 아니하랴, 한대, 현위ㅣ, 가라쳐, 경계함늘, 좃차, 밧들어서, 쳥렴하

고, 삼감으로, 써, 닐컬임을, 보앗느니라

○왕상의, 아오, 람의, 어미, 주써ㅣ, 상이를, 대접흠을, 무도히, 하더니, 람이

나이, 두어살에, 상이, 매마즘쏠, 보고, 울고, 안아, 붓잡더니, 성동흠에

니를어, 매양, 그, 어미쎄, 잔하니, 그, 어미ㅣ, 흥학흠을, 조곰, 그치니라, 주

써ㅣ, 자조, 비리로, 써, 상이를, 부리거든, 람이, 상파, 더블어, 함쎄, 하고

쏘, 상의안해를, 몹스게, 부리거든, 람의, 안해가, 쏘, 다라가, 한가지로, 하니

주ㅣ씨, 겨정하야, 이에, 그치니라

밋、부인이、려씨에게、싀집가야는、부인의、어머니는、션국부인의、형이라、한

날에、오아、딸을、보더니、집뒤에、쟁철이며、가마류가、잇슴을、보고、크게、

즐기지、아나하야、선국부인、다려、닐러、가로대、어찌、가히、졈은、아해들로

하여금、사사으로이、음식을、지어、가법을、으러지게、하리오、하니、그、엄홈

이、이갓더라

부인과형용이서로이종사촌이니넷적에이셩사촌은
혼인하떠니대명태조께니물어쳐음금지하엿느니라

○최현위의、어미、노씨ㅣ、일즉、현위를、경계하야、가로대、이죵형、둔젼랑즁

벼슬로、잇는、신헌어를、보니、자식아、벼슬하여、다니는이를、사람

이、잇서、오아、일오대、간난하며、군핍하야、능히、보존치、못하더라、하면

이것은、조흔、긔별이어니와、만일、재물이、차아서、족하며、옷과、말이、가벼

으며、살지다、홈을、들으면、이것은、악한、긔별이라、하니、나ㅣ、항상、써、

확실한、의론이라、하노라

현위의이름은녑이니박능사람이
니벼슬이재상에니루엇느니라

모와、어룬의、겻혜、잇서、시러금、건과、보신과、행젼을、벗지、못하야、의복

을、오죽、삼가더라
열살에갓쓰는것은그째
똥쇽을좃차함이라

다니며、나며、듬에、시러금、차人져자며、술져자에、드지、못하며、시정이며、

리항엣、말과、졍나라며、위人나라人소리를、일즉、한번、귀에、지나지、아니하

며、졍직지、아니한、글과、례아닌、빗출、일즉、한번、눈에、대질이지、아니하

더라
졍나라며위人나라人
소리는음탕하니라

〇려형공의、부인、장씨는、대졔벼슬로、잇는、온지의、젹은、쌀이라、가장、사

랑을、모도나、그러나、평상거할졔、미셰한、일에、닐으히、가라참을、반듯이、

법도ㅣ、잇더니、음식갓흔、류에도、밥과、갱으란、다시、〻、더함을、허락하고、

어와、육으란、다시、나오지、아니하니、그째에、장공이、이믜、대졔로、하북、

도젼운사를、하엿더라

그 문과、마을을、졍표하고、영영히、그집、사나해、구실을、덜엇느니라

경초는군이틈이오윤은벽슐이틈이라제오는셩이오
긔는이름이라졍표는나라에서귀졀아표하는것이라

자 교 졔 삼

려형공은、신국、졍헌공의、맛아들이라、졍헌공이、집에、잇슬졔、간략하며、후
즁하며、과하야、묵하야、세속일로、써、마음에、경영치、아니하고、신국부인이
셩질이、엄하고、법도ㅣ、잇서、비록、심히、공을、사랑하나、그러나、공을、가
라치대、매사를、규구를、좃차、발게、하더라

려혁공의이름은희쳘이오자는원명이니송나라사람이라졍헌공의이름은
공져ㅣ오자는회숙이니송나라졍승으로신국공을봉하니라파하는일을덜어적
이한단말이오묵은말을삼간단말이라신국부인은졍헌공의안해니참졍벽슐
한노종도의딸이라규구는법도명그는그릇이니규는모이나니라

거우、열실에、큰、춤우와、덥고、비올졔、라도、외아서、셧기를、날이、맛도록
하야、명하야、안즈라、아니하거시든、감히、안찌、아니하더라、날마다、반듯이
갓쓰고、띄、씌여、써、어룬에게、뵈오며、평상거할졔、비록、심히、덥우나、부

때에도、오히려、맛츰을、보전코져、하거든、하믈며、이제、쇠망、하엿스니、어

씨、참아、바라리오、금수의、행실을、나ㅣ、어찌하리오、하더라

○당나라ㅅ적、봉천두씨의、두딸이、초야에、생장하엿스되、어려서、부터、뜻과

조집이、잇더니、영태가온대、모든、도젹、수천인이、그、마을을、겁박하며、로

략질、한대、두딸이、다、자색이、잇서、맛은、나이、열아흡이오、아오는、나

이、열여섯이러니、바우구무사이에、숨엇거늘、쓰어、내야、구박하야、써、압、

세울새、구렁이、깁히、두어、백자이나、되는대에、림하야、그、맛이、몬져、가

로대、나ㅣ、찰하리、죽음에、나아갈찌언정、의리에、욕을、밧지、아니하리로다

하고、즉제、언덕알에、썬지어、죽거늘、도젹이、바야으로、놀나、더니、그、아

오가、너어、스스로、썬지어、발이、썩거지고、낫치、쌔여져、피가、흐르거늘、

모든、도젹이、바리고、가니라

영태는당나라대
종의년호ㅣ라

경조윤、졔오긔ㅣ、그、졍렬홈을、아름답게、녀겨、님금쎄、엿주온대、조서하야

이때에、문녕이、량나라、승상이、되엿더니、졈어、졀의를、잡은것을、어엿비、

녀기고、또、조씨、긔친류ㅣ、업는지라、그、뜻이、그쳐、지기를、바라서、이에

가만이、사람으로、하여금、풍유한대、령녀ㅣ、탄식하고、또、울어、가로대、나

ㅣ、또、생각호니、허락함이、올타、하야늘、집이、써、밋어하야、방비홈을、조

곰、게을리、한대、령녀ㅣ、이에、가만히、잠、자는방에、들어가、칼로、써、코

를、버히고、니블을、무릅쓰고、누어서、그、어미가、불러、더블어、말호대、대

답하지、아닛거늘、니블을、헤치어、보니、피가、흘러、상과자리에、가득하엿거

늘、온집이、놀나、두려하야、가보고、코가、시지、아니하는이、업더라

흑이、널러、가로대、사람이、셰간에、살음이、뜨글이、약훈、풀에、부

터잇슴과、갓흐니、어찌、신고홈을、이리하나뇨、또、지아비의、가문이、죽여、

멸하야、이믜、진、하엿스니、이를、직히어서、누귀를、위코저、하나뇨、령녀ㅣ

가로대、들으니、인한이는、셩하며、쇠홈으로、써、졀개를、고치지、아니하고、

의한이는、존하며、망홈으로、써、마음을、바꾸지、아니하나니、조씨、젼셩한、

수레를、싀어、향리에、도라가、싀어미째、뵈옵고、례수를、맛고、동의를、잡아

나가、물을、들어、며늘이의、도리를、닥가、행하니、마을이며、고을이、닐컬더

라

션의자는지도ㅣ
니발햇사람이라

○조샹의、사촌아오、문숙의、안해는、초군、하후문녕의、쌀이니、이름은、령녀

ㅣ라、문숙이、일、죽거늘、거상을、맛초고、스스로、나이、졂고、자식이

업스니、집이、반듯이、자긔를、싀집、보낼가、저허하야、이에、머리털을、버히

어、맹서하엿더니、그、뒤에、집이、과연、싀집보낼코저、하거늘、령녀ㅣ、듯고

즉제、다시、갈로、써、두、귀를、버히고、살기를、항상、상에게、의지하엿더니

밋、상이、버힘을、닙어、조씨、다、죽거늘、령녀의、아자비가、님금째、글을

올리어、조씨로、더불어、혼의를、쓴코、굿헤、령녀를、마주어、도라、오앗느니

라

조샹은위ㅅ나라죵실이라하
후는셩이오문녕은이름이리

하야, 몸이, 맛드록, 참예, 할바이, 업게, 하니, 이름을, 하야, 가로대, 효부라
하니라

ㅅ자는나라ㅅ십부립하는관원이라
복호는그집호역을다재한단말이라

○한나라ㅅ적, 포선의, 안해, 환씨의, 자는, 소군이라, 선이, 일즉, 소군의, 아
비에게, 나아가, 배호더니, 아비ㅣ, 그, 청고홈을, 긔특이, 녀겨, 그럼으로, 쌀
로, 써, 안해삼아, 주니, 결속하야, 보냇는, 재물이, 심히, 성하거늘, 선이, 줄
거, 하지, 아니하야, 안해다려, 닐러, 가로대, 소군이, 부교한대, 나아서, 아름
답은, 단장을, 닉혓스니, 나ㅣ, 진실로, 간난코, 천한지라, 감히, 떼를, 감당치
못하리로다, 안해, 가로대, 아바님쎄서, 선생이, 덕을, 닥가, 검약홈을, 직히는
연고로, 써, 천한, 첩으로, 하여금, 뫼시어, 수건과, 빗을, 잡게, 하시니, 이믜
군자를, 밧드란대, 오즉, 명하신대로, 조출이다, 선이, 웃고, 가로대, 능히, 이
갓하면, 이것이, 나의, 뜻이로다, 안해, 이에, 뫼신종과, 의복장식을, 다, 돌리
어, 보내고, 고치어, 쌀은, 뵈처마를, 닙어, 선이와, 더불어, 한가지로, 져은

지아비가、파연、죽어、도라오지、못하야늘、부ㅣ、싀어미、효양홈을、쇠쳐、아

니하야、어엿비、녀기며、사랑홈이、더욱、굿어、길삼하며、뵈、짜아서、써、산림

을、하고、맛츰내、싀집갈、뜻이、업더라

삼년、거상을、하거늘、그、부모ㅣ、그、졈어서、자식、업고、일、홀어미、된

것을、슬퍼、하야、장차、다려다가、싀집、보내려、하더니、효부ㅣ、가로대、지

아비、갈적에、나에게、늙은、어머니、공양하기로、써、부탁하거늘、나ㅣ、이믜

허락호니、사람의、늙은、어머니를、봉양하다가、능히、맛츠지、못하며、사람에

게、그리할이랏고、하고、써、허락、하고、능히、밋업게、못하면、장차、어쩌、써、세

상에、서리오、하고、스스로、죽고져、한대、그、부모ㅣ、저허、하야、구퇴여

싀집보내치、못하야、드듸여、하여금、그、싀어미를、봉양하게、하니、시믈여덜

해人만에、싀어미가、여든남은、이라、천졍、년수로、써、죽거늘、그、밧치며

집이며、재물을、다、팔아、써、영장하고、맛츰내、제사를、밧들엇、느니라

회양태수ㅣ、써、조졍에、들린대、시자를、부리어、황금、사십근을、주고、복호

엽하땅에、풍속은、오로、계집으로、문호를、가지어、굴음으로、곳듬을、다토
아、송사하며、나아가、뵈오며、마주어、접대하며、아들을、대신하야、벼슬을
구하며、지아비를、위하야、굴홈을、고소하나니、이것이、항대땅에、기천、풍속
인저

○대저、사람이、잇슨、뒤에、부부ㅣ、잇고、부부ㅣ、잇슨뒤에、부자ㅣ、잇고
부자ㅣ、잇슨、뒤에、형제ㅣ、잇나니、한집의、친한이는、이、세人、짜름이니
이로、부터、써、갑으로、아홉결네에、니르히、다、세가짓、천에、근본、하엿나
니、그럼으로、인륜에、종홈이、되니、가히、도탑지、아닛차、못할쩌니라
○한나라人적、진효부ㅣ、나이、열여섯에、싀집가아서、자식을、두지、못하엿더
니、그、지아비가、수자리、감을、당하야、장차、갈쩨에、효부에게、부탁하야
가로대、나의살고、죽음을、가히、알지、못할것이니、행혀、늙은、어머니、잇고
다른、형제、공양을、갓출이、업스니、나ㅣ、도라오지、못할쩌라도、너ㅣ、즐겨
나의、어머니를、공양하랴、부ㅣ、대답하야、가로대、그리할이라

어든, 가히, 두번, 싀집가리, 잇가, 말이, 잇가, 가라사대, 다만, 이것이, 후세

에, 춥으며, 굶어, 죽음을, 저허한, 고로, 이말이, 잇나니, 그러나, 죽는일은

극히, 젹고, 실졀하는, 일은, 극히, 크니라

○안씨가훈에, 가로대, 부인은, 안에서, 음식먹이기를, 주장, 할찌라, 오죽, 술

이며, 밥이며, 의복하는, 례도를, 일, 삼을, 싸름이니, 나라에, 가히, 하여금

정사를, 참예케, 못할것이며, 집에, 가히, 하여금, 임을, 주관케, 못할것이니, 만

일, 총명하며, 재조롭으며, 지혜롭아, 지식이, 고금을, 통달하는이, 잇서도, 졍

히, 맞당이, 군자를, 돕아, 그, 부족함을, 쳔할만, 할찌니, 반듯이, 암닭이, 새

벽에, 울어, 써, 재화를, 닐움이, 업게, 할찌니라

○강동쌍에, 녀편네는, 조곰도, 사괴여, 놀음이, 업서, 그, 혼인한, 집이, 혹

안씨는북조스사람이니이룸은
지추ㅣ니가훈을지엇느니라

여남은, 해, 사이에, 서로, 알지, 못하고, 오죽, 편지며, 봉송으로, 써, 운근홈

을, 널웃, 나니라

의거、하야、써、귀흠을、취할쩌라도、진실로、장부의、뜻과、괴절을、두는이면

능히、붓그러움이、업스랴

○안정호선생이、가로대、딸、싀집보냄을、반듯이、모롬이、내집보담、나은이와

할찌니、내집보담、나으면、쌀이、사람섬김이、반듯이、모롬이、조심

하나니라、며늘이、취함을、반듯이、모롬이、내집만、갓지、못하니

내집만、갓지、못하면、며늘이가、싀어버이、섬김이、반듯이、며늘이의、도리를

잡아、하나니라

안정호선생은송나라ㅅ선배
니이름은원이오자는의지라

○혹이、물으대、홀어미를、도리에、가히、취치、못할듯、하니、어쩌닛가、이천

선생이、가라사대、그러하다、무릇、취홈은、써、몸에、배필홈이니、만일、실절

한이를、취하야、써、몸에、배필하면、이눈、몸이、실절홈이니라

이천선생은송나라ㅅ선배니성은
정이오이름은정숙이라

또、물으대、혹、외롭은、홀어미가、잇서、간난하고、궁하야、의탁할대、업는이

둥분이、잇스니、한、지아비에、한、안해는、상사람의、직분이니라

○사마온공이、가로대、무릇、혼인을、의론함에、맛당히、몬져、그、사회와、다

못、며늘이의、성행과、맛、가법이、어떠홈을、살피고、그、가며으며、귀홈을

한갓、흠모、하지、말쎄니라

사회가、진실로、어질지면、이쪠、비록、간난하고、미쳔하나、어찌、다른쎄에

가며으며、귀치、아닐줄을、아리오、진실로、불초하면、이쪠、비록、가며으며

셩하나、어찌、다른쎄에、잔난하며、미쳔쳐、아닐줄을、아리오

며늘이는、집의、말미암아、셩하며、쇠하는、바이니、한갓、한쎄에、가며으며

귀홈을、흠모하야、취하면、져가、그、가며으며、귀홈을、셔어서、그、지아비를

가벼이、녀기며、그、싀어버이를、업수이、녀겨서、교만하며、재암하는、셩질을

길우어、널우쳐、아닐이、져으니、다른날에、환란됨이、어찌、그지、잇스리오

가셜、하여금、안해의、재물을、인하야、써、가며을、널우며、안해의、긔셰를

정 신 제 이

왕길의, 상소에, 가로대, 부부는, 인륜의, 큰, 벼줄이오, 단명하며, 장수하는

맹조이니, 세속이, 싁집가며, 장가들기를, 너무, 일하야, 사람의, 어버이될, 도

리를, 알지, 못하여서, 자식을, 두는지라, 이로, 써, 가라쳐, 화케함이, 밝지

못하고, 백성이, 단명하는이가, 만흐니라

왕길의자는자양이니낭야사사람
이라상소는님금세울이라

○문중자 ㅣ, 가로대, 혼인에, 재물을, 의론함은, 오랑캐의, 도ㅣ라, 군자ㅣ, 그

마을에, 들어가지, 아니하나니, 녯적에, 남녀의, 결네, 각각, 덕을, 가리고, 재

물로, 써, 례를, 하지, 아니하더니라

문중자의성은왕이오이름은통이오
자는중엄이니수ㅣ나라큰선비라

○일, 혼인하며, 어려서, 빙례홈은, 사람을, 투박홈으로, 써, 가라침이오, 첩과

잉이, 수여슴은, 사람을, 음란홈으로, 써, 가라침이니, 또, 귀한이와, 천한이가

듀개의자이중도ㅣ니
송나라ㅅ적사람이라

○당나라ㅅ적、졍의죵의、안해노씨ㅣ、글과、사젹을、대강、셥녑하고、싀어버이

룰、섬기대、심히、며늘이의、도를、어덧더니、일죽、강도、수십이、막대

가지고、날쓰며、야단치어、담을、넘어、드니、집사람이、다、달아나、숨고、오즉

어미ㅣ、스스로、방에、잇거늘、노씨ㅣ、갈날을、무릅쓰고、가아서、싀어미、겻

헤、니를어、도젹에게、치임이、되여、거의、죽엇더라

도젹이、간뒤에、집、사람이、물으대、어찌、혼자、두려하지、아니하뇨、노씨

ㅣ、가로대、사람이、써、금수와、다른바는、그、인과、의ㅣ、잇슴으로、써、함

이니、이웃이며、마을에、급홈이、잇듸라도、오히려、서로、달아가、구할찌ㄴ온

하믈며、싀어마님쌔、잇써、가히、바리야、만일、위래한、화환이、잇스면、어찌

맛당히、혼자、살이오、하더라

한날에、병이、증거늘、어룬과、아해가、다、모엿더니、베퍼말하대、씨、신부의

은혜를、갑지、못하리로소니、원컨대、신부는、자식이며、손자들이、다、시러금

신부의、효도하며、공경함과、갓흐면、최씨의、가문이、어찌、시러금、창성하야

크지、아니하리오、하니라

○류개중도ㅣ、가로대、선어문이、집을、다사리샤대、효도롭고、또、엄히、하더

시니、초하로、보름에、졔수들이、청알에서、절함을、맛츠고、쭉졔、손을、들고

낫흘、낫게하야、우리、선어문의、가라쳐、경계하심을、듯더니、가라사대、사람

의、집、형제ㅣ、울처、아니한이、업건마는、다、안해롤、취하야、가뮤에、들어

옴을、인하야、다른、셩이、서로모혀、김을、다토며、졀음을、결우어、물젓듯

하야、날로、들리며、일편되게、사랑하며、사사로이、감초아、써、패려함을、닐

우어、문을、난호며、지게를、버혀、거졍됨이、도젹과、원수、갓흐니、다、너부

인의、지은、바이니라、사나해、애쎈이、멋사람이、능히、계집의、말에、혹한바

이、되지、아니하료、나ㅣ、봄여、만흐니、너의들은、어찌、이험이、잇스리오

사나해가、연고ー、업거든、즁문에、드지、아니하고、부인이、시러금、믄득、사

나해、상채에、니르지、아니、할찌니라

진나라ㅅ적、진수ー、아비상사를、맛나서、병이、잇거늘、계집죵으로、하여금

약을、비븨이、더니、손이、가보고、향당이、써、핍박하며、의론하니、이에、좌

쥐되야、침체하야、감가하야、몸을、맛츠니、협의톱은、지음은、가히、삼가치

아니치、못할찌니라

감가는블수
한뜻이라

○류변이、가로대、최산람의、형계와、ᄌ손의、번성흠이、향리결네에、비할이

드무더니、산람의、증조한어미、장손부인이、나이、놉하、니가、업거늘、한어미

당부인이、싀어미、셤김을、효도로、하야、매양、아춤에、머리빗고、머리털、감

촛코、비녀곳자、절하고、쳥에、올라、그、싀어미를、졋、먹이

니、장손부인이、쌀낫츨、먹지、못한지、두어해、로대、강녕、하더라

류변은당나라ㅅ적류즁영의아ᄃ둘이오류공작의손자ー니자는직쳥이라최산람
은당나라ㅅ적사람이니산람셔도사ー틴교토산람이라닐컬나니이름은판이라

녀자소학권지이 웨편

효경계일

사마온공이, 가로대, 무릇, 모든, 나즈며, 어린이가, 일이, 크고, 적음이, 업시

시러금, 오로지, 하지, 말고, 반듯이, 집, 어룬에게, 뭇고, 취품, 할지씨라

사마온공은송나라정승이니성은사마ㅣ오이름은광이오자는군실이니온국공을봉하니라

○무릇자식이, 부모의, 명을, 밧음에, 반듯이, 처부에, 긔록하야, 차아서, 때때

로, 살펴, 빨리, 행하고, 일을, 마춤에, 명을, 돌릴씨니라

○부모의, 상사에, 중문밧게, 박소하고, 협누한, 집을, 가리어, 사나해, 상차를

하고, 참최엔, 써적에, 잠자며, 흙뎅이를, 베며, 수질과, 요대를, 벗지, 아니하

며, 사람으로, 더불어, 안쩌, 아니하고, 부인은, 중문안, 별실에잇서, 취장과,

너블과, 요며, 빗나고, 곱운물건을, 것어, 업시, 할찌니라

상차는상수거하는자ㅣ라참최는웨간상이라써적에잠자는것은어버이가써적믿
때잇슴을슬퍼함이오흙뎅이를베는것은어버이가흙가온대잇슴을슬퍼함이라

아라、한대、계자ㅅ사람이、좃는이가、사백언이어늘、더블어、효치를、쳐어、쎌

러、죽엿느니라

효치는초ㅅ나라ㅅ사람으
로졧나라ㅅ정승이된이라

녀자쇼학권지일

나ㅣ、너ㅣ、아침저녁으로、나를、경게하야、가로대、반듯이、선인의、일을、폐
치、말라、하기를、바랏더니、너ㅣ、이제、가로대、어찌、스스로、편안치、아니
하나뇨、하니、이로、써、님금의、벼슬을、밧드면、나ㅣ、목백의、후사ㅣ、
가、선어질가、저허、하노라

선인은도라가신아비니못못
백이라목백은문백의아비라

○왕손가ㅣ、제민왕을、섬기다가、왕이、나달거늘、가ㅣ、왕의곳을、일엇더니、
그、어미ㅣ、가로대、너ㅣ、아침에、나가、늣게、오면、나ㅣ、문을、비기어、바
라고、너ㅣ、저녁에、나가、도라오지、아니하면、나ㅣ、너문을、비기어、바랏더
니、마는、너ㅣ、이제、왕을、섬기다가、왕이、나달거시늘、너ㅣ、그、곳을、알
지못하니、너ㅣ、오히려、어찌、도라오느뇨

왕손가는젯나
라대부ㅣ라

왕손가ㅣ、이에、저자가온대、들어、가아서、가로대、뇨치ㅣ、젯나라를、어지려
이、하야、민왕을、죽이니、나로더불어、처을、치고져、하는이는、오른팔을、메

여금、벼슬에、갓추코、둣지、못하엿、구려

안즈라、나ー、너다려、말하리라、백성이、수고로으면、생각하나니、생각하면、

착혼마음이、나고、편안하면、음탕하나니、음탕하면、착흠을、닛고、착흠을、니

즈면、몸슨마음이、나나니라、컨、쌍에、백성이、재조롭지、못함은、음탕한、새

달이오、마른、쌍에、백성이、울흠에、향처、아닐이、업슴은、수고로은、새달이

니라

이럼으로、왕후ー、천히、검은、관드림을、짜시고、공후의부인이、꾕과、연을

써、더하고、경의、안해가、큰쯰를、맹고、대부외、안해가、제복을、닐웃코、

렬사의、안해가、조복을、써、더하고、여럿사로、부터、써、알이、다、그、지아

비를、님하나니、사졔지내고、일을、맛기며、증졔지내고、공을、바처어、사나해

와、계집이、공을、다토아、그르면、줴、잇슴여、녯법이니라

왕후는님금의안해라공후경대부렬사여럿사는벼슬차례라밍은갓인이수슬업
는것이오연은면류관우에덤는것이라사졔는봄졔사ー오즁졔는겨을졔사ー라

놀음놀이에、제긔를、버려、읍하며、사양하며、나으며、물으거시늘、맹자어마

님이、가로대、여긔、참、가히、써、아들을、살림죽、하다、하고、드듸여、살앗

느니라

맹자의어마님의성은장씨라

맹자!、어러실제、무르샤대、동녁집에、톳홀、죽임은、무엇하려、하나닛고、어

마님이、가로대、너를、먹이고져、하나니라、이윽고、뉘우쳐、가로대、나ㅣ、들

으니、녯적에、배여、실제、가라침이、잇다、호니、이제、바야으로、알음이、잇

거늘、속이면、이는、밋업지、아니홈으로、가라침이라、하고、돗희고긔를、사아

써、먹이니라、

이믜、자라、학문에、나아가샤、드듸여、큰선비가、되시엿느니라

○공보문백이、조회로서、물러오아、그、어미께、빌새、그、어미가、바야으로、

삼、삼더니、묵백이、가로대、쵹의、집으로、써、어마님이、오히려、삼、삼으시

나니잇가、그、어미ㅣ、탄식하야、가로대、노ㅅ나라이、그、망할진져、아해로、하

二二

왕계ㅣ、마주어、써、배필을、삼으시니라

문왕은주ㅅ나라님금이ㄴ성은희오이틈은창이라왕계는문왕의아바님이너이틈은계력이라

태임의、성질이、단정하며、전일하며、성실하야、씩씩하야、오직、덕만、행하더

시니、밋、그、무왕을、배아샤、눈에、아니된、빗츨、보지、아니하시며、귀에

음란한、소리를、듯지、아니하시며、입에、거만한、말을、내지、아니하더시니

무왕을、나흐심에、총명하시고、통달하샤、태임이、하나으로、써、가라치심에、

백을、아더시니、맛춤내、주ㅅ나라、으ᄃᆞᆷ님금이、되시니、군자ㅣ、니로대、태임

이、능히、배여실제、가라치다、하니라 .

○맹자의、어마님이、그、집이、무덤에、갓갑더니、맹자ㅣ、어리실제、놀음놀이

에、무덤사이일을、하야、뛰놀며、다지며、뭇는양을、하거시늘、맹자어마님이、

가로대、여긔、써、아들을、살릴바이、아니라、하고、이에、바리고、저자에、집

하니、그、놀음놀이에、흥졍하며、파는일을、하거시늘、맹자어마님이、가로대、

여긔、써、아들을、살릴바이、아니라、하고、이에、옴겨、학궁겻해、집하니、그

계집아해가、열해、어든、나다니지、아니하며、녀스승이、가라처대、유순하야、

들어、좃게、하며、삼과、뚝삼을、실과、고치를、다사리며、동근、실찌

며、넙은、실찌를、짜서、계집의、일을、배호아、써、의복을、장만하며、제사에

보살펴어、술과초 소물과、대쩨긔、와、나무제긔와、침채와、젓을、드려、례수로

돕아、드리기를、돕게、할찌니라

열이오、또、다섯해、어든、비녀、곳고、스물、싸지、싀집갈찌니、연고잇거든、
비녀는싀집가기허락하면곳는것이
라연고는부모의상사를니람이라

스믈세해、싸지、싀집、갈찌니라

○빙례로、하면、안해、되고、그저가면、첩이、되나니라

○곡례에、가로대、어린자식을、항상、소기지、말기로、보히며、섬에、반듯이、
빙례는뉵례를갓
춤을니람이니라

방위를、바르게、하며、기우려、듯지、아닛케、할찌니라

○태임은、문왕의、어마님이시니、지人나라、님금、임씨의、버금짤、이러시니、

자식이、능히、밥먹거든、가라치대、오른손、으로、써、하게하며、능히、말하거

든、사나해는、쌀리、대답하고、계집은、느즉이、대답하게、하며、사나해、쓰는

가죽으로、하고、계집의、쓰는、실로、할쩌니라
쓰는적은쩌물차는적은쩌라

여섯해、어든、셈과、다못、방위이름을、가라칠、쩌니라
셈은일십백천만이오방위이름은동서남북이라

일곱해、어든、사나해와、계집이、자리를、한데、아니하며、먹기를、한데、아니

할쩌니라

여덟해、어든、문과、지게에、나며、들옴과、밋、자리에、나아가며、음식먹음에
이째부터남녀의분별을엄히가라치나니라

반듯이、어룬에게、뒤하야、비롯오、사양하기를、가라칠쩌니라

아홉해、어든、날、혜기를、가라칠쩌니라
날혜는것은초하로보롬이며눅갑을다알게함이라

렬녀전에、가로대、녯적에、부인이、자식을、배여실제、잠잘제、기우리지、아니

하며、안즘에、가으로、아니하며、섬에、저겨듸지、아니하며

렬녀전은한나라스적
유향이편집한글이라

사특한、맛을、먹지、아니하며、고기、버힌것이、바르지、아닛거든、먹지、아니

하며、자리가、바르지、아닛거든、안찌、아니하며

눈에、사특한、빗출、보지、아니하며、귀에、음란한、소리를、듯지、아니하고、

밤이어든、계집소경으로、하여금、모시를、외이며、바른일을、말、하더니라

이갓치、하면、자식을、나음에、얼굴이、단정하며、재조가、사람에게、지내리라

○내측에、가로대、무릇、자식을、나음에、모든、어미와、다못、가한이를、가리

대、반듯이、그、어그럽고、누그러으며、자상하고、인혜로으며、온화하고、어질

며、공순하고、조심하며、삼가고、말이、적은이를、구하야、하여금、자식의、스

승을、삼을찌니라

모든어미는여러첩들이라가한이는첩
말고도가히자식의스승될만한이라

공보문백은토스나라대부ㅡ니이틈은촉이라그어머는경강이라
게강자는토스나라정숭이니이틈은비라중니는공자의자이라

○위스나라, 공강은, 위스나라, 세자, 공백의, 안해라, 공백이, 일, 죽거늘, 공
강이, 절의를, 직히엿더니, 부모ㅣ, 빼아서, 싀집, 보냇코저, 하거늘, 공강이
허락지, 아니하고, 백주시를, 지어, 죽기로, 써, 스스로, 맹서하니라

새자는넘금의맛아들이라공백의이틈
은여ㅡ라백주는모시책편이틈이라

○채스나라스사람의, 안해는, 송나라스사람의, 딸이라, 이믜, 싀집갓에, 지아비
가, 몸슨병이, 잇거늘, 그어미가, 장차, 고치어, 싀집보내려, 하더니, 딸이, 가
로대, 지아비의, 불행홈이, 첩의, 불행홈이니, 어찌, 바리리요, 사람에게, 가는
도리는, 한번, 더블어, 초례하면, 몸이, 맛도록, 고치지, 아니하나니, 불행하야
몹슨병을, 만낫스나, 저가, 큰연고는, 업고, 또, 첩을, 보내지, 아니하니, 어찌
써, 시러금, 가리오, 하고, 마츰내, 듯지, 아니하니라

慈教第三
자믜제삼　자식에게자애하고잘가라치
딴말이니글차례는셋재라

고치지、아니하나니라
왕촉은제ㅅ나라
회읍쌍사람이라

○구계ㅣ、님금의、심부림으로、긔ㅅ쌍에、지나갈새、긔ㅅ당에、극결이、밧매거
늘、그、안해가、들밥을、먹이대、공경하야、서로、대접함이、손、갓치、함을
보고、더불어、도라오아서、문공째、말하야、공경홈은、덕의、모임이니
능히、공경하면、반듯이、덕이、잇을ㅉ니、덕으로、써、백성을、다사리나니、군
은、청컨댄、쓰소서、신은、듯자오니、문에、날제、손갓치、하며、일을、밧들어
함에、제사 올리는、다시、함은、어지는、법이라、문공이、써、하군대부
룰、삼으니라

○공보문백의、어미는、계감자의、종숙모ㅣ러니、강자ㅣ、가거늘、문을、열고
더불어、말하고、다、문지방을、넘지、아니한대、중니ㅣ、들으시고、써、사나해
와、계집의、례에、분변하다、하시니라

구계는진나라대부ㅣ니ㅣ름은서신이라국결은사람의성
명이리문공은진나라님금이라하군대부는벼슬이름이라

女子小學卷之一

八

아비죽은、맛자식은가라
쳡이업슴을니람이라

계집이、닐곱가지、내침이、잇나니、부모에게、순치、아니하거든、내치며、자식

이、업거든、내치며、음란하거든、내치며、새암하거든、내치며、몹슨병이、잇거

든、내치며、말이、만커든、내치며、도적질、하거든、내철찌니라

세가지、내치지、아님이、잇나니、취한바ㅣ、잇고、도라갈바ㅣ、업거든、내치지

아니하며、더불어、삼년상을、지냇거든、내치지、아니하며、전에는、빈천하고

후에는、부귀하거든、내치지、아니할찌니라

무릇、이것은、성인이、써、사나해와、계집의、사이를、삼가며、혼인의、처음을

중히、하신、바이나라

○곡례에、가로대、과부의、자식이、나타남이、잇지、아닛커든、더불어、벗、삼

지、아니할찌니라

넷적에봉우의어미를쳥에올라가절학고빔는례가잇스니만일
호텹하는실상이업스면써호색하는혐의를면키어렵으니라

○왕촉이、가로대、충신은、두님금을、섬기지、아니하고、렬녀는、두지아비로

282

루는、의리、업고、세가지、좃는도리、잇나니、집에、잇어는、아비를、좃고、사

람에게、가아서는、지아비를、좃고、지아비가、죽으면、아들을、좃차서、감히

스스로、일웃는、바ᅵ、업서、가라치고、명함이、규문에、나지、아니하며、일이

음식먹이는、사이에、잇슬、싸름이니라

이럼으로、계집이、규문안에서、날을、맛츠고、백리에、상사에、닷지、아니하며

일이、오로지、하음이、업스며、행실이、홀로、일움이、업서서、참예하야、안뒤

에、움직이며、감히、즁험、하욤죽、한뒤에、말하며、나제、쓸에、놀지、아니하며

밤에、다닐제、불로、써、하나니、써、부인의、덕을、바르게、하는、바이니라

백리에상사에닷지아니한단말은부모의분상아니한단 밀이아니라무릇친정과년대공부외상사를닐람이라

계집이、다섯가지、취처、아니홈이、잇나니、역젹집、자식을、취처、아니하며

음란한、집、자식을、취처、아니하며、대마다、줴넙은、사람이、잇거든、취처

아나하며、대마다、몹슨병이、잇거든、취처、아니하며、아비죽은、맛자식을、취

치、아니、할찌니라

찌니라

제사엔업경하고상사엔굽거
흰고로행의치아니하나니라

밧과, 안이, 세수우물을, 한테, 아니하며, 목욕간을, 아니

하며, 잠자는, 자리를, 통치, 아니하며, 빌며, 벌리기를, 통치, 아니

해와, 게집이, 옷과, 치마를, 통치, 아니할찌니라

사나해가, 안에, 들어가서, 수파람, 하지, 아닛코, 가라치지, 아니하며, 밤에

다닐제, 촛불로, 써, 할찌니, 촛불이, 업거든, 그치고, 게집이, 문에, 나감에

반듯이, 그, 낫츨, 가리으며, 밤에, 다닐제, 촛불로, 써, 할찌니, 촛불이, 업거

든, 그칠찌니라

길에, 사나해는, 오른쪽으로, 말미암고, 게집은, 왼쪽으로, 말미암을찌니라

넷적중국애길이완쪽이며오른쪽이며가온대로스니남녀
는이와갓치난호아말미암고거마는가온대로말'미암나니라

수파람이며가라치는것이다
남에게수상케보이는일이라

○공자ㅣ, 가라사대, 부인은, 사람에게, 굴복하는것이라, 이럼으로, 오로지, 마

문을、 굿게、 하야、 고자로、 직히어서、 사나해는、 드지、 아니하고、 게집은、 나지

아니할지니라
고자는문직이니안밧
게혐의업는자ㅣ라

사나해와、 게집이、 옷햬며、 시렁을、 한데、 아니하야、 감히、 지아비의、 옷거리와

홰에、 달지、 아니하며、 감히、 지아비의、 상자에、 감촛지、 아니하며、 감히、 목욕

간을、 한데、 하야、 목욕하지、 아니하며、 지아비가、 잇지아닛거든、 벼개를、 상자

에、 거두며、 대자리와、 자리를、 집씨어、 종히、 녀겨、 감촐찌니、 졂은이가、 어룬

울、 섬기며、 천한이가、 귀한이를、 섬김에、 다、 갓치할찌니라

안해가、 잇지、 아닛거든、 첩、 뫼신이가、 감히、 당셕을、 못할찌니라
당셕은온밤을
새윤단말이라

○사나해는、 안일을、 말、 아니하고、 게집은、 밧게일을、 말、 아니하며、 제사ㅣ

아니며、 상사ㅣ、 아니어든、 서로、 그릇을、 주지、 아니할찌니、 그、 서로、 줄진댄

게집이、 광주리로、 써、 밧고、 그、 광주리가、 업거든、 다、 안자、 노흔뒤에、 가질

브러、갓치하면、몸이、맛도록、고치지、아니하나니、그럼으로、지아비가、죽어
한번덕브러갓치한것은동뇌례를너람이니똥뇌례는소한바리를밥에난호아한가지먹어존비를갓치하는례라개가는고쳐어서집간단말이라
도、개가、아니하나니라

남자ㅣ、친히、마주어、사나해가、게집에、돈져홈은、강건하며、유순한、뜻이니
강건유순은양덕은강건히교음덕은뉴순하너라
하늘이、땅애、몸져하며、남금이、신하애、몸져함이、그、뜻이、한가지、니라

지를、잡아、써、서로、봉은、공경하야、분별을、밝험이니、사나해와、게집이

분별이、잇슨뒤에、아비와、아들이、친하고、아비와、아들이、친한뒤에、올홈이

나고、올홈이、난뒤에、례ㅣ、닐고、례ㅣ、닌뒤에、만물이、편안하나니、분별이

업스며、올홈이、업슴은、금수의、도ㅣ니라

○내측에、가로대、례는、부부를、삼감에、비릇하나니、집을、지으대、안밧을
지를잡는단말은전안을너람이라

분변、하야、사나해는、밧게、거하고、게집은、안에、거하야、집을、깁버하며

286

아비가、 딸을、 보낼제、 명하야、 가로대、 경계하며、 조심하야、 일즉이나、 밤드나

시어버이며、 지아비의、 명을、 어긔지、 마라

어미가、 씌、 씌아고、 수건매고、 가로대、 힘쓰며、 조심하야、 일즉이나、 밤드나

집일을、 어긔지、 마라

씌와씌웃씌는어미의씌인씌
오알에씌는서모의씌인씌라

서모ㅣ、 문안에、 밋쳐、 오아、 패물하는、 씌를、 씌이고、 부모명으로、 써、 다시

하야、 명하야、 가로대、 조심하며、 공순히、 듯자와、 너、 부모님、 말슴을、 으뜸삼

아서、 일즉이나、 밤드나、 허물이、 업게、 하야、 씌와、 씌를、 보아라

○례긔에、 가로대、 대저、 혼인하는、 례는、 만세의、 비롯홈이라. 다른성에、 취홈

은、 써、 소원홈을、 붓치며、 분별홈을、 두터이、 하는、 바와오、 례물을、 반듯이

성실히、 하며、 말슴에、 두럽지、 못하다、 홈이、 업슴은、 곳으며、 밋듬이、 써

고함이니、 밋듬이、 사람을、 섬기는、 것이며、 밋듬이、 부인의、 덕이라、 한번、 더

사혼례는의례책편이름이라너돕을이는안해는지아비를돕는이니라종묘일
은제사울리는일이라선비롤은씌어머니이상으로보고중초비셰지니람너라

을、알지、아니하며、례물을、밧지、아니하얏거든、사괴지、아니하며、천히、아

니할쩌니라

곡례는례긔책
편이름이라

그럼으로、혼인날과、달로、써、님금쎄、고하며、재계하야、써、선조귀신쎄、고

하며、술과、음식을、하야、써、향당과、동관파、벗을、불으나니、써、그、분별

흠을、두터이、함이니라

안해를、취하대、동성을、취처、아니하나니、그럼으로、첩을、삼애、그、성을、

아지、못하거든、졈、할쩌니라

○사혼례에、가로대、아비가、아들을、초례、할제、명하야、가로대、가아서、너

듭을이를、마주어、우리종묘일을、닛으대、힘쓰어、공경으로、써、거느려、선비

들을、닛을이니、너ㅣ、곳、씟씟함을、두어라、아들이、가로대、그리호리이다、

오직、감당치、못할싸、두려하압、거니와、감히、명을、닛지、아니호리이다

며、감히、가지련히、안쩌、못할쩌니라

무릇、며늘이가、사삿방에、가라、명쳐、아니하거시든、감히、믈러나지、못하며

며늘이가、장차、일이、잇슴에、크며、젹은것을、반듯이、싀어버이께、쳥할쩌니라

○제롱에、가로대제사ㅣ라、한것은、반듯이、부부ㅣ、쳔히、하나니、써、밧과、안엣、소임을、가촛는、바이니、소임이、가즈면、가음이、갓나니라

제롱은뫼긔책편이롬이라가음은제사을러는가음이라

○공자ㅣ、가라사대、다섯가지、형벌의、류ㅣ、삼쳔이、로대、쥐ㅣ、불효보담、더、큰것이、업나니라

다섯가지형벌은낫/널러먹너며코버히며받버히는대에하는형벌이잇나니라(게집은불버히는대에하는형벌이잇나니라)죽이는것이니먹넛는뉴ㅣ천이오코버히는뉴ㅣ오뵉이오발버히는뉴ㅣ삼뵉이오뮷버히는뉴ㅣ삼뵉이니무릇삼쳔이라

貞信第二
정신제이

지아뷔에게굿드며밋돕윱직히란딸이너굴차랜눈믈재라

곡례에、가로대、사나해와、계집이、즁매、다님이、잇지、아넛커든、서로、이름

하심을、 엇지、 못하거든、 다시、 주심을、 밧는다시、 하야、 감초아、 써、 엽서、 하

실적을、 기다릴찌니라

채초와판초는다향내암잇는 물이니향낭에녓는것이라

며늘이가、 만일、 사삿권당과、 형제、 잇서、 장차、 주렷거든、 반듯이、 다시、 그、

넷것을、 청하야、 주어라、 하신뒤에야、 줄찌니라

○싀아비가、 죽으시면、 싀어미가、 전장하나니、 맛며늘이가、 제사、 올리며、 손

대접하는바에、 매사를、 반듯이、 싀어미에게、 청하고、 버금며늘이는、 맛며늘이에

게、 청할찌니라

전장은집일을맛며늘이에 게젼하야맛긴단말이라

싀어버이가、 맛며늘이를、 부리거시든、 게을리、 말며、 감히、 버금며늘이에게、 무

례히、 못할찌니라

싀어버이가、 만일、 버금며늘이를、 부리거시든、 감히、 맛며늘이에게、 대젹하야、

짝하려、 말찌니、 감히、 가지런히、 다니지、 못하며、 감히、 가지런히、 서지、 못하

리지、 말며、 게을리、 말찌니라

만일、 음식이거시든、 비록、 즐기지、 아니하나、 반듯이、 맛보고、 기다리며、 옷

을、 주거시든、 비록、 하고저、 아니하나、 반듯이、 닙고、 기다릴찌니라

기다린단말은어론께셔명을
고치심을기다리는것이라

일을、 시기시고、 남으로、 대리하거시든、 나ー、 비록、 그릿코저、 아니하나、 아죽

주어서、 시기다가、 뒤에、 도로할찌니라

대티는대신하야
더사룀단말이라

○자식이며、 며늘이는、 사사로은、재물이、 업스며、 사사로은、 져축이、 업스며、사

사로은、 그릇이、 업나니、 감히、 사사로이、 빌리지、 못하며、 감히、 사사로이、 주

지、 못할찌니라

며늘이가、 아모나、 음식과、 의복과、 뵈와、 비단과、 찰것과、 수건과、 채소와、 란

초를、 주거든、 곳、 바다、 싀어버이에게、 드릴찌니、 싀어버이、 밧거시든、 깃거하

야、 새로、 주시는것을、 밧는다시하고、 만일、 도로주거시든、 사양하대 그리하라

하며、공경히、대답하며、나아가며、물러가며、두루돌메、삼가며、조심하며、오

르며、나리며、나며、드메、굽히며、감히、욕지거며、트림이며、자체기며

기침이며、합흠이며、기지게、혀며、저거드듸며、비기며、빗보지、아니하며、감

히、춤밧트며、코푸지、아니할찌니라

굽히며펴며는오르며둘째몸을굽
히고나리며날세몸을펴는것이라

춥어도、감히、덧닙지、아니하며、가랴아도、감히、긁지、아니하며、더러운、옷

과、니블을、안을、보히지、아니할찌니라

부모의、춤과、코를、남에게、보히지、아니하며、갓과、띄가、쌔뭇거든、잿물라

서、씻읍시다、청하며、옷과、치마가、쌔뭇거든、잿물라서、싸압시다、청하며、

옷과、치마가、타지며、찌어지、거든、바늘에、실을、쎄여、깁으며、부칩시다、

청할찌니라

○자식이며、며늘이、효도하며、공경하는이는、부모와、싀어버이의、명을、거스

젊은이가、어른을、섬기며、천한이가、귀한이를、섬김에、다、이를、싸을찌니라

자리를、펴고、각각、그얼을、줏츨찌니라

○부모와、싀어버이、장차、안즈려、하거시든、자리를、밧들어、어듸로、향하실
고、청하며、장차、누으려、하거시든、자리를、밧들어、어듸로、발을、
두실고、청하고、졈은이는、와상을、잡으며、잠자시고、일어、안써시든、뫼신이
는、의자를、들고、자리와、다못、대자리를、것으며、니블을、달며、벼개를、상
자에、녓코、대자리는、것어、집씨어、감츌찌니라

와상은눕는평상이오의자
는비기어안는의자ㅣ려

부모와、싀어버이의、옷과、니블과、대자리와、자리와、벼개와、의자를、옴기지
아니하며、막대와、신을、공경하야、감히、갓가히、말며、대와、모와、차와、이
를、자시다가、남은、것이、아니어든、감히、쓰지、아니하며、다못、항상음식을
남은것이、아니어든、감히、먹지、아니할찌니라

○부모와、싀어버이、계신곳에、잇서、명、하심이、잇거시든、응、홈을、빨리、

대와모는다밥담는그릇이오쳐는술그릇이오이는물그릇이라항상
음식은어룬이항상자시는주육동물이니조석매식을니람이아니라

세수를、드릴새、젊은이는、세숫대를、밧들고、어룬은、물을、밧들어서、물을、

대이어、셰수하심을、쳥하고、셰수맛촘에、수건을、드릴째니라

○자시고저、하시는、바를、뭇자와、공경히、드리대、낫빗출、화유히、하야、

써、뜻을、밧자와、식어버이、반듯이、맛보신、뒤에、물러날、째니라

계집아해、비녀곳지、아니하얏는이、닭이、처음、울거든、다、세수하고、양치질

하며、머리빗고、감초며、태발에、몬지를、썰며、머리털、솟기를、썰나

게、하며、향랑씌를、매여、다、향랑을、차고、부여히、밝음에、뵈아서、무슨것

을、자신고、뭇자와、만일、이믜、자셋거시든、물러오고、만일、자시지、아니하

얏거시든、어룬을、돕아、장만홈을、불째니라

태발은자식이난지셕달만에그태발을싹가서다방머리를맹글거머티에씌이대
남좌너우로하고계집은비녀곳즘에채색실로우머어비녀우에쯰이니이것은부
모의생육하신은혜를닛지아니합이오쇠집가면태발을바리나니라

○무릇、안이며、밧기、닭이、처음、울거든、다、세수하고、양치질、하며、옷、

닙고、벼개와、대자리를、것으며、방이며、쳥이며、밋、돌에、물、뿌리고、쓸어

譯用然女讔認無解因慉之
述正舉之於一正故其以耳
常音國只人讔姑所譯

녀자소학권지일

졔집이어티며 졈을 졔배우는 글이니 책권차뎨는 첫재라

내편 內篇

효경졔일 孝敬第一

어버이와 싀어버이에게 효도하며 공경하라함이니 글차례는 첫재라

내측에, 가로대, 며늘이가, 싀어버이를, 셤기대, 부모셤김과, 갓치하야, 닭이,

처음, 울거든, 다, 세수하고, 양치질, 하며, 머리빗고, 머리털, 감촛고, 비녀,

곳고, 머리털, 榮즈며, 옷, 닙고, 씌, 씌며, 왼쪽이며, 오른쪽에, 쓸것을, 차며,

영을, 매고, 신을, 씬, 맬찌니라

내측은 녜긔책편이름이라 머리털감촛기는 검은 비단으로 하나니라 쓸것은분
이며 수건이며 바늘집갓혼류ㅣ라 영은 제집이 싀집가기를 허락함애매는 띄라

써, 싀어버이, 계신곳에, 가대, 곳에, 밋처서, 괴운을, 나죽이, 하며, 소리를

화열히, 하야, 옷이, 덥으며, 차움을, 물으며, 알프시며, 가랴야, 하심에, 공

경히, 집고, 글그며, 나시며, 드실젹이, 어든, 혹, 압서며, 혹, 뒤서서, 공경

히, 붓잡을찌니라

옷이덥으며차움을물는것은녯젹에 온돌하는
법이업는고로옷으로써몸을셔듯케하나니라

者乎恨不能表章尊信如河南氏之於大戴禮而別設一條使天下後世之深閨不字者亦有

以感發而懲創之也李後村漢杰甫愽通文雅士也慨倫常之斁彝壼範之廢弛選內外篇署

之曰女子小學孝敬也貞信也慈敎也類例井井言行俱舉國音以譯之註補以訂之燦如明

瑎眞可謂發前人之未發者也若使此書早晏公傳則家國復明之機豈只爲一時惇史而江

湖宿匠亦嘗樂聞而與感矣編既完賣余有一言弁其首者遂不揆僭妄玆綴拾領數語庸副

同聲之應云爾

赤兎履端節研堂李會稷序

女子小學

李漢杰　編輯

晚田李鍾濬　校正

東山柳寅植　校閱

序

昔金仁山有言曰天下之未易化者婦人蓋家而國而天下之治未必不由於婦人則曾書第
九章之必引之子于歸於齊治之末者豈偶然也哉女性患齋不有天質之純乎諺美則不能
無邪正賢不肖之相截然要在於導率幼稚之時智與知長化與心成一於孝友貞靜而勿令
脫走他徑也不俟徂自就傳粗解做人糟粕累嘗闊繹乎小子之篇而竊惟女史一部亦關擊
蒙無間男女渾置一科者歟然而我東智尙專慧養成男子而不許女子同科豈非失之一偏

녀자소학

女子小學 全

『여자소학』 영인본 발간 후기

『여자소학』 영인본 발간은 만시지탄이나 참으로 다행한 일이다.

1927년 5월 발간된 『여자소학』 한 권을 1997년 돌아가신 어머님이 간직하고 계시다가 지금은 형님(李善)이 소장하고 있다. 발간된 지 93년이 지났으나 그 존재조차 아는 이도 많지 않은 이 책이 온전하게 빛을 보게 되었으니 소장자 가족으로서 감개무량하기 이를 데 없다.

이 책은 종조부(慄齋 李漢杰)가 집안의 딸들을 비롯하여 한자에 어두운 여성들이 쉽게 배울 수 있도록 한글로 만들어(교사용은 한문) 두루마을(周村) 지암서숙(芝巖書塾)에서 실제로 가르쳤다고 한다. 지금 생각해보니 가부장적 전통에 젖어있던 그 시절에 여성 교육의 중요성을 깨닫고 실천한 것은 너무나 놀랍다.

2018년 7월 어느 날, 큰집(진성이씨 두루 宗家) 종손(李世俊)이 손님들을 모시고 경북 안동시 와룡면 주하리 회양당(誨養堂)을 방문하였다. 경북대 백두현 교수와 제자들이 훈민정음 관련 학술답사차 온 것이다. 현재 간송미술관에서 소장하고 있는 국보 제70호 『훈민정음 해례본』과 제71호 『동국정운』이 회양당에서 나오게 된 연유 등을 설명해 주었다.

그 후 생각해보니 답사팀의 회양당 방문 당시 준비 없이 손님을 맞아 두서없는 설명을 한 것 같아 백 교수에게 전화를 하고 연구실에서 다시 만나기로 약속을 했다. 2018년 8월 초, 백 교수 연구실에서 『훈민정음 해례본』과 『동국정운』을 우리 집안에서 소장하게 된 역사적 사실 등을 자세히 설명하고, 『해례본』이 세상에 알려지기 전인 1927년 종조부가 발간한 『여자소학』에 대해서도 설명을 했다. 이 책이 『해례본』과 관련이 있을 수 있다는 생각과 원본 한 권을 형님이 보관하고 있다는 말을 하자 백 교수가 이 책을 학계에 소개하는 방법으로 영인본 발간을 제안했다.

여자소학은 당초 서울대 김주원 교수의 학술연구 논문 '『훈민정음 해례본』의 뒷면 글 내용과 그에 관련된 몇 문제'(국어학회, 2005년)에서 존재 사실을 언급했으나 크게 주목받지는 못한 것 같다. 백 교수의 영인본 발간 제안 소식을 듣고 김 교수는 한문학, 특히 소학에도 조예가 깊은 경상대 허권수 교수와 공동연구를 하게 된다면 이 책의 발간 의의를 높일 수 있겠다는 생각에 이르러 공동연구와 영인본 발간을 함께 추진하기로 했다. 마침 김 교수는 한글학회지(『한글』 제80권 제1호)에 발표할 '『여자소학』(1927년)에 대한 기초적 연구'를 집필하고 있었다.

이들 저명 교수의 공동연구에 힘입어 영인본으로 발간되는 『여자소학』은 『해례본』이 세상에 알려진 1940년보다 13년 먼저 발간되었음에 주목할 필요가 있다. 『해례본』과의 관련 여부 연구는 후학들 몫으로 남기고, 일제강점기에 여성 교육용 교재를 한글과 한문으로 만들어 가르친 종조부의 혜안과 선견지명에 경의를 표하며 『여자소학』 연구와 영인본 발간에 참여해 주신 세 분 교수님께 마음 깊이 감사드린다.

끝으로 출판을 주선해 주신 정재영 교수님과 이 어려운 시기에 선뜻 맡아서 출판해 주신 지현구 회장님께 깊이 감사드린다.

2020년 9월
이 선, 이재갑이 삼가 쓰다